UNBESTREITBARER COWBOY

Die Cowboys von Dew Drop, Texas, Buch Vier

DEBRA CLOPTON

Unbestreitbarer Cowboy

Irgendetwas fehlt … wird Chet eine Frau finden, die er sich zu lieben erlauben kann? Kann er etwas riskieren, von dem seine Kindheit gezeigt hat, dass es nicht funktioniert, etwas, das den Frieden, den er auf der Sunrise Ranch gefunden hat, durcheinanderbringen könnte?

Sunset Ranch, eine Pflegeeinrichtung für viele Jungen wie Chet Grall, war und würde immer der Ort sein, den er jetzt sein Zuhause nennt. Als Erwachsener ist er auf der Ranch als Vorarbeiter der McDermott-Brüder geblieben – seine Brüder hier, wo sein neues Leben angefangen hat. Doch nachdem er zugesehen hat, wie sie alle drei geheiratet haben, bemerkt er eine Leere in sich, die er zu ignorieren versucht.

April Mallory lebt ein Leben ganz für sich allein. Als beliebte Romanautorin schreibt sie unter einem Pseudonym, und niemand weiß, wer sie ist oder wie sie wirklich heißt. Ihr ganzes Leben hat sie im Verborgenen verbracht, und obwohl es keinen Grund mehr gibt, sich zu verstecken, ist sie immer noch jemand, der für sich bleibt. Doch jetzt ist sie nach Dew Drop, Texas, gekommen, um Mabel zu treffen, eine Leserin, deren Brief an sie – eigentlich an ihr Pseudonym –, April fasziniert hat. Nicht, dass sie der Besitzerin des Inns verraten würde, wer sie ist, aber sie kann nicht anders, als zu kommen, um sich die Sunrise Ranch anzusehen, das Heim für Pflegekinder, über das Mabel ihr geschrieben hat.

Sie ist hier, um zu recherchieren, nicht mehr, aber sie rechnet nicht damit, von einer Flut mitgerissen und von einem Cowboy gerettet zu werden – einem Cowboy, der ihr sofort den Atem raubt und ihr Herz schneller schlagen lässt als je zuvor.

Sie wird ihre Geheimnisse bewahren und dann weiterziehen … aber kann sie das? Mable hatte recht gehabt, als sie sagte, dass ein Treffen mit den Jungs auf der Sunrise Ranch ihr Leben verändern würde, denn Chet ist einer dieser Pflegejungen, auch wenn er zwischenzeitlich erwachsen ist und als atemberaubender Cowboy ihre Welt unbestreitbar ins Wanken gebracht hat.

Kann sie ihre Vergangenheit überwinden und der Liebe erlauben, zu übernehmen? Werden die Jungs und Frauen von Dew Drop dabei helfen, ein weiteres Paar Herzen zusammenzubringen?

KAPITEL EINS

Es hatte heftig zu regnen begonnen, als hätte Gott gerade die Schleusen geöffnet, und die Schriftstellerin April Mallory umklammerte das Lenkrad des kleinen Mercedes, eines Zweisitzers, der auf dieser Landstraße viel zu tief lag. Bösartiger und erbarmungsloser Regen ergoss sich um sie herum auf dem Weg in die kleine Stadt Dew Drop in Texas.

Warum, oh, warum, hatte sie diese winzige, auf der Karte fast nicht existierende Straße genommen, wenn sie eine viel bessere, belebtere Straße hätte nehmen können?

Weil sie einen Teil der Sunrise Ranch hatte sehen wollen, das war der Grund.

Ganz dumme Idee konnte sie nur sagen, denn sie hatte die Gewitterwolken gesehen, war aber davon ausgegangen, dass sie es in die kleine Stadt schaffen würde, bevor es losging. Und sie hatte nicht damit gerechnet, dass der Himmel alle Schleusen öffnen und alles auf einmal runterkommen würde. Was sie jetzt umgab, war alles andere als ein „Tautropfen", wie der Name des winzigen Ortes vermuten ließ. Es war so laut, dass sie kaum denken konnte. Das laute Trommeln des Regens auf dem Glas erinnerte sie daran, dass dieses Auto für Stadtstraßen gemacht war und nicht für Landstraßen wie diese. Eine Straße, die Überschwemmungen geradezu einlud, wie es aussah.

Sie hatte gerade eine kleine Brücke erreicht, über die das Wasser zu fließen begann. Zum Glück war es noch nicht tief, aber es war schwierig für die Reifen, und sie kam ins Rutschen. Sie nahm ihren Fuß vom Gas und hielt das Lenkrad fester, als ihre Reifen Halt fanden und sie das Auto wieder unter Kontrolle bekam.

Gott sei Dank!

Das Problem bestand darin, dass sie bergab fuhr und dank der Karte auf ihrem Handy wusste, dass sich am Ende dieses Gefälles eine weitere Brücke befand. Sie musste es schaffen, bevor das Wasser noch höher stand; sie lag viel weiter unten an diesem Hügel, also könnte sie von Glück sagen, wenn sie sie schnell erreichen und überqueren könnte. Überall auf den Weiden, an denen sie vorbeikam, stand, soweit sie es durch den Regen sehen konnte, Wasser. Die Gräben waren bis zum Rand gefüllt, und bald würde der größte Teil des Landes unter Wasser sein. Wenn es zu Aquaplaning kommen würde, hatte sie gelernt, das zu tun, was sie gerade getan hatte; es hatte funktioniert, aber der Wasserstand stieg weiter.

Konzentrier dich! Während sie weiter das Lenkrad umklammert hielt und sich bemühte, das Auto ruhig zu halten, erinnerte sie sich daran, dass sie diese Erfahrung später vielleicht in einem Buch verwenden könnte. Sie benutzte oft Dinge, die um sie herum passierten, sogar schlimme Dinge.

Sie musste schnell zur zweiten Brücke. Sie drückte kurz auf das Gaspedal, und zum Glück verloren ihre Reifen nicht den Halt. Bald würde sie die Brücke erreicht haben, sie überqueren und in Dew Drop ankommen.

Die Stadt faszinierte sie – schon seit ein paar Monaten, seit sie einen Brief von Mabel Tilsbee, der Besitzerin des Dew Drop Inn, bekommen hatte. Mabel hatte an B.P. Joel geschrieben, den Namen, unter dem April schrieb, und von Dew Drop und der großen Ranch am Rande der Stadt erzählt, die jeweils als Heim für sechzehn Pflegekinder – alles Jungen – diente. Mabel hatte geschrieben, dass nicht alle Kinder in Pflegefamilien ihr Leben so hassten wie die Hauptfigur in Aprils Büchern.

Einige profitierten tatsächlich davon. Ja, für einige war es eine wunderbare Erfahrung. April wusste, dass das wahr war, doch nicht für sie. Sie hatte nichts Gutes über die Familien zu sagen, bei denen sie untergebracht worden war. Gott sei Dank hatte sie, sobald sie volljährig wurde, die Kontrolle übernommen und war eine erfolgreiche Schriftstellerin geworden.

Hier saß sie also und fuhr dieses schicke Auto, von dem sie sich gerade wünschte, es wäre ein großer SUV mit dicken Reifen und viel mehr Bodenfreiheit als dieser kleine, tiefliegende Mercedes.

Denk jetzt nicht darüber nach – konzentrier dich darauf, nach Dew Drop zu kommen!

Unversehrt dort anzukommen und diese Lady zu treffen, die sie mit ihrem Brief über ihre Stadt und die Pflegekinder auf der Sunrise Ranch fasziniert hatte.

Die Beschreibung der Stadt klang wunderschön, genauso wie die der Menschen: Miss Jo, der das Spotted Cow Café gehörte. Mabel, Besitzerin des Dew Drop Inn. Und ihre Freundin Nana, eine der Gründerinnen der Pflegeeinrichtung für Jungen auf der Sunrise Ranch.

Sie wandte ihren Blick für einen Moment von der Straße ab und versuchte, durch den Regen hindurch etwas zu sehen, wovon sie glaubte, dass es die Ranch auf beiden Seiten von ihr war. Das war der Grund, warum sie diese Abkürzung nach Dew Drop genommen hatte – um die Ranch oder zumindest einen Teil davon zu sehen. Es war nicht die beste Sicht, weil der Regen und die Wolken alles verschwimmen (*ha!*) ließen. Aber sie wusste, dass es Weideland, Bäume und viel Vieh gab. Rinder, die wahrscheinlich zusammengekuschelt standen oder sich in den Bäumen versteckten. Oder im Schlamm herumrollten … wer konnte das schon wissen?

Hoffentlich waren sie nicht auf dieser Straße, damit sie sich keine Sorgen machen musste, einem in die Quere zu kommen.

Abgesehen davon fühlte sie sich zu dieser Stadt hingezogen, und so war sie hergekommen und freute sich darauf, sie zu erkunden. Recherchieren und Spaß haben … und vielleicht ein bisschen von dem, was sie sah, in ihrer Arbeit verwenden.

Sie erreichte die Brücke. Sie lag tiefer, als ihr lieb war, doch zum Glück war sie kurz, und so fuhr sie weiter, weil sie dachte, sie könnte es schaffen. Auf beiden Seiten des Wagens toste das Wasser, als würde sie auf einem Wasserski hindurchfahren. Sie starrte auf den dichten Regen vor ihr, sprach ein kurzes Gebet, umklammerte das Lenkrad und fuhr weiter.

Schließlich erreichte sie die andere Seite der Brücke, dann veränderte sich plötzlich das Gefühl der Straße unter ihren Reifen, und ihr Auto riss nach links, rutschte auf den wassergefüllten Graben zu und dann nach rechts – sie hatte keine Kontrolle mehr. Das Auto schlitterte über die Straße, prallte auf das nasse Gras, und sie wusste, dass sie in Schwierigkeiten war, als das Auto sich zu drehen begann wie ein Schlittschuhläufer bei einem olympischen Wettkampf, einen Satz machte und dann den Hang hinunter rutschte, auf den rauschenden Fluss zu – und den Stacheldrahtzaun mit schweren Holzpfosten, die kaum aus dem Wasser ragten.

Sie keuchte, denn sie wusste, dass das Wasser sie flussabwärts treiben könnte – nein, würde.

Oh Mann, so hatte sie sich ihre Reise *nicht* vorgestellt.

Sie war in Schwierigkeiten.

Großen, tiefen, rauschenden Schwierigkeiten.

* * *

Chet Grall fuhr durch das stürmische Wetter auf einer Nebenstraße, die durch den untersten Teil der Ranch führte. Sunrise Ranch, der Ort, den er sein Zuhause nannte, seit er in seiner Kindheit eine Tortur durchgemacht hatte, die ihn zu einem Jungen ohne Zuhause und ohne Familie gemacht hatte. Als es gerade passiert war, fand er es schrecklich, verlassen zu werden, und die Pflegefamilien hatten immer wieder genau das getan. Er war innerlich einfach zu vernarbt, um diese Qualen zu ertragen. Dann, nach zwei Jahren, in denen er ein schwieriges, verletztes Kind gewesen war, war er hier auf der Sunrise Ranch gelandet, bei den drei Jungen, die ihre Mutter verloren hatten. Die erstaunliche Frau, deren Traum es gewesen war, die Tore ihrer riesigen Ranch als Pflegeeinrichtung für Jungen zu öffnen, die nicht das Glück hatten, geliebt zu werden wie ihre Jungen, die eine Mutter, einen Vater und eine Großmutter hatten, die sie vergötterten.

Diese Jungen hatten ihre Mutter verloren, als sie an Krebs gestorben war, aber ihre Großmutter und ihr Vater hatten ihren Traum aufgegriffen und die Sunrise Ranch zu einem Zuhause für sechzehn Jungen gemacht, die kein Heim und keine geliebten Menschen hatten, die ihnen helfen konnten. Jungen, deren Leben und Einstellung oft genauso zerrissen und kaputt waren wie seine. Dadurch waren andere Pflegeeinrichtungen nicht für sie geeignet. Also war er hierhergekommen, nannte die Ranch sein Zuhause und liebte all die Menschen, die ihn aufgenommen und ihm geholfen hatten, seine inneren Kämpfe zu überstehen. Er hatte immer noch welche, aber er sprach nicht darüber; er konzentrierte sich nicht auf sie. Nein, er konzentrierte sich auf die Ranch und darauf, den Jungen zu helfen und ihnen zu zeigen, dass das Leben weiterging und sie das Trauma und die Probleme, mit denen sie bei ihrer Ankunft hierher zu kämpfen hatten, überstehen konnten.

Diese Ranch war der Ort, an dem man sich in allem verlieren konnte: den Viehtrieben, den Pferden, Eseln, und Rodeos – alles außer Bullenreiten. Bullenreiten war tabu, obwohl einer der Jungen es mit seinen Fähigkeiten im Bullenreiten in die College-Rodeomannschaft geschafft hatte. Der Gedanke an Wes brachte ihn zum Lächeln. Er war eine Erfolgsgeschichte, und er hatte sich auf der Ranch an das Verbot des Bullenreitens gehalten, es aber an einem anderen Ort gelernt, und es ging ihm großartig. Alle freuten sich für ihn. Und obwohl Chet nichts gesagt hatte, hatte er gewusst, dass der Junge ritt, doch er hatte auch gewusst, dass Wes zum Reiten getrieben wurde.

Für diesen jungen Mann war das Reiten ein Balsam zur Linderung seiner inneren Schmerzen und hatte ihm ermöglicht, während seiner Jahre hier der Quasi-Anführer aller Jungen auf der Ranch zu werden. Wes hatte seine tiefen Gefühle für sich behalten und einen Weg gefunden, mit ihnen umzugehen, damit er für alle jüngeren Kinder um sich herum da sein konnte. Chet hatte das Gleiche getan, was Wes jetzt tat: Er hatte die Dinge, die er nicht kontrollieren konnte, in die tiefsten Winkel seines Verstandes und Herzens gedrängt und dann hier auf dieser großartigen Ranch seinen Halt gefunden. Der Ort, an dem er alt werden wollte … sein Zuhause.

Die Ranch war jetzt Chets Zuhause und würde es auch immer bleiben.

Fast alle, die hierhergekommen waren, hatten nach ihrem Weggang ein gutes Leben aufgebaut; viele waren glücklich verheiratet und führten ein zufriedenes Leben. Es gab aber auch andere, die die Grenze zwischen Verlieben und Heiraten nicht überschreiten konnten.

Er war einer von ihnen – doch er konnte sich darauf konzentrieren, den Jungen, die auf die Sunrise Ranch kamen, dabei zu helfen, die schwierigen Anfänge zu überstehen und sich an das gute Leben hier auf der Ranch zu gewöhnen. Besonders die letzte Zeit hatte er genossen, als er beobachtet hatte, wie die Kleinen sahen, wie Morgan, Rowdy und Tucker Liebe gefunden und geheiratet hatten.

Er war froh gewesen, dass sie alle gesehen hatte, wie das Leben aussehen könnte, wenn sie die richtige Frau zum Lieben gefunden hatten. Sie hatten gelernt, dass Liebe schwierige Zeiten überstehen konnte und dass sie zur Liebe auserwählt werden konnten – wie Jolie, die großartige Wettkampfkajakfahrerin, die beschlossen hatte, die Wettkämpfe aus Liebe zu Morgan und auch zu ihnen aufzugeben.

Sie hatte sie dem Kajakwettkampfsport vorgezogen, obwohl sie erfolgreich gewesen war – sie hatte sich dafür entschieden, die Kinder in der Schule der Ranch zu unterrichten und ihnen ihre Liebe zu zeigen. Sie war ihre Mutter; genauso wie Lucy, Rowdys Frau, und Suzie, Tuckers Frau.

Den meisten Jungen ging es großartig, und das machte ihn glücklich. Seine Brüder hatten wunderbare Frauen in das Leben seiner kleineren Brüder ehrenhalber gebracht und dafür war er dankbar. Aber er? Nein. Bei diesem Gedanken konzentrierte er sich lieber wieder auf seine Arbeit.

Er war unterwegs, um sich zu versichern, dass die Grenzzäune in Ordnung waren. Dass kein Vieh davonlaufen konnte. Kein Vieh in Gefahr war, da das Wasser über die Brücken zu steigen begann und das Durchkommen erschwerte. Das war die tiefstgelegene Gegend der Ranch, und es passierte nie etwas Schlimmes, aber er kam trotzdem, um sich zu versichern, dass keine ahnungslosen Fahrer in Schwierigkeiten gerieten. Er wusste aus eigener Erfahrung, dass ein einziger Unfall reichte, um ein Leben zu verändern – so wie sein Leben in jener Nacht vor all den Jahren verändert worden war.

Als er von seinem Truck mit Allradantrieb und viel Bodenfreiheit, der überschwemmte Brücken leicht bewältigen konnte, durch den Regen spähte, sah er etwas. Im Hinunterfahren entdeckte er Lichter. Rote Lichter nahe dem Geländer der Brücke, von der er wusste, dass sie am Fuße des Hügels lag. Die Lichter flackerten, während das Auto langsam fuhr. Er hatte das Gefühl, dass dieses Auto wahrscheinlich zu tief lag, um sicher über die Brücke zu kommen. Das Wasser floss schnell, er wusste es von der letzten Brücke, die er überquert hatte; diese hier lag viel tiefer als die vorherige. Er trat aufs Gaspedal und fuhr schneller, als er sollte, um den Abstand zwischen sich und der Person, die in diesem Auto saß, zu verringern.

Als er die Brücke fast erreicht hatte, beobachtete er, wie das Auto auf der anderen Seite ankam, und musste hilflos zusehen, wie es durch Aquaplaning in eine Richtung trieb, dann über die Straße über das rutschige Gras schoss, bevor es auf ein anderes Hindernis traf, das es unkontrolliert weiter hangabwärts schleuderte, direkt auf das tosende Wasser zu, das die Brücke überflutet hatte.

Die Aussichten waren alles andere als rosig. Es würde auf dem Wasser aufschlagen, gegen die Brücke prallen und dann wahrscheinlich darunter liegen bleiben. Und dann würde es nur noch schlimmer werden … genau wie das, was seinen Eltern und ihm passiert war. Nur er hatte überlebt, dank eines Mannes, der sich am nächsten Morgen durch das Wasser gekämpft hatte, um ihn zu retten, als er sich allein im tosenden Wasser an einen kleinen Baum geklammert hatte. Seine Eltern waren nirgends zu sehen gewesen.

Das passiert heute Abend nicht. Chet trat aufs Gas, hielt das Lenkrad fest und betete, dass er es schaffen würde, demjenigen zu helfen, der in diesem Auto saß.

Augenblicke später war er über der Brücke, seine riesigen Räder standen auf festem Boden im rauschenden Wasser, das das kleine Auto weggespült hatte. Er trat auf die Bremse und blieb am Straßenrand stehen, während er die Handbremse zog und heraussprang. Voll Adrenalin watete er, so schnell er konnte, durch das immer tiefer werdende Wasser und den Hügel hinunter auf das Auto zu. Das Auto, das – Gott sei Dank – gegen einen kaum noch sichtbaren Zaunpfosten im Wasser geprallt war. Da er beim Bau mitgeholfen hatte, wusste er, dass an diesem Zaunpfosten Stacheldraht befestigt war. Dieser stabile Zaun verhinderte, dass das Vieh an einem guten Tag in den Fluss gelangte, und an einem schlechten, dass ein Auto hineinstürzte, wenn das Wasser es flussabwärts treiben wollte. Nein, dafür war er nicht wirklich gemacht – und es war klar, dass es den kleinen Sportwagen nicht lange halten würde, doch der Zaun gab ihm zumindest eine Chance, an den Fahrer heranzukommen.

Er watete auf das Auto zu, packte den Kotflügel und legte dann die Hand auf den Türgriff auf der Fahrerseite. Er spähte durch das Fenster und begegnete den erschrockenen, großen Augen einer Frau, die verzweifelt versuchte, die Tür aufzustoßen, aber offensichtlich ohne Erfolg. Er zerrte daran und wusste sofort, dass es auf dieser Seite niemals funktionieren würde. Das strömende Wasser drückte ihn gegen das Auto, während er darum kämpfte, die Tür gegen das tosende Wasser aufzureißen. Als er daran zerrte, wurde ihm klar, dass der Druck zu groß war. Entschlossen ließ er los und watete auf die andere Seite, wo das Wasser um ihn herum wirbelte, doch der Druck nicht so stark war, als er an der Tür riss. Gott sei Dank öffnete sie sich, und er schob seinen Körper zwischen die Tür und den Innenraum des Autos; dann streckte er seine Hand aus.

Sie starrte ihn nur über ihre Schulter hinweg an, während sie immer noch gegen die andere Tür drückte.

„Komm, nimm meine Hand und lass uns dich da rausbringen!", schrie er im Grunde und fürchtete, dass der Zaun jeden Moment nachgeben könnte. Ihre großen Augen glitzerten wie helles Gold im Mondlicht. *Warum bemerkte er das überhaupt?* Er beugte sich weiter ins Auto. „Halt dich fest!", drängte er weniger schroff.

Sie legte ihre Hand in seine, und er zog sie über die

Konsole des Zweisitzers, bis sie durch das Wasser in seine Arme schwebte.

Er hielt sie fest, während sie zu ihm aufsah. Sofort raste sein Herz, als er diesem goldenen Blick begegnete, und er erstarrte. Aber nur für einen Moment, denn ihnen blieb nicht viel Zeit, da das Wasser zog und drückte und wild um sie herumwirbelte. Doch selbst in diesem kurzen Moment bemerkte er, dass er noch nie Augen wie ihre gesehen hatte. Augen, die sich tief in ihn bohrten und sich mit funkelnder Hoffnung an ihn klammerten, während er seinen Arm fester um sie legte und herauspresste: „Halt dich fest!"

Sie tat genau das: Ihre Arme klammerten sich an ihn, als er zurückwatete, vom Auto weg, und die volle Wucht des tobenden Wassers sie traf.

Das Wasser drückte stärker gegen sie, als er sich durch die Strömung bergauf in Sicherheit kämpfte. Er musste nur noch ein paar Schritte schaffen und ruhig bleiben – was nicht einfach war, da das Wasser an ihnen zerrte, und er kämpfen musste, nicht umgeworfen zu werden, wie er es zuvor nur bei einem Ringkampf mit einem Stier erlebt hatte. Aber im Moment hielt er eine Frau mit funkelnden goldenen Augen im Arm, eine Frau, deren Leben von ihm abhing, und er würde sie nicht im Stich lassen.

Als sie es an den Rand geschafft hatten, wo die

Strömung nicht mehr so stark war, wurde ihr Griff um seinen Hals und seiner um ihre Taille fester. Er hielt inne, holte tief Luft und starrte in diese Augen. Er hatte sich sehr angestrengt und konnte nicht viel sagen, aber sie klammerte sich so fest an ihn. Ihr Blick hing genauso fest an ihm wie ihre Arme, und ihre Beine hatten sich um seine Taille geschlungen. Ja, sie hielt sich fest. Er atmete tief durch und versuchte, Worte zu finden, um ihr zu sagen, dass alles gut werden würde.

„Danke", keuchte sie, bevor er etwas sagen konnte, und dann küsste sie ihn – ihre Lippen drückten sich auf seine, ihre Arme zogen ihn fester an sie – und Blitze zuckten durch ihn wie die, die den Himmel über ihnen erhellten.

Seine Knie wurden weich, und er war dankbar, dass er auf festem Boden stand – dann rutschte ihm ein Stiefel weg, und beide fielen in das jetzt seichte Wasser.

KAPITEL ZWEI

Was mache ich da?

Als sie auf dem Boden aufschlugen, spritzte Schlamm um sie herum. Ihr Verstand hatte in dem Moment zu arbeiten begonnen, als sie im seichten Wasser landeten, und Gott sei Dank lösten sich ihre Lippen von ihrem Helden.

Nein, nicht ihrem Helden. *Nein, nein, nein* – dem Mann, der ihr fast im letzten Moment das Leben gerettet hatte.

Sie atmete schwer, während sie den Mann anstarrte, der aussah, als stünde er wegen ihres Verhaltens genauso unter Schock wie sie. *Okay, Mädchen, reiß dich zusammen!*

Tief Luft holen! „Tut mir leid, das ist nicht meine übliche Reaktion, aber ja, danke, dass du mich gerettet hast. Ich werde für immer in deiner Schuld stehen. Ich weiß, dass ich fast erledigt war. Ich konnte das sehen, bevor du gekommen bist, und deinen Mut – meine Güte, du hast nicht einmal gezögert. Du bist einfach in dieses Wasser gelaufen und hast mich aus dieser Situation herausgeholt ... wow! Danke!" Sie schnappte nach Luft. „Aber bitte lass dich von meinem Kuss nicht stören. Das war keine normale Reaktion, aber ehrlich gesagt bin ich noch nie in einer Situation wie dieser gewesen. Noch nie hat ein Cowboy – nein, ein Held mich gerettet. Also nochmal: danke! Ich bin dir für immer dankbar."

Sie plapperte Dinge, die sie nicht sagen sollte, und er lag einfach nur im Wasser, hielt sie immer noch fest und sah sie an, als wäre sie eine – was, eine Verrückte? Er sah aus, als wäre er vollkommen fassungslos.

Wasser floss um ihn herum, aber nicht über ihn hinweg. Schwer atmend klopfte sie ihm auf die Brust. „Bist du in Ordnung? Bitte sag mir, dass es dir gutgeht. Sag mir, dass du mich nicht gerade gerettet hast und deswegen jetzt verletzt bist, weil ich keine Ahnung habe, was ich tun soll."

Sie geriet wieder in Panik. Sie verlor wirklich den Verstand.

„Mir geht's gut. Ich bin froh, dass es dir gutgeht." Er holte tief Luft. „Ehrlich gesagt bin ich nur froh, dass ich hier war. Tut mir leid, dass ich gerade abgeschaltet habe. Hier, lass mich dir beim Aufstehen helfen. Nur, damit du es weißt: Als ich ein kleiner Junge war, habe ich meine Mutter und meinen Vater in einer ähnlichen Situation verloren. Ich musste noch nie jemanden retten, aber ich bin sehr froh, dass ich hier war. Niemand war in der Nähe oder konnte meinen Eltern helfen, aber ich konnte mich damals irgendwie aus dem Auto ziehen und habe mich die ganze Nacht an einem Baum festgehalten, bis mich am nächsten Morgen ein Mann gerettet hat. Er ist ins Wasser gesprungen und hat mich auf ganz ähnliche Weise rausgezogen, also weiß ich einigermaßen, was du gerade fühlst." Und dann verzogen sich seine Lippen zu einem sanften, wissenden Lächeln.

Oh mein Gott, ihr ohnehin schon pochendes Herz stolperte jetzt auf eine sehr ungewöhnliche Art und Weise. Nein, so reagierte sie nie – es musste damit zu tun haben, wie er über seine Eltern gesprochen hatte. Das war es. „Ich bin so froh, dass du für mich da warst, aber es tut mir sehr leid, dass niemand deine Eltern retten konnte. Ich bin so dankbar, dass dieser wunderbare Mann dir geholfen hat."

„Ich habe mich im Laufe der Jahre mit dem Schicksal abgefunden, aber das ist einer der Gründe, warum ich hier auf der Ranch, wenn es solche Überschwemmungen gibt, immer die tieferliegenden Bereiche abfahre. Ich sehe nach dem Vieh und versichere mich, dass die Zäune, bei deren Bau ich geholfen habe, ihren Zweck erfüllen. Wie der, der dein Auto aufgefangen hat. Aber ehrlich gesagt denke ich immer an den Moment in meinem Leben, als ich zu jung war, um zu helfen. Als ich deine Rücklichter vor der Brücke gesehen habe, wusste ich, dass ich zu dir musste. Ich wollte helfen, damit nicht das, was mir passiert ist, auch anderen passiert. Zum Glück hat meine Vergangenheit mich hierher gebracht, um dir zu helfen."

Was für eine Geschichte ... Ihre Gedanken kreisten, als der Mann sie von sich heruntergleiten ließ, sich dann aufrappelte und ihr schließlich aus dem seichten Wasser aufhalf. Ihr Verstand hatte angefangen, bei seinen Worten, seiner traurigen Geschichte, Überstunden zu machen.

Ihre Gedanken drehten sich, während sie noch einmal durchging, was er gesagt hatte – *hat meine Vergangenheit mich hierher gebracht, um dir zu helfen.*

Sie war immer noch aus dem Gleichgewicht, als er ihren Arm ergriff und die letzte Steigung hinaufging, dann auf einen großen Truck zu, der am Straßenrand stand, umspült von fast zwanzig Zentimeter tiefem Wasser. Der riesige Truck mit den großen Rädern würde nicht von der Straße gespült werden, wie ihr kleines Auto.

„Ich sehe, du warst vorbereitet." Ihr Blick wanderte von seinem Truck zu ihm hoch.

„Ja, das ist ein Arbeitstruck, und er ist eher für Nebenstraßen und Schluchten gedacht. Ich fahre oft mit einem Pferdeanhänger in die Schluchten, dazu ist er praktisch." Er öffnete die Tür, nahm sie zu ihrer Überraschung in die Arme und setzte sie sanft auf den Sitz.

Wieder einmal war sie fassungslos, als sich ihre Blicke trafen. Wow. Sie dachte an den Kuss, der nie hätte passieren dürfen. „Tut mir leid, dass ich deinen Truck nass mache."

„Mach dir darüber keine Sorgen. Der Truck hat schon viele Tiere befördert, die Ledersitze viele staubige oder schlammige Cowboys und jetzt dich. Ich werde die Sitze abwischen, wenn wir in der Stadt sind. Schnall dich an."

Mit diesen Worten trat er zurück, schloss die Tür und gab ihr ein paar Momente, um ihren Kopf wieder geradezurücken. Und nicht mehr an den Kuss zu denken und den Handlungsstrang, der ihr durch den Kopf ging. In ihrem Leben drehte sich alles um Handlungsstränge, und während sie sich anschnallte, beobachtete sie, wie er vorn um den Truck herum ging, und versuchte, sich zu entspannen. Versuchte, sich daran zu erinnern, dass dies das wahre Leben war.

Das war kein Handlungsstrang.

Das war Realität.

Aber ... er ist ein echter Held.

Kein erfundener in deinem Kopf.

Als er in den Truck stieg, klopfte ihr Herz noch heftiger.

Zum Glück schnallte er sich an und legte eine Hand auf das Lenkrad, dann die andere auf den Schalthebel. „Okay, los geht's! Ich bringe dich nach Dew Drop. Ich habe das Gefühl, dass du dorthin wolltest, da das der einzige Ort ist, der auf absehbare Zeit an dieser Straße liegt."

„Ja, Dew Drop ist mein Ziel. Ich habe eine Reservierung im Dew Drop Inn."

„Dann fahren wir dorthin." Seine Augen funkelten und ließen ihr Herz höher schlagen. „Ein großartiger Laden. Und Mabel würde sich um dich kümmern, egal, ob du dort gebucht hast oder nicht. Ich bin übrigens Chet Grall." Er streckte ihr seine Hand entgegen und lächelte sie an.

Sie starrte auf seine Hand, zögerte, dann ließ sie ihre in seine gleiten. „Und ich bin April Mallory, nochmal vielen Dank."

„Freut mich sehr, dich kennenzulernen." Dann ließ er ihre Hand los, ergriff das Lenkrad, trat aufs Gas, und der Truck begann, sich durch das tief liegende Wasser zu pflügen.

Ihr Blick blieb an ihm hängen; sie musste diesen Kuss und das, was sie durchgemacht hatte, nicht länger aus ihrem Kopf verbannen. Nein, ihr Kopf schwirrte jetzt vor Ideen für Geschichten, und sie wusste ganz genau, dass nichts das aufhalten konnte, wenn es erst einmal angefangen hatte.

KAPITEL DREI

Chet bog in die Hauptstraße von Dew Drop ein und war erleichtert, das Schild an der Vorderseite des Dew Drop Inn durch den dichten Regen leuchten zu sehen. Mabel gab sich große Mühe, die Pension zu einem einladenden Ort zu machen, und das wusste er in diesem Moment sehr zu schätzen.

Er blickte zu seinem Passagier hinüber. „Mabel wird sich um dich kümmern, und wenn du nichts zum Anziehen hast, wird sie sicher was für dich finden. Unten an der Straße gibt es einen Laden, der dir auch weiterhelfen kann. Oder ich kann meine Schwägerinnen fragen, ob sie was zum Anziehen für dich haben …"

„Nein, ich komme schon klar, danke. Ich kann mir was zum Anziehen kaufen, sobald ich meine Handtasche zurückbekomme, oder mir per Übernachtkurier neue Karten von der Bank schicken lassen. Aber hoffentlich hat sie eine Waschmaschine und einen Trockner, die ich heute Abend benutzen kann, dann kann ich das hier morgen wieder anziehen. Aber was mein Auto angeht …"

„Mach dir keine Sorgen um dein Auto." Er bog auf den Parkplatz vor der Pension ein. „Wir werden es abschleppen. Wenn der Zaun und der Baum halten. Aber das geht erst, wenn der Regen aufhört. Ich kann nicht riskieren, dass irgendjemand da rausgeht, um ein Auto zu retten – dich da rauszuziehen, war eine ganz andere Geschichte …"

„Das verstehe ich voll und ganz. Ich möchte nicht, dass jemand das Risiko eingeht, verletzt zu werden oder Schlimmeres. Was nicht zu retten ist, ist nicht zu retten. Ich bin nur dankbar, dass du gekommen bist und mich da rausgezogen hast, und ich werde es immer sein. Alles andere sind nur Sachen. Auch mein Computer ist ersetzlich."

„Arbeitest du mit deinem Computer?"

„Ja, aber ist alles in der Cloud gesichert. Ich kann einen neuen kaufen, und alles ist gut."

„Tut mir trotzdem leid. Brauchst du gerade einen?"

Sie schüttelte den Kopf. „Nein, ich kann ein paar Tage darauf verzichten. Ich lebe, und das ist das Wichtigste. Nochmal vielen Dank, dass du mich da rausgeholt hast."

Er starrte in ihre wunderschönen goldenen Augen und war dankbar, dass er rechtzeitig bei ihr gewesen war. Gottes Timing hatte sie gerettet, nicht er.

Er glaubte nicht, dass ihr Auto noch am Zaun hing. Die Strömung würde nur stärker werden, und das Auto trieb zwischenzeitlich wahrscheinlich weit flussabwärts oder war irgendwo an einem Baum hängengeblieben. Überschwemmungen waren kein Scherz, aber er wollte sie jetzt nicht wissen lassen, wie schlimm ihre Situation wirklich gewesen war. Er würde sich morgen darum kümmern, wenn sie trocken war und wahrscheinlich von der Lady, zu der er sie brachte, gut versorgt und verwöhnt worden war.

„Lass uns aussteigen und reingehen. Mabel wird sich gut um dich kümmern und da drüben im Spotted Cow Café – oder dem Cow Pattie Café, wie es viele hier nennen – wird Miss Jo dir was Köstliches zu essen machen. Mabels Zimmerservice kommt vom Cow Pattie." Er schmunzelte, und sie lächelte auch.

„Hört sich gut an." Sie griff nach der Türklinke.

„Warte auf mich. Ich komme und helfe dir. Ich will nicht, dass du ausrutschst und mit dem Kopf auf dem Beton aufschlägst, nach allem, was wir durchgemacht haben, um dich aus dem Wasser zu ziehen." Ohne darauf zu warten, dass sie etwas sagte, stieg er aus, eilte durch den Regen, um das Ende des Trucks herum und öffnete dann ihre Tür.

„Wow", sagte sie mit einem ungläubigen Lächeln auf ihrem hübschen Gesicht. „Du bist ein Gentleman."

Er grinste. „Zu Ihren Diensten, Ma'am." Er streckte seine Hand aus.

Wasser stand selbst auf dem Bürgersteig – doch sie waren beide sowieso schon durchnässt, was machte also noch ein bisschen mehr? Mit nur kurzem Zögern legte sie ihre Hand in seine.

Wieder zuckte ein Blitz durch ihn hindurch. *Was in aller Welt war das?*

Ihre Augen waren weit aufgerissen, was ihn ziemlich sicher sein ließ, dass auch sie etwas gespürt hatte.

Das war lächerlich.

Er war nicht auf der Suche nach Blitzen oder sich von diesen wunderschönen Augen angezogen zu fühlen, den goldenen Glitzern, die vor – was war das, Entsetzen? – weit aufgerissen waren.

Oh wow, er musste das alles in den Hintergrund drängen. „Ich hab' dich", sagte er aufmunternd, wie er es zu einer verletzten Kuh oder einem Kälbchen sagen würde, das seine Hilfe brauchte. „Lass uns dich reinbringen, damit du es dir behaglich machen kannst." Und er meinte das bei Mabel auf mehr als nur eine Weise. Es war offensichtlich, dass sie sich bei ihm nicht behaglich fühlte. Andererseits war er selbst überfordert.

Distanz – das war es, was sie beide brauchten. Und trocken zu werden. Sie waren beide durchnässt und traumatisiert. Sie mussten einen klaren Kopf bekommen.

Er hielt ihre Hand und führte sie zu den Stufen, gerade als die Haustür des Inn aufflog und Mabel dort stand.

Eine große Frau mit breiten Schultern und einem Lächeln, das einen wütenden Sturm vertreiben konnte, und Augen, die tanzten, als sie die beiden musterte. „Oh mein Gott, kommt rein! Chet, was in aller Welt ist passiert?"

„Mabel, das ist April Mallory. Sie ist unten auf der Nebenstraße vom Hochwasser erfasst worden."

„Oh je, kommt rein und lasst uns euch beide trockenlegen."

Er ergriff die Tür, damit Mabel vorausgehen konnte, und bedeutete dann April mit seiner freien Hand, dass sie vorgehen sollte. Ihre Blicke trafen sich kurz, bevor sie der schnell sprechenden Mabel ins Haus folgte.

„April, ich erinnere mich an Ihren Namen von der Buchung Ihres Zimmers. Ich bin so froh, dass Sie hier sind, und es tut mir so leid, was Sie durchgemacht haben. Jetzt kommen Sie einfach rein und machen Sie sich keine Sorgen, alles ist bereit. Wir bringen Sie in Ihr Zimmer, damit Sie sich abtrocknen können. Wenn Sie möchten, nehme ich Ihre nassen Klamotten mit und wasche sie für Sie. Machen Sie sich keine Sorgen, im Zimmer wartet ein Bademantel auf Sie. Sie sagen mir, was Sie essen möchten, und ich lasse es Ihnen bringen, damit Sie sich entspannen können. Gönnen Sie sich ein schönes, warmes Luxusbad, falls Ihnen das jetzt lieber ist als eine Dusche. Ich glaube, das wird Ihnen guttun, nachdem Sie diese schreckliche Tortur durchgemacht haben. Entspannen Sie sich einfach, okay?"

Chet grinste, als er Aprils erstaunten Gesichtsausdruck sah, weil sie so viel Hilfe anbot. Das war Mabel. „Ich habe dir gesagt, dass sie sich um dich kümmern wird." Es war wahr; die süße Lady unternahm regelmäßig Missionsreisen, um anderen zu helfen.

„Ich werde mir auf jeden Fall größte Mühe geben. Und meine Freundin Jo im Spotted Cow Café auf der anderen Straßenseite ist eine außergewöhnlich gute Köchin, daher weiß ich, dass Sie alles lieben werden, was Sie von der Speisekarte in Ihrem Zimmer auswählen. Bei ihrer großartigen Küche muss ich kein Abendessen im Inn kochen. Ich könnte es nie mit ihren Meisterwerken aufnehmen." Sie drehte sich lächelnd zu April um. „Die Wahrheit ist, dass ich kein Interesse am Kochen habe, deshalb verbindet Jo und mich eine besondere Freundschaft."

Sie lachten alle, und er genoss das Tanzen von Aprils erstaunlichen goldenen Augen.

„Hört sich so an, als wären Sie beide das perfekte Paar", sagte April immer noch lachend.

Er liebte es – liebte es, die beiden Frauen zu beobachten. Nichts mehr. Nur ihre nette Interaktion.

„Stimmt, auf so vielen Ebenen. Es wird Ihnen hier gefallen, das verspreche ich. Ihr Tagesgericht ist Chicken Pot Pie, mit Käse überbacken. Die Leute hier in der Stadt lieben es."

„Das hört sich wunderbar an. Ich denke, das werde ich nehmen, und alles, was Sie sagen, hört sich großartig an. Ich weiß es wirklich zu schätzen." Sie sah ihn wieder an. „Aber was ist mit dir? Ist alles okay bei dir?"

„Wird schon. Solange es dir gutgeht. Ich weiß, dass du in hervorragenden Händen bist, also fahre ich zurück zur Ranch. Dort genehmige ich mir eine heiße Dusche, ziehe saubere, trockene Klamotten an und entspanne mich für den Abend. Ich bin mir ziemlich sicher, dass heute niemand mehr über diese Brücke fahren wird." Er zwang sich zu einem Lächeln, weil er nicht wollte, dass sie sah, wie besorgt er über die ganze Situation war.

„Das klingt nach einem tollen Plan." Mabel lächelte beide an. „Es war ein anstrengender Tag für euch beide. Euch abzutrocknen und zu entspannen wird euch beiden guttun. Chet, du kommst morgen vorbei, damit du April auf weniger riskante Weise wiedersehen kannst." Sie grinste breit und blickte von ihm zu April.

Die Lady hatte Sinn für Humor. Sie wusste, dass das eine schreckliche Erfahrung gewesen war, also tat sie alles, um den Stress zu lindern. Er trat einen Schritt zurück und hob die Hand, um sich an den Hut zu tippen. Erst dann fiel ihm ein, dass sein Stetson den Fluss hinuntertrieb, nachdem er ihm irgendwann vom Kopf geweht worden war. Es war tatsächlich das erste Mal, dass er daran dachte, und bis zu diesem Moment hatte er noch nicht einmal bemerkt, dass er weg war. Er hatte einen Hut aufgehabt, als er ins Wasser gewatet war und nur eines im Sinn gehabt hatte: die Rettung derjenigen, die sich im Auto befanden.

Erneut strömte Erleichterung durch ihn hindurch. Er hatte einen anderen Hut zu Hause und würde lieber jeden Tag einen oder mehr Hüte verlieren, als ein Menschenleben durch dieses Wasser. Als er in ihre goldenen, durchdringenden Augen blickte, war er sehr froh, dass er für sie da gewesen war. Doch jetzt musste er hier raus.

„Hört sich nach einem guten Plan an. Ich schaue morgen nach dir. Aber keine Sorge, ich werde dir nicht im Weg stehen. Wie Mabel schon sagte, es wird schön sein, uns unter anderen Umständen wiederzusehen.

Willkommen in Dew Drop. Es ist normalerweise einladender als die Art und Weise, wie es dich willkommen geheißen hat." Das brachte sie zum Lächeln, und es gefiel ihm.

Damit drehte er sich um und ging zur Tür, während seine nassen Stiefel auf den Holzböden des Inn klapperten. Er wurde nicht langsamer, als er die Tür hinter sich zuzog und direkt zu seinem Truck zurückging. Er kletterte so schnell wie möglich hinein, weil er nicht genau wusste, was er dachte.

Es war Zeit, nach Hause zu fahren und mit dem Träumen aufzuhören.

* * *

„Jetzt folgen Sie mir einfach diese Treppe hinauf und geben mir Ihre schmutzigen Klamotten, und ich kümmere mich darum, während Sie duschen oder ein heißes Bad genießen. Und sagen Sie mir, was Sie essen möchten, und ich lasse es Ihnen bringen. Die Speisekarte liegt auf dem Tisch."

April hätte fast gelacht über den Tonfall und das Lächeln, das Mabel ihr schenkte. „Ich kann es kaum erwarten, das Essen zu probieren. Ich würde eher ein Erdnussbutter-Sandwich essen, als selbst zu kochen."

„Wir verstehen uns. Aber ich verspreche Ihnen,

sobald Sie Jos Essen gegessen haben, werden Sie es jedem Sandwich vorziehen. Wie schon gesagt, ist das Tagesgericht heute Chicken Pot Pie."

„Das hört sich wunderbar an. Das nehme ich. Ich weiß wirklich zu schätzen, was Sie für mich tun."

Die Badewanne hätte sich mit so vielen wunderbaren Badeölen zur Auswahl großartig angefühlt, aber sie beschloss, stattdessen zu duschen. Der Druck des Wassers war wunderbar, als es ihren Nacken und ihre Schultern massierte, und trug dazu bei, den Stress etwas mehr zu lindern. Sie ließ das heiße Wasser über ihre Haare laufen, ihren Hals hinunter und über die Schultern, während sie darüber nachdachte, was fast passiert wäre. Sie würde dem heldenhaften Cowboy nie für das danken können, was er getan hatte.

Sie fühlte sich besser; sie war am Leben ... sie hatte es geschafft, und das alles nur wegen dieses netten Mannes.

Sie war einfach froh, jetzt hier zu stehen und sich in dieser schönen Pension die Haare zu trocknen. Sie zog den Bademantel an; er war unglaublich weich und duftete nach Lavendel. Sie sank auf das Bett; so bequem, als sie sich ausstreckte und tief Luft holte. Ihr Abenteuer in Dew Drop hatte nicht so begonnen, wie sie es sich vorgestellt hatte. Doch es hatte angefangen, und sie war sich sicher, dass sie die Idee für eine Geschichte mitnehmen würde. Sie hatte sie gelebt, und ihr Verstand fing an zu arbeiten.

Da klopfte es an der Tür. Sie setzte sich auf, ging dann schnell durch den Raum und öffnete die Tür. Dort stand eine Frau in einem roten Regenmantel, roten Stiefel und einem roten Regenhut.

„Hallo, ich bin Edwina. Die Kellnerin vom Spotted Cow Café." Sie hielt eine große Plastiktüte hoch und grinste. „Ich muss Ihnen sagen, ich kann mir nicht vorstellen, bei diesem Regen durch die Talsenke zu fahren. Ich bin froh, dass dieser hübsche Cowboy Chet gekommen ist, um Sie zu retten. Geht's Ihnen gut?"

„Ja, mir geht's gut", sagte sie und trat einen Schritt zurück, um sie hereinzulassen. „Ein Cowboy hat mich gerettet." Aprils eigene Worte überraschten sie, denn sie klangen wie die von Edwina.

„Ja, Honey, das hat er", gurrte Edwina und zog die Augenbrauen hoch. „Das ist wirklich ein gutaussehender Cowboy, dieser Chet. Ich sage Ihnen, ich sehe eine Menge Cowboys, und mit einigen von ihnen muss ich ziemlich unverblümt umgehen. Ich scheue mich nicht vor Worten, wenn sie frech werden und Ärger machen – Sie wissen, was ich meine. Aber dieser Chet – nun ja, er hat noch nie Ärger gemacht, das bedeutet also, dass Sie in sehr guten, sehr vertrauenswürdigen Händen waren und sind." Edwina zog wieder die Augenbraue hoch, als sie ihr einen Blick zuwarf, dann ging sie durch das Zimmer und stellte die große Tüte auf den Tisch am Fenster. „Das hier ist der beste Chicken Pot Pie, den Sie jemals probieren werden. Nicht, dass das mehr als eine Laienmeinung ist, aber das sagt jeder, der ihn isst. Wenn Sie also morgen ins Restaurant kommen, sagen Sie vielleicht T-Bone, dem Koch, was Sie denken."

„Danke, das werde ich. Jetzt kann ich es kaum erwarten, das Essen zu kosten. Und ich muss fragen: Haben Sie oft Probleme mit den Cowboys in der Stadt?" Die Worte der Frau hatten sie überrascht.

Edwina warf ihr einen „Du machst wohl Witze"-Blick zu. „Bei einer ganzen Horde von Cowboys wird es immer welche geben, die sich unbedingt mit mir anlegen wollen. Und glauben Sie mir, nach drei Ex-Männern hatte ich kein Problem damit, ihnen die Meinung zu geigen. Aber in den meisten Fällen ist hier der richtige Ort, wenn Sie auf der Suche nach einem guten Mann sind. Ist es das, was Sie in die Stadt bringt?"

Die Frage überraschte sie so sehr. „Nein", lachte sie. „Ich bin nur zum Entspannen hier. Ich habe gehört, es sei ein ruhiger und schöner Ort, um die Landschaft zu genießen." Nicht ganz richtig, aber immer noch einigermaßen wahr.

„Dann sind Sie hier definitiv genau richtig. Das

kann ich bestätigen. Aber jetzt muss ich gehen. Das Café ist voll, aber wir wollten, dass Sie schnell was zu essen haben. Bis morgen – und ich muss nicht sagen, dass ich hoffe, Ihnen schmeckt das Essen. Ich weiß es schon."

Damit war die Frau aus der Tür und hinterließ trotz der überraschend kritischen Worte eine angenehme Stimmung.

Und wieder lächelte April, als sie zum Tisch ging, den Behälter herausholte und den Deckel abnahm. Allein der Duft ließ ihren Magen knurren, und sie setzte sich sofort hin, nahm die Edelstahlgabel und die Stoffserviette, legte sie auf ihren Schoß und senkte den Kopf. Sie dankte Gott, dass er Chet geschickt hatte, um sie zu retten … Erleichterung durchströmte sie. Dann dankte sie ihm für das Essen. Froh, hier zu sein, schob sie einen Bissen des Chicken Pot Pie in den Mund, und, oh Gott, er war köstlich.

Unglaublich köstlich.

Die Fahrt hierher hätte fast in einer Katastrophe geendet, aber von dem Moment an, als sie aus ihrem Auto gezogen worden war, war alles zu schön gewesen, um wahr zu sein. Nicht, dass sie über all das nachdenken wollte. Nein, sie würde nur dieses gute Essen genießen und die Tatsache, dass sie lebte und von herzlichen und netten Menschen umgeben zu sein schien.

KAPITEL VIER

Chet schaffte es zurück zur Ranch und fuhr, obwohl er durchnässt war, zum Zentrum mit den Scheunen, der Schule, der Kantine und dem Haupthaus auf der anderen Straßenseite. Er sah sich um, nur um sicherzugehen, dass niemand Hilfe brauchte. In dem kleinen Schulhaus waren die Lichter ausgeschaltet, und in dem Haus, in dem Nana wohnte, waren alle Lichter an, also ging er davon aus, dass alles in Ordnung war. Er fuhr zur Scheune und sah, dass einer der Arbeitstrucks dicht vor der Tür stand. Er stieg hinaus und war froh, dass der Regen nachgelassen hatte, doch es spielte keine Rolle – er war immer noch tropfnass, also wäre ein bisschen mehr nicht schlimm.

Er ging in die riesige rote Scheune und sah den sechzehnjährigen Tony vor einer geschlossenen Box stehen. Seine Jacke war nass, aber triefte nicht, und sein welliges schwarzes Haar spähte lockig unter den

Rändern seines Strohhuts hervor. Der junge Elvis-Presley-Doppelgänger starrte aufmerksam in die Box.

„Hey, Tony, was gibt's?"

Tony warf ihm einen Blick zu. „Ich war draußen auf der Weide und habe meine Runde bei den trächtigen Kühen gemacht, da habe ich diesen kleinen Kerl gefunden, der umherirrte und kaum laufen konnte. Er war auf der anderen Seite der Weide, wo die Mamas und andere Kälber zusammengedrängt in der Nähe einer Baumgruppe standen. Er hat verzweifelt auf mich gewirkt, also habe ich ihn genommen und ihn zum Füttern hierher gebracht. Wir sind nur ein paar Minuten vor dir hier angekommen. Ich wollte gerade Milch für ihn machen und ihn mit der Flasche füttern. Ich hoffe, das ist okay."

Chet lächelte den Teenager an, als er auf ihn zuging und über die Box auf das Kalb blickte. Es sah definitiv so aus, als ob es hungrig war. „Ausgezeichnete Entscheidung. Er muss gefüttert werden. Tut mir leid, dass du in den Sturm geraten bist. Aber es klärt sich langsam auf. Wie du siehst, war ich auch draußen."

Diesmal sah Tony ihn direkt an, sein Gesichtsausdruck war erschrocken, als er Chets durchnässte Kleider bemerkte. „Wow, bist du schwimmen gegangen?"

„Ja, das bin ich tatsächlich. Drüben auf der Westseite, die Straße, die durch die Talsohle führt.

Weißt du, ich sehe immer da nach, wenn ich denke, dass das Wasser übers Ufer gehen könnte. Und tatsächlich war auf der anderen Seite der zweiten Brücke ein kleines Auto, das auf wundersame Weise am Zaun hängengeblieben ist, nachdem es hinter der Brücke die Bodenhaftung verloren hat. Zum Glück hat der Zaun, den du mit mir repariert hast, sie gehalten – das Auto, meine ich. Sie hat drin festgesessen und konnte die Tür nicht aufmachen. Die Strömung war so stark, dass der Zaun das Auto nicht mehr lange gehalten hätte, also bin ich froh, dass ich da war, um sie rauszuziehen und in Sicherheit zu bringen."

„Wow! Gott sei Dank warst du da. Was hast du mit ihr gemacht?"

„Sie war auf dem Weg zum Dew Drop Inn. Ich hätte sie wahrscheinlich sowieso dorthin gebracht, aber sie hatte ohnehin ein Zimmer dort reserviert."

„Das ist eine coole Geschichte. Wir haben heute beide irgendwie jemandem den Tag gerettet." Tonys schiefes Grinsen breitete sich auf seinem Elvis-Gesicht aus.

„Ja, kleiner Bruder, das haben wir. Ich bin stolz auf dich."

Tony legte eine Hand auf seine Schulter. „Und ich bin stolz auf dich, großer Bruder. Willst du mitkommen und zusehen, dass ich diesen Kuhmilchersatz richtig mixe?"

Chet lächelte. „Gern, und dann machen wir einen Fütterungsplan für ihn. Du und deine Brüder werdet für ihn sorgen." Er wusste, dass Tony alle Pflegejungen auf der Ranch als seine Brüder betrachtete, genau wie Chet. Manchmal war es hart für die Neuen, aber für Tony nicht mehr. Er hatte sich an das Leben auf der Ranch gewöhnt, und half den anderen Kindern, die oft schrecklichen Erinnerungen zu überwinden, die sie verfolgten. Wie Chet nannte Tony die Ranch gern und stolz sein Zuhause, und er liebte die Arbeit hier.

Sie gingen zum Ende des Stalls, wo Arbeitstische standen und alles untergebracht war, was sie zur Behandlung der Kälber, Kühe oder Pferde brauchten. Tony holte die Dose mit dem Pulver heraus, öffnete dann eine Schublade und zog einen Messbehälter heraus. Er füllte ihn bis zum richtigen Maß, während Chet zusah, vollkommen sicher, dass Tony es sowieso richtig machen würde. Und das tat er.

Nachdem das Pulver abgemessen war, stellte er es auf die Waage und wog es. Er hatte gelernt, dass sich die Dichte änderte, wenn der Behälter dastand, und dass er immer aufpassen musste, dass die Kälbchen genau das bekamen, was sie brauchten. Zufrieden mischte Tony das Pulver dann vorsichtig mit der richtigen Menge Wasser. Er wusste offensichtlich, was er tat – genau wie Chet es erwartet hatte.

Nachdem die Flasche fertig war, gingen sie zurück

zur Box. Chet öffnete die Tür und folgte Tony hinein. Das Kälbchen hob den Kopf, seine großen Augen beobachteten sie, während es unruhig war, aber zu erschöpft aussah, um sich zu bewegen.

„Diesen Teil mag ich immer", sagte Tony. „Es gefällt mir, ein Retter zu sein. Ich kann nicht anders. Wir sind beide schon eine ganze Weile hier auf Ranch aufgewachsen, und du weißt, dass es mir nicht sonderlich gutgegangen ist, als ich hier angekommen bin. Doch ich wusste, dass es eine Rettung gab, und ich habe sie wirklich gebraucht. Diese Ranch hat den richtigen Namen – Sunrise – denn bis ich hier angekommen bin, habe ich nur Dunkelheit gesehen. Das war nicht gut. Jetzt liebe ich es, aufzuwachen und zuzusehen, wie die Sonne an einem sonnigen Tag, einem trüben Regentag … an jedem Tag aufgeht. Es spielt keine Rolle; es ist ein Sonnenaufgang auf der Sunrise Ranch, und es wird ein guter Tag." Er verstummte, seine blauen Augen strahlten, und das Elvis-Lächeln hellte sich auf. „Ich weiß einfach, dass ich an einem guten Ort bin, egal, ob die Sonne scheint oder sich ein Sturm zusammenbraut. So viel besser als das Leben, in das ich hineingeboren wurde. Und so seltsam es vielleicht auch klingt, ich liebe es, wenn ich ein Kalb retten und ihm helfen kann. Ich möchte helfen, wie mir geholfen wurde."

Chet atmete tief ein und unterdrückte die Gefühle,

die er empfand. Er kannte dieses Gefühl. Genau aus diesem Grund hatten viele der Jungen als Erwachsene ein großartiges Leben, denn hier auf dieser Ranch schien immer die Sonne in ihren Herzen. Fast alle kamen zur alljährlichen Heimkehrfeier zurück, wann immer sie konnten. Doch er hatte sich entschieden, für immer auf der Ranch zu bleiben, weil er Momente wie diesen erleben und dabei zusehen konnte, wie ein Kind wie Tony wieder lächeln lernte und überlebte. Ein Kind, das den schrecklichen Alptraum durchgemacht hatte, nicht nur geschlagen, sondern auch mit Verbrennungen gefoltert worden zu sein. Was dieser Junge durchgemacht hatte, war abscheulich … aber Tony hatte das, was diese Ranch war, verstanden und angenommen – ein riesiger Segen. Und es ging ihm großartig.

Sie alle wussten, dass sie Mr. McDermott, seinen Söhnen und Nana, ihrer Großmutter, viel zu verdanken hatten. Doch alles hatte mit dem Traum von Lydia McDermott angefangen. Sie war Morgans, Rowdys und Tuckers Mutter. Die süße Frau, die gestorben war, bevor ihr Traum wahr werden konnte, doch ihre Familie hatte sich ihrer Liebe als würdig erwiesen, indem sie dafür gesorgt hatten, dass die Sunrise Ranch genau das geworden war, was sie sich vorgestellt hatte. Ein Ort, der ihre Wünsche erfüllte und ein Segen für alle war, die hierherkamen.

Als Chet nun zusah, dass Tony so entschlossen und

dankbar war, spürte er, wie Miss Lydia auf sie herablächelte. Er hatte sie nie kennengelernt, aber er fühlte sie, während Tony sprach. Momente wie dieser hörten nie auf, ihn in Erstaunen zu versetzen.

Er sah zu, wie Tony dem Kälbchen erlaubte, sich an den Sauger der Flasche zu gewöhnen, und dann lächelte Chet, als das Kalb es endlich zu trinken begann. Tony war auf den Ruck vorbereitet gewesen und hielt das Kälbchen fest, um die Flasche nicht fallen zu lassen, als das Junge daran saugte, gierig nach der Milch, die es so dringend brauchte. Der Teenager nickte neben dem Kalb und war sichtlich glücklich, weil er wusste, dass er dafür sorgen würde, diesen kleinen Kerl am Leben zu erhalten. Dass er etwas bewirkte. Das stimmte, aber dieser Junge bewirkte nicht nur bei den Kälbern etwas. Nein, er bewirkte auch etwas, weil alle jüngeren Kinder seinem Beispiel nacheiferten.

Chet sah Tony an. „Du machst das großartig. Aber das weißt du, nicht wahr?"

Tony sah zu ihm auf, und seine tiefblauen Augen bohrten sich in die von Chet. „Danke. Ich will etwas bewirken, genau wie du. Weißt du, ich habe viel von Morgan, Rowdy und Turner gelernt. Aber ich habe noch mehr von dir gelernt, denn auch, wenn ich nicht viel aus deiner Vergangenheit weiß, weiß ich, dass wir beide Schlimmes durchgemacht und überlebt haben. Und du hast mir vom ersten Tag an gezeigt, was für ein Mann ich werden kann. Ich dachte, jetzt wäre der richtige Zeitpunkt, dir das zu sagen. Du sollst nur wissen, dass ich zu dir aufschaue und das schon immer getan habe."

Seine Worte trafen Chet tief. „Das freut mich."

„Nicht nur ich, die anderen auch. Wir wissen, dass unsere ältesten Brüder viel durchgemacht haben, ihre Mutter verloren haben und mit dem Verlust von jemandem klarkommen mussten, der sie so sehr geliebt hat. Dann haben ihr Vater und ihre Großmutter Nana Miss Lydias Traum wahrgemacht und uns alle hierher gebracht, um auf dieser Ranch ein besseres Leben zu führen. Sie haben das gemacht, während sie selbst innerlich zerrissen waren. Aber jetzt sind sie immer noch hier und lieben uns alle. Ich weiß das sehr zu schätzen. Es hat das Leben für so viele verändert – aber du … du, Chet, bist genau wie wir auf diese Ranch gekommen, mit Kummer und Verlust, und bist du geblieben und ein Erfolg geworden. Ich nehme es denjenigen nicht übel, die weggezogen sind und woanders ihr Erwachsenenleben gefunden haben, ganz und gar nicht. Aber mein Traum ist wie deiner. Du bist geblieben, und ich hoffe, dass ich das auch tun kann", sagte er mit strahlenden Augen. „Ich möchte wie du auf dieser Ranch arbeiten, und vielleicht kann ich eines Tages eine eigene Farm für Pflegekinder eröffnen. Wie auch immer, ich wollte es dir nur sagen."

Die Worte des Jungen gingen Chet durch den Kopf.

„Das hilft mir. Es hilft mir zu wissen, dass ich die richtige Entscheidung damit getroffen habe hierzubleiben."

„Dann freue ich mich, nicht nur dieses Kalb gerettet zu haben, sondern dass ich dir auch helfen konnte." Tony lächelte. „Geht's der Frau, die du aus dem Wasser gezogen hast, gut? Übernachtet sie im Dew Drop Inn?"

„Ja, ihr geht's gut, und ich werde morgen hinfahren, um nach ihr zu sehen."

„Hey, kann ich mitkommen? Ich würde gerne diese Frau sehen, die du gerettet hast. Es ist irgendwie cool, auch jemanden zu sehen, dem wir geholfen haben – na ja, dem *du* geholfen hast. Weißt du, andere zu sehen, die davon profitieren, dass du hier bist."

Chet mochte dieses Kind wirklich. „Klar, du kannst mitkommen. Wir treffen uns hier gegen zehn. Ich will nicht zu früh da auftauchen und sie aufwecken."

„Ich werde da sein. Ich mache das hier fertig, falls du nach Hause gehen und dich aufwärmen willst. Ich bin ein bisschen nass geworden, aber bei Weitem nicht so klatschnass wie du. Und sobald ich dieses Baby gefüttert habe, gehe ich zurück in mein Haus. Ich habe Mrs. Carrie Bescheid gesagt, dass ich hier in der Scheune bin."

„Gut. Sie mögen deine Hauseltern sein, aber sie lieben dich auch wie ihre eigenen, und sie würden sich Sorgen um dich und alle deine Brüder machen, wenn sie nicht wüssten, wo ihr bist."

„Ja, ich weiß. Ich sehe dich dann morgen."

Chet lächelte, drehte sich um und ging zur Tür hinaus. Der Junge hatte ihm klar signalisiert, dass er das, was er gerade tat, allein zu Ende bringen wollte. Und es erinnerte Chet an ihn selbst in diesem Alter, nachdem er hier angekommen war.

Er stieg in seinen Truck und fuhr die Straße hinunter zu seiner Hütte. Seine Gedanken kehrten sofort zu dieser hübschen April zurück, mit ihrem zimtbraunen Haar und den golden funkelnden Augen. Und so seltsam es auch war für ihn, er freute sich darauf, sie wiederzusehen.

Für einen Mann, der nicht vorhatte, jemals zu heiraten, konnte die Erwartung, eine Frau wiederzusehen, dazu führen, dass er einen dummen Fehler machte.

Nein, keine Fehler; sie war nur zu Besuch, und er würde bleiben. Und außerdem war er seit einer Ewigkeit nicht mit einer Frau ausgegangen und hatte auch nicht vor, damit anzufangen, und das wusste jeder. Rowdy hatte bei Tuckers Hochzeit gesagt, dass Chet seiner Meinung nach ein Date brauchte. Aber tief in seinem Herzen wusste Chet, dass er nach dem, was er mit seinen Eltern erlebt hatte, niemals das Risiko eingehen würde, seine Liebe zu verlieren. Er war ein Mann, der anderen helfen würde, doch sein Herz war ein Tabu. Er hatte nicht vor, zu daten oder zu heiraten – nicht einmal zu tanzen. Er war ein Einzelgänger.

Dennoch konnte er nicht leugnen, dass die goldäugige April einen Versuch wert wäre, wenn er irgendetwas davon wagen wollte.

* * *

April hatte tief und fest geschlafen, und das war höchst ungewöhnlich.

Sie hatte seit dem schrecklichen Verlust ihrer Eltern als Kind nicht mehr gut geschlafen. Damals war sie in eine Pflegefamilie gekommen und hatte mit allem zu kämpfen gehabt, was ihr widerfahren war. Es war schwer zu verstehen, dass sie bis zum Tod ihrer Eltern nicht einmal ihren richtigen Nachnamen gekannt hatte. All das hatte ihr zugesetzt und es schwierig gemacht, damit umzugehen, und so war sie von einem Zuhause zum anderen weitergereicht worden.

Als sie als Teenager in einer anderen Pflegefamilie gewesen war und unter Alpträumen gelitten hatte, hatte sie eines Nachts ein Notizbuch genommen und angefangen zu schreiben. Und wie durch ein Wunder hatte das geholfen, ihre Schmerzen zu lindern, und sie hatte begonnen, etwas besser zu schlafen. Jedes bisschen half. Es hatte sie auch auf den Weg zu ihrer Karriere als Schriftstellerin gebracht, und indem sie

Worte und Traumata zu Papier brachte, hatte sie weniger Alpträume über den Tag, an dem sie ihre Eltern verloren hatte.

Doch letzte Nacht – letzte Nacht hatte sie durchgeschlafen. Erstaunlich, von dem Moment an, als sie gegen zehn Uhr eingeschlafen war, bis sie gegen acht Uhr hier in ihrem hübschen Zimmer im Inn aufgewacht war. Es war erstaunlich, und sie konnte nicht fassen, wie gut sie sich fühlte. Es war unglaublich, besonders, nachdem sie fast ertrunken wäre.

Dank Chet hatte sie überlebt.

Nicht, dass es eine Rolle spielte, aber ihr wasserdichtes Telefon hatte in ihrer Jeanstasche überlebt. Nicht, dass es wichtig wäre, da sie niemanden hatte, dem sie erzählen konnte, dass sie fast gestorben wäre. Ja, sie hatte Bekannte, Lektoren und Verleger, aber keine wirklich engen Freunde, und daran war sie selbst schuld. Sie versteckte sich und schrieb oder unternahm Inkognito-Recherchereisen wie diese und ging nie aus, um wirklich Beziehungen aufzubauen. Sie war wahrscheinlich die ungebundendste Frau der Welt.

Und sie beließ es dabei. Als sie jetzt an die Decke starrte, seufzte sie. So war es immer gewesen, sie hielt alle auf Abstand, und niemand wusste, wer sie wirklich war.

So sei es. Sie spürte den sanften Druck tief in ihrem Inneren, aus ihrem Loch zu kriechen. Aber wie immer ignorierte sie ihn, obwohl er jetzt stärker war als je zuvor.

Sie war gerade dabei, ein neues Buch zu schreiben, und hatte die Zeit, die sie brauchte, um zu recherchieren und ihre Ideen zu sammeln. Allerdings würde sie sich jetzt noch keinen neuen Computer zulegen. Sie entschied, die Zeit zu genießen, in der sie die Geschichte nicht wie sonst tippte, hart und schnell, als ob sie dadurch von dem befreit würde, was sie zum Schreiben trieb.

Nein, sie würde versuchen, vorerst einfach hier zu sein.

Sie würde alles in einem Notizbuch festhalten, das sie in einem der Geschäfte hier kaufen wollte. Ja, vielleicht könnte sie sich auch einfach entspannen und eine Weile nicht nur den ganzen Tag am Computer tippen.

Sie hatte darüber nachgedacht, diesmal vielleicht eine andere Art Buch zu schreiben. Nicht die üblichen dramatischen Geschichten, die immer zu einem Happy End führten – das Problem war gelöst, der Bösewicht oder die Bösewichte bekamen, was sie verdienten, wurden gefasst oder getötet. Für sie war das ein Happy End. Im Grunde hatte die Heldin ihrer Serie die Verluste, die sie dazu trieben, Verbrechen aufzuklären, nie ganz überwunden, und so fand sie nie wirklich jemanden, der die Geschichte zu einer echten Romanze gemacht hätte. Nein, ihre Hauptfigur lebte ihr Leben immer allein weiter.

April wusste, dass sie in vielerlei Hinsicht diese Hauptfigur war, doch das Schreiben dieser Geschichten half ihr tief in ihrem Inneren, wo sie die Schmerzen der Vergangenheit verbarg und sich dazu zwang, weiterzumachen. Das Schreiben war eine große Hilfe für sie, auch wenn sie dafür sorgte, dass niemand wusste, dass sie es war, die die Geschichten schrieb, die so viele Menschen liebten.

Sie hoffte, dass keiner ihrer Leser tief in seinem Inneren Schmerzen litt, und wenn doch, betete sie, dass ihre Bücher dabei halfen, mit diesem Schmerz umzugehen. Aber im Moment wollte sie weder schreiben noch arbeiten, auch wenn sie sich ein Notizbuch besorgen und Inspirationen aufschreiben würde. Sie würde sich entspannen, es zumindest versuchen.

Und wenn sie heute Nacht genauso gut schlafen würde wie letzte Nacht, wäre das ein großer Gewinn für sie. Natürlich vermutete sie, dass das nur passiert war, weil sie eine lebensbedrohliche Tortur durchgemacht hatte. Eine Tortur mit einem glücklichen Ende … sie lebte und war hier an diesem bezaubernden Ort.

Sie war hierhergekommen, um sich diese Ranch anzusehen, über die sie so viel gelesen und gehört hatte, und das würde sie tun – und dabei vielleicht sogar Spaß haben.

Bei diesem Gedanken stand sie auf. Es war Zeit, im Spotted Cow Café zu frühstücken. Sie zog ihre jetzt sauberen und getrockneten weißen Jeans und die blassgelbe Bluse an, die Mabel für sie gewaschen und heute Morgen geliefert hatte. Auch ihre Unterwäsche und ihre Sneakers waren gewaschen und getrocknet. Mabel hatte alles sehr früh gebracht, und sie war wieder ins Bett gekrochen. Mabel hatte ihr auch eine große Tasse Kaffee und einen wunderbaren Apfelkuchen auf den Tisch gestellt, von dem sie sagte, dass Miss Jo sie für Frühaufsteher brachte. Die Frau war großartig, aber es klang, als wäre Miss Jo es auch. Und sie waren offensichtlich gute Freundinnen. Mabel hatte sie ermutigt, für ein wunderbares spätes Frühstück ins Diner zu gehen, aber auch, um die Atmosphäre zu erleben, die sie nicht missen wollte.

Aus Gewohnheit suchte sie nach ihrer Handtasche; doch anders als ihr Handy hatte die es nicht aus ihrem Auto geschafft, also hatte sie weder Geldbeutel noch Geld. Mabel hatte ihr gesagt, sie solle sich wegen des Geldes keine Sorgen machen, sie könne alles beim Inn auf die Rechnung setzen lassen, bis eine Karte per Post kam. Und so hatte sie alle ihre Karten gesperrt und neue bestellt; sie würden bald hier sein. All das ging ihr durch den Kopf, als sie die Treppe hinunterstieg.

Mabel hatte ihr gesagt, dass sie nicht da sein werde,

doch ihr wunderbarer Angestellter an der Rezeption, Harvey, war schon da und werde ihr bei allem helfen, was sie brauchte. Als sie im Erdgeschoss ankam, sah sie den kräftigen älteren Mann mit dem dicken Schnurrbart und den ernsten Augen.

Er lächelte, als er sie sah. „Guten Morgen. Ich hoffe, Sie haben gut geschlafen. Miss Mabel hat mir gesagt, dass ich Ihnen bei allem helfen soll, was Sie brauchen. Ich bin wirklich froh, dass es Ihnen gutgeht. Und ich bin froh, dass Chet da war, um Ihnen zu helfen. Dieser Junge – nun ja, all die Jungs von der Ranch, sind großartig. Sie helfen uns, wenn's hier hektisch zugeht. Chet hat das auch gemacht, als er noch ein Junge war. Was kann ich heute Morgen für Sie tun?"

„Danke. Ich habe letzte Nacht großartig geschlafen. Es ist ein wunderbares Zimmer, und das Bett war perfekt. Ich gehe jetzt ins Café, aber heute sollte Post für mich kommen, vielleicht sogar noch am Vormittag."

„Wenn irgendwas reinkommt, werde ich es gern für Sie aufbewahren. Kein Problem. Sie holen es einfach ab, wenn Sie Zeit haben. Gehen Sie nur rüber, und genießen Sie das Essen. Miss Jo wird sich um Sie kümmern."

„Nochmal danke." Sie ging zur Tür hinaus, gewärmt vom Gefühl der Morgensonne auf ihrer Haut. Sie lächelte bei dem Gedanken, dass jetzt alles trocken war. Ihre Kleidung war sauber, ihre Sneakers auch, und sie war an diesem wunderschönen Tag unterwegs. Sie überquerte die Straße und sah sich dabei um. Dew Drop war eine charmante Stadt auf dem Land, mit Läden hinter gepflegten Schindelfassaden, auf deren Erkundung sie sich freute. Doch in diesem Moment fiel ihr Blick auf das entzückende Café mit seiner leuchtend gelben Tür, die sie sofort an köstlichen Zitronenkuchen denken ließ. Als sie den Gehsteig vor dem Diner betrat, hörte sie ein vertrautes Geräusch und drehte sich um, um einen großen Truck – Chets Truck – die Straße entlangfahren zu sehen.

Chet hatte gesagt, er werde in die Stadt kommen, und als er sich näherte, sah sie, dass es nicht nur er war. Im Wagen saßen noch zwei andere Männer mit Cowboyhüten. Sie winkte, und Chet, der sein Fenster heruntergelassen und seinen Ellbogen auf die Tür gelegt hatte, blickte hinaus und lächelte sie an. Sein Blick schoss sofort elektrische Funken durch sie hindurch – was sie ignorierte.

Zu ignorieren versuchte.

Er hielt auf einem der Parkplätze vor dem Café, und bevor er aussteigen konnte, flog die Beifahrertür auf, und ein hübscher Cowboy im Teenageralter sprang heraus. Er sah einem jungen Elvis Presley erstaunlich ähnlich. Er trug seinen Cowboyhut auf seinem welligen schwarzen Haar, hatte ein schiefes Grinsen und auffällige eisblaue Augen, die funkelten, als sie sie ansahen – alles, was er brauchte, war eine Gitarre und Elvis' Hüftschwung, und die Ladys würden dem Jungen scharenweise hinterherlaufen!

Sie hätte fast angefangen, eins der Lieder zu singen, die ihr immer den Tag erhellten, während sie sich durchs Leben kämpfte, als ob eine Reise zurück in die Zeit lange vor ihrer Geburt, zu den Musikhits der Fünfziger und Sechziger, ihr helfen würde, ihre Zeit und die Probleme darin zu vergessen. Es waren Lieder, die ihre Mutter und ihr Vater geliebt hatten … es war eine Erinnerung an sie, die sie nicht vergessen hatte.

Hinter ihm stieg ein größerer junger Mann aus, sehr muskulös und mit rostbraunem Haar, das unter seinem Strohhut hervor spähte, der einen Schatten über seine Augen warf. Diese Augen hatten die Farbe ausgewaschener Jeans, nicht so hell wie die des anderen Teenagers, aber sie leuchteten, als er ihr ein Grinsen zuwarf, das wie ein Blitz einschlug, und, *goodness gracious*, sie musste an die Liedtexte eines anderen Sängers aus den Fifties denken, den sie liebte, und sie lächelte, überwältigt von den beiden Jungen, die sie strahlend anlächelten – wahrscheinlich, weil sie ihre Augen vor Schreck weit aufgerissen hatte.

„Wow!", entfuhr es ihr. „Ich meine, guten Morgen", sagte sie, wobei sich ein Lachen in ihre Worte mischte.

„Ja, definitiv ein guter Morgen", sagte Elvis, und

sein schiefes Grinsen wurde noch breiter. „Wir sind von der Ranch. Ich bin Tony – nicht die Reinkarnation von Elvis Presley, falls Sie das denken. Das bekomme ich oft zu hören."

Ein breites Lächeln huschte über ihr Gesicht, und sie kicherte. „Ich verstehe, warum. Du musst mich nicht siezen, so sonst komme ich mir so alt vor. Singst du?" Sie konnte nicht anders, als zu fragen.

Er schüttelte den Kopf und lachte mit dem anderen Jungen. „Nein, du kennst das Lied, das er singt, *All shook up* – das wäre ich, wenn ich versuchen würde, auf eine Bühne zu gehen, und ich würde wahrscheinlich wie ein *Hound Dog* aussehen."

„Ja, das würde er", stimmte der andere Cowboy zu und stieß ihn mit der Schulter an.

„Du kennst seine Lieder", sagte sie amüsiert.

„Ich weiß, wer ich bin, und ich weiß, wer ich nicht bin", sagte er grinsend. „Das ist übrigens mein Bruder Micah. Wir haben gestern von deinem Unfall gehört und wollten nach dir sehen, um uns zu versichern, dass es dir gutgeht." Während er sprach, deutete er mit dem Daumen von ihr zu Chet. Chet lächelte, und sie konnte auch Lachen in seinen Augen sehen. „Und übrigens, anstatt auf der Bühne zu stehen und zu singen, habe ich gerade ein Kälbchen gefüttert, als Chet gestern Abend vorbeigekommen ist, um nach dem Rechten zu sehen, und mir erzählt hat, was passiert war. Er war bis auf die

Knochen durchnässt, also wusste ich, dass irgendwas passiert sein musste. Wie auch immer, ich wollte dich unbedingt kennenlernen und Micah auch. Ich hoffe, es macht dir nichts aus."

„Überhaupt nicht." Sie war dankbar, dass sie gekommen waren, und freute sich an ihrer guten Laune.

„Freut mich, dich kennenzulernen. Und schön, dass es dir gutgeht", sagte Micah, während er mit besorgten Augen nickte und seine Fingerspitzen in den Taschen seiner Jeans vergrub.

Ihr Herz schwoll an. Sie waren fürsorglich, und es berührte sie. Ihr Blick wanderte von den Jungs zu Chet, als er hinter sie trat.

„Also, wie geht's dir?" Sein Blick klebte an ihrem.

Ein Schauer durchfuhr sie, und sie richtete ihren Blick schnell wieder auf die Jungen, um nicht in seine tiefblauen Augen sehen zu müssen. Doch ihr Blick wurde sofort wieder von ihm angezogen. „Mir geht's gut", brachte sie heraus. „Ich wollte gerade da hineingehen, weil ich gehört habe, dass man da fantastisch frühstücken kann." Zum Glück gelang es ihr, wieder die Jungen anzusehen. „Wenn ihr mitkommen wollt, lade ich euch gern zum Frühstück ein. Ich möchte mehr über die Ranch hören, auf der ihr lebt. Ich war gestern überhaupt nur auf dieser kleinen Straße, weil ich an der Ranch interessiert bin und gern mehr darüber erfahren würde."

Die Augen der Jungs leuchteten vor Begeisterung noch heller, was in ihr den Wunsch verstärkte, mehr über die Ranch zu erfahren. Sie war nie begeistert gewesen, eine der Familien zu besuchen, bei denen sie gewohnt hatte, und wusste, dass es nicht die Schuld der Pflegeeltern war. Ihr Herz war nicht dabei gewesen … es war verloren gegangen. Das Lächeln der Jungen war inspirierend.

„Danke, das wäre schön", sagte Micah, und seine jeansblauen Augen sagten ihr, dass er es wirklich so meinte. „Hier gibt es das beste Essen. Und Miss Jo … also, sie ist eine wirklich süße Lady."

„Ja, süßer als ihre leckeren Kuchen", fügte Tony hinzu und lächelte sein schiefes Elvis-Lächeln.

Sie waren entzückend. Aprils Blick wanderte ohne ihr Zutun zu Chet, der schmunzelte, auch wenn seine dunkelblauen Augen inzwischen fast schwarz waren. „Ist das für dich okay?"

„Ja, schließlich sind wir hierhergekommen, um nach dir zu sehen. Und weißt du, dich unter anderen Umständen als gestern zu sehen. Dir geht's wirklich gut?"

„Mir geht's großartig, dank dir. Also, suchen wir uns einen Platz! Ich habe schon viel über dieses Café gehört."

Tony kicherte. „Warte, bis du die Kühe siehst. Im Cow Pattie Café gibt's überall Kühe."

Cow Pattie? Ach ja, wie Chet gesagt hatte. Lächelnd begann sie, die Tür aufzuziehen, als sich plötzlich Chets Arm um sie schob und er die Tür öffnete und dabei dicht neben ihr stand. Sie sah ihn an und spürte wieder dieses seltsame Prickeln, das bis zu ihren Zehen reichte. Und sofort erwachte die Erinnerung an ihren vollkommen irrationalen Kuss. Sie riss den Blick von ihm los, trat schnell ein und wurde vom Muhen einer Kuh begrüßt.

Lautes Muhen, das ihren Blick auf eine süße, einen Meter hohe, unechte schwarz-weiß gefleckte Kuh lenkte, die muhte, als würde sie ein Solo singen. Sie sah sehr alt aus, und war offensichtlich so oft berührt worden, dass sie eine Glatze bekam. Eines Tages würde es eine kahle Kuh sein und wahrscheinlich noch putziger.

Das Muhen auf das Öffnen der Tür hin musste als Begrüßung und gleichzeitig als Ankündigung dienen, dass gerade ein neuer Gast das Café betreten hatte. Sie lächelte und ging dann weiter, damit die anderen ihr folgen konnten. Die Kuh muhte die ganze Zeit. Ein paar Schritte weiter blieb sie stehen – überall waren Kühe! An den Wänden hingen Fotos von Kühen, Plüsch-Kuhköpfe und Cartoonkühe mit lustigen Gesichtern, Kuh-Kunstdrucke und allerlei anderer Kram. Minikühe mit verschiedenen Kostümen, Kuhuhren, Kuhstofftiere – es war urkomisch, und es gab so viele. Es war definitiv ein von Kühen inspiriertes Diner. Dann senkte sie den Blick, sah den schwarz gefleckten Boden und grinste. Sogar der polierte Betonboden passte zum Thema. Große, unregelmäßig geformte braune und fast schwarze Flecken zierten den Boden. Es sollte Kuhfell sein.

Aber ... Sie starrte, und Tonys Worte gingen ihr wieder durch den Kopf – Cow Pattie Café. Jetzt verstand sie.

„Herzlich willkommen!", rief eine kleine Frau, die hinter der Theke hervorkam. „Ich nehme an, Sie sind April. Und das ist eine tolle Gruppe gutaussehender Männer, die Sie in mein Diner begleitet."

„Schuldig im Sinne der Anklage." Sie lächelte die entzückende Frau an, deren Lächeln fast breiter war, als sie groß.

„Ich bin Jo, die Besitzerin dieses kleinen Diners, alle nennen mich Miss Jo, und ich freue mich sehr, Sie kennenzulernen. Chet, ich bin so froh, dass du da warst, als April dich gebraucht hat." Sie ging an den Jungen vorbei und sah die Gäste an, die sie beobachteten. April hatte plötzlich das Gefühl, auf einer Bühne zu stehen, während Miss Jo laut weiterredete. „Für alle, die das vielleicht noch nicht wissen: Unser Chet hat letzte Nacht diese wunderschöne Lady gerettet. Unten in der Senke. Sie wäre heute Morgen nicht hier, wenn er nicht zur richtigen Zeit da gewesen wäre. Also klatscht bitte alle zur Begrüßung.”

Die Gäste im Raum, der voller Cowboys war, unter die ein paar Frauen gemischt saßen, jung und alt, begannen zu klatschen und begrüßten sie.

April war sprachlos.

Nichts, absolut *nichts* wie das hier war jemals in ihrem Leben passiert.

KAPITEL FÜNF

Chet hielt sich im Hintergrund, als alle April auf eine für Dew Drop typische Art und Weise begrüßten. Es machte ihm Spaß, es zu sehen. Heim; das war sein Zuhause, und er freute sich, dass die Jungs mit ihm gekommen waren.

Sie waren ein kleiner Puffer. Sie hatten zusammen vor der Scheune gewartet, als er Tony abholen wollte, und gefragt, ob Micah mitkommen könne. Sie waren die beiden ältesten Jungen auf der Ranch, seit Wes und Joseph auf dem College waren. Es würde nicht mehr lange dauern, bis Micah, der bald siebzehn wurde, auch aufs College gehen würde, wenn er wollte. Tony war sechzehn und würde der nächste sein, der weggehen würde oder auch nicht. Er war so stolz auf sie und freute sich zu wissen, dass sie die Anführer der Jungen geworden waren. Und es war gut, dass sie heute mitgekommen waren, weil sie, wie sie es bereits bewiesen hatten, kein Problem damit hatten, sich mit April zu unterhalten.

Er war nicht der beste Gesprächspartner und versuchte, Distanz zu wahren, darum war er froh, sie hier zu haben.

Zum Glück führte Miss Jo sie zu einem Tisch am Fenster am Ende des Cafés. Das verschaffte ihnen ein bisschen Privatsphäre. Sie verstand, dass er nicht im Mittelpunkt der Aufmerksamkeit stehen wollte, und wusste, dass die Rettung dieser schönen Frau die Gerüchteküche angeheizt hatte.

Denk nicht darüber nach!

April entschied sich für die Seite der Sitznische, die der Tür zugewandt war, was ihm den Vorteil verschaffte, den anderen Gästen den Rücken zuwenden zu können. Perfekt; er würde nicht all die Blicke sehen müssen, die sie anzogen. Er wartete, während sie in ihre Bank rutschte, dann ließ er sich ihr gegenüber nieder und überließ Tony und Micah die Entscheidung, wer neben ihm und wer neben April sitzen würde. Ohne zu zögern, nahm Tony neben April Platz. Micah rutschte neben Chet, und es schien ihn nicht zu stören, dass er nicht neben der hübschen Frau saß.

„Also, sagt mir, Leute – was würdet ihr mir hier empfehlen?", fragte April, während sie die vier

Speisekarten aus dem Halter am Ende des Tisches nahm und sie verteilte.

„Alles", antwortete Tony schnell. „Miss Jo und T-Bone, der Koch, sie machen nichts Schlechtes. Na ja, manche Leute mögen nicht alles, aber das ist normal, denke ich. Aber die meisten fangen schon an zu sabbern, wenn sie die Tür aufmachen und reinkommen, und das hat nichts damit zu tun, dass Patty, die Kuh, sie anmuht, wie sie es getan hat, als du reingekommen bist – und ich meinte die Spielzeugkuh, nicht die kleine Miss Jo." Er grinste und April auch.

„Wenn du ein Speck-Käse-Omelett mit Paprika und allen möglichen anderen Sachen magst, dann wirst du ihre Omeletts lieben", sagte Micah und erntete ein weiteres Lächeln von April.

„Sie haben auch großartigen Speck, Eier und Würstchen hier", fügte Tony hinzu. „Und Miss Jo macht das ganze Brot für den Toast und auch die Marmelade selbst."

„Ja, irgendwie ist alles großartig hier. Die Armen Ritter sind fantastisch und die Pancakes auch." Micah rieb seinen flachen Bauch. „Sie sind nicht zu schlagen, selbst was Omeletts angeht. Darum fällt es mir immer schwer, mich zu entscheiden. Aber egal, was ich bestelle, ich bestelle immer ein paar Scheiben extra Speck dazu."

Sie schmunzelte und begegnete Chets Blick, der an ihr hängengeblieben war, ob er es wollte oder nicht.

„Also bin ich kurz davor, überwältigt zu sein?", fragte sie, ihre Worte von einem sanften Lachen begleitet. „Dann würde ich sagen, ich nehme ein Omelett, eine Scheibe Arme Ritter und einen Pancake. Sonst noch irgendwelche Vorschläge?" Sie kicherte und lächelte strahlend.

Auch er musste lachen. Es war ein toller Morgen … er war wirklich froh, dass die Jungs mitgekommen waren, sonst hätte er Schwierigkeiten, die strahlende Frau zu beobachten, die so anders war als die verzweifelte hübsche Frau, die er gestern aus dem Fluss gezogen hatte. Ihr Lächeln heute war etwas, das in sein Inneres eindrang und ... was?

Wünsche nach mehr weckte.

* * *

Lachend beobachtete April die beiden Jungen und Chet. Sein Blick kehrte zu ihr zurück und hielt ihren zum ersten Mal seit seiner Ankunft fest. Ihr Herz hämmerte wie verrückt, als würde es Schlagzeug spielen.

„Alles ist toll hier. Die Lady weiß, wie man gutes Personal findet. Die Kellnerin, die du bald kennenlernen wirst, sorgt immer für ein bisschen Unterhaltung, und

T-Bone ist, wie der Junge schon angedeutet hat, ein verdammt guter Koch. Alles, was er kocht, ist köstlich. Und ja, Miss Jo backt alles Brot selbst, und ihre hausgemachten Trauben- und Erdbeergelees sind unvergleichlich." Während er sprach, zog er seine dunklen Brauen hoch. „Aber das Feigenkaktusgelee, das sie auf der Karte hat, ist mit Abstand meine Lieblingsmarmelade."

„Ja, das ist großartig", stimmte Tony zu. „Sie bezieht es von einem Familienbetrieb aus Mule Hollow, Texas. Die Frau, Rose ist ihr Name, wenn ich mich nicht irre, und ihr Sohn haben mit der Herstellung des Gelees angefangen, nachdem sie wie wir ein hartes Leben hatten, dem entkommen sind und von vorn anfangen mussten. Sie haben diesen Neuanfang geschafft, indem sie Feigenkaktusgelee in einem kleinen Kaff herstellen. Ist das nicht cool?"

Seine Worte ließen ihr Herz höherschlagen. „Das ist wunderbar", sagte sie, begeistert von der Geschichte.

„Das Geschäft läuft großartig, und das Gelee ist lecker", sagte Micah. „Miss Jos Marmelade auch, aber ich mag die Geschichte mit dem Feigenkaktusgelee. Ich bin froh, dass Rose ihren Sohn behalten und ihn nicht aufgegeben hat, und mit ihm an ihrer Seite ein neues Leben anfangen konnte."

Aprils Herz zog sich bei diesen Worten zusammen,

als sie erkannte, was Micah meinte. Es war eine Geschichte, die angesichts des guten Endes so leicht für selbstverständlich gehalten werden könnte, doch alle, die am Tisch saßen, wussten, dass nicht jedes Leben diese guten Momente hatte. Micah wusste die simple Tatsache zu schätzen, dass der Junge und seine Mutter zusammen einen Familienbetrieb gegründet hatten. Der Junge war nicht zur Adoption freigegeben oder ihr weggenommen worden oder hatte sie verloren ... Ihr Herz raste, als sie sich auf das gute Ende der Geschichte konzentrierte.

„Das ist wunderbar und eine sehr ermutigende Geschichte. Ich kann es kaum erwarten, das Gelee zu probieren." Sie lächelte Micah sanft an und begegnete dann Chets Blick. Er nickte, als verstünde er, was sie gerade gesehen hatte.

„Miss Jo findet das auch und ist diejenige, die die Geschichte erzählt, damit alle wissen, dass es in vielerlei Hinsicht einen Neuanfang gibt, sogar mit hässlichen Kaktusfeigen", sagte Chet aufrichtig. „Sie erzählt es, weil die Geschichte sie begeistert. Es ist eine Botschaft der Hoffnung und des Neuanfangs. Wir leben alle auf der Ranch, aber Rose und ihr Sohn waren in einem Frauenhaus, nachdem sie vor Misshandlung geflohen sind. Sie hatten es in die kleine Stadt Mule Hollow geschafft und hart dafür gearbeitet, auf einer von Kakteen überwucherten Farm einen Neuanfang zu wagen. Es ist eine tolle Geschichte. Dieser Junge ist jetzt ein junger Mann, und ich wette, er ist glücklich. Wie diese beiden hier, alle Jungs auf der Sunrise Ranch und ich." Sie sah die Tiefe der Gefühle in seinem Blick, als er Tony und Micah musterte. „Das Leben kann einen schlechten Start haben, aber wenn man entschlossen genug ist, kann man was Gutes daraus machen. Und soweit ich weiß, hat dieser Junge viel durchgemacht, aber er und seine Mutter waren entschlossen, sich ein gutes Leben aufzubauen. Und das haben sie getan."

Sein Blick war geschmolzen, seine Worte drangen tief in sie ein, und jetzt wanderte sein Blick zwischen den beiden Jungen hin und her. „Also, was sagt ihr, Jungs – bauen wir uns ein gutes Leben auf?"

Sie war so erschrocken und ergriffen von Chets Worten. Es war, als würde er den beiden Jungs, die neben ihm saßen, ganz bewusst zeigen, dass sie wie der Junge aus einer anderen Stadt ein glückliches Leben führen könnten – nicht nur jetzt, sondern für immer. Und ja, sie hatte von Mule Hollow und dem Kaktusgelee gehört, aber diese Geschichte machte es persönlich, während sie Micah und Tony beobachtete. Sie hörten zu, und ihr Herz schmerzte vor überwältigender Dankbarkeit für Chet.

Er hatte sie nicht nur gerettet, sondern er verhalf

diesen Jungen auch zu der Erkenntnis, dass ihr Leben jetzt gut werden würde, dass es, auch wenn sie eine schlechte Ausgangssituation gehabt hatten, in ihren Händen lag zu entscheiden, was sie wollten.

Was sie *wählten.*

Ihre Gedanken kreisten um Chets Worte, die im Grunde genommen unterstrichen, dass das Leben ab einem bestimmten Alter die Summe der Entscheidungen war, die man getroffen hatte. Niemand sonst traf diese Entscheidungen.

Niemand.

„Ja, wir mögen das Gelee und was es repräsentiert", sagte Tony. „Und eines Tages hoffe ich, diesen Jungen zu treffen – diesen Mann. Ich glaube, er ist älter als ich. Aber ich glaube, er war ungefähr in meinem Alter, als sie den Grundstein gelegt haben. Er hat etwas Gutes daraus gemacht, damit alle es genießen können. Was sagst du dazu, Micah – du und ich werden ein gutes Leben haben, nicht wahr? Wir werden diesem Jungen und Joseph und Wes folgen." Er sah sie mit hochgezogener Augenbraue an. „Sie haben Ende des Jahres ihren Abschluss gemacht und sind ans College gegangen. Wir freuen uns, wenn sie nach Hause kommen und uns besuchen, aber es geht ihnen großartig. Micah wird vor mir gehen, aber wir reden viel darüber. Wir werden unseren Weg machen, so wie sie es getan haben. Sie hatten einen beschissenen Start und wie Chet haben sie den Weg für uns geebnet. Und wir werden das Gleiche für die andern Jungs auf der Ranch machen."

„Wir nehmen es wirklich ernst", fügte Micah hinzu, und sein Blick passte zu seinen Worten, als er April ansah. „Ich bin noch nicht annähernd so lange hier wie Chet oder Tony. Ich bin erst kurz vor Jake hier angekommen, unserem anderen Bruder in unserem Alter, aber ich komme mit allem ziemlich gut zurecht. Und wenn was passiert und mich die Erinnerungen, die uns alle verfolgen, hart treffen, habe ich jede Menge Leute, die mir helfen, darüber hinwegzukommen."

Ihre Gedanken überschlugen sich, denn sie wusste, dass sie das nicht gehabt hatte.

War Mabel das beim Lesen ihrer Bücher klar geworden? Hatte das Mabel dazu gebracht, den Brief zu schicken?

* * *

„Na, hallo nochmal", sagte Edwina und unterbrach sie, als sie an den Tisch trat.

Chet merkte, dass sie April direkt ansah, als sie „nochmal" sagte. *Wann hatten sie sich kennengelernt?*

„Wie hat Ihnen der Chicken Pot Pie geschmeckt,

68

den ich gestern Abend gebracht habe?"

Natürlich hatten sie sich so kennengelernt. Er hätte daran denken sollen, aber ihm schwirrte der Kopf wegen der Unterhaltung, die sie gerade mit den Jungs führte, und wegen des erschrockenen Ausdrucks in Aprils Augen. Jetzt beobachtete er das Lächeln, das sich auf ihrem Gesicht ausbreitete, und war froh, es zu sehen und nicht das, was er zuvor bemerkt hatte.

„Sie haben nicht übertrieben", sagte April. „Es war unglaublich. So gut! Und wie Sie gesagt haben, ich muss zu T-Bone gehen und ihm sagen, was für ein unglaublicher Koch er ist."

Edwina grinste breit. „Ich neige nicht zu Übertreibungen, und ich wusste, dass es Ihnen gefallen würde. Wie geht es meinen gutaussehenden Jungs?" Sie stemmte ihre Hand, in der sie ihren Stift hielt, in die Hüfte und tätschelte den kleinen Block an ihrer anderen Hüfte, während sie sie alle ansah. „Ihr wisst, dass es Frühstück nur noch eine halbe Stunde gibt, also nehme ich eure Bestellungen auf, bevor der alte T-Bone anfängt, Mittagessen zu kochen. Ihr müsst heute Morgen alle lange geschlafen haben." Sie zog eine Augenbraue hoch.

Chet lachte, und die Jungs lachten mit.

Tony klopfte mit der Hand auf den Tisch und grinste zu ihr hoch. „Miss Edwina, wir hatten auf der

Ranch zu arbeiten. Ich habe gestern Nacht im Sturm ein neugeborenes Kalb gerettet, und wir mussten es heute Morgen füttern. Chet hat letzte Nacht auch diese hübsche Lady gerettet, die hier neben mir sitzt, und jetzt braucht sie auch was zu essen." Er lachte, und seine Worte brachten sie alle zum Lachen.

„Das hört sich alles gut an", sagte Edwina mit einem breiten Lächeln.

„Ja, das tut es", sagte April und schenkte Edwina ein Lächeln, bevor sie Tony ansah. „Du hast ein Kalb gerettet?"

„Ja, Ma'am, das habe ich. Ihm ging's heute Morgen gut. Ich musste es wieder füttern, und Micah wird mir helfen, auf es aufzupassen, denn manchmal haben wir andere Arbeiten zu erledigen, also werden wir uns die Verantwortung teilen."

„Ja, wir haben heute Morgen einen Plan gemacht", fügte Micah hinzu.

„Das finde ich wunderbar", sagte April.

„Ich auch", sagte Edwina. „Glaubt ihr, ich muss nach ihm sehen und mich versichern, dass ihr gute Arbeit leistet?" Ihr Gesichtsausdruck war ernst, aber es war einfach ihre Art, und Chet wusste, dass die Jungs das auch wussten.

„Nein, Ma'am", sagte Micah. „Wir haben alles im Griff. Und wenn wir sehen, dass wir mehr Hilfe brauchen, rufen wir Jake dazu. Er ist da, und auch in unserem Alter und kann helfen. Wir kümmern uns um das Kalb. Außerdem wissen Sie, dass all die kleinen Jungs auch helfen wollen. Glauben Sie mir, dieses Kalb wird wahrscheinlich viel besser behandelt als ich – na ja, so wie die meisten von uns als Kinder behandelt wurden. Die Kleinen werden es wie einen großen Welpen behandeln und ihm viel Liebe schenken."

Chet entging nicht die Bemerkung, die Micah über sich selbst gemacht hatte. Aber der Junge sprach einfach weiter, als hätte er es nicht bewusst geäußert, dieses „besser behandelt als ich". Doch die Worte gingen Chet durch den Kopf, und sein Blick blieb an Aprils hängen. Sie hatte es auch bemerkt. Er wusste, was Tony durchgemacht hatte und wie gut es ihm jetzt ging, aber Micah –

„Ich denke, ihr seid ein paar ganz wunderbare Jungs – ja, das tue ich", sagte Edwina. „Ich bin froh, dass ich nicht da rauskommen und irgendjemandem von euch die Hosen strammziehen muss, weil ihr beide helft. Und wir haben viele gute Leute wie Chet, die helfen können." Edwinas Blick fiel auf ihn, und er war sich ziemlich sicher, dass auch sie Micahs Anspielung auf seine schlimme Vergangenheit gehört hatte. „Er ist ein guter Kerl, der euch alles beibringen wird oder mit dem ihr reden könnte, wenn ihr reden müsst. Ich habe schon hier im Diner gearbeitet, als die Ranch ihre Türen für all die wunderbaren Jungs geöffnet hat. Er hier kam mit Morgan, Rowdy und Tucker, und sie mussten ihren eigenen Mist durchstehen. Ich auch – aber ich muss sagen, dass ich nicht die großartige Unterstützung dieser wunderbaren Leute da draußen auf der Ranch hatte. Trotzdem bin ich mir nicht sicher, ob ich mich um ein paar Kühe würde kümmern wollen, aber nachdem ich all die Jungs beobachtet habe, die hier durchgekommen sind, ist es offensichtlich, dass es euch allen gefällt." Sie hob ihre Hand, in der sie den Block hielt, und machte sich bereit, die Bestellungen aufzunehmen. „Also, jetzt, wo ich viel zu lange geplappert habe, könnt ihr alle ein bisschen plappern und mir sagen, was ihr essen wollt."

Chet dachte über das nach, was Micah gesagt hatte, während alle ihre Bestellungen aufgaben. Er hatte vorgehabt zu zahlen, aber April sagte zu Edwina, dass sie vorerst über das Inn bezahlen würde, bis ihre neuen Kreditkarten kamen. Und dann sagte sie zu den Jungs, dass sie alles bestellen würde, was sie ihr empfohlen hatten, um es zu probieren. Danach hatte sie Micah direkt angesehen und ihm gesagt, er werde heute Pfannkuchen, French Toast und Speck bekommen … und auch ein Omelett. Auf ihre Kosten. Er lächelte innerlich, als die Jungs das Angebot annahmen und ihr Lächeln noch größer werden ließen.

Er bestellte seinen üblichen Speck, Spiegeleier und Toast mit diesem fantastischen Feigenkaktusgelee. Aber die ganze Zeit war er in Gedanken bei Micahs Worten. Hatte er immer noch Probleme? Chet musste sicher sein, dass es dem Jungen gutging. Er wollte nicht, dass Micah seine Probleme verheimlichte, bis er erwachsen war. Nun, zugegeben, Chet verbarg seinen Schmerz, aber so war er eben. Das war Micah, der versuchte, seinen Schmerz zu verbergen, und was, wenn er nicht damit umgehen konnte?

Chet wusste nur zu gut, dass es nicht leicht war. Er würde sich Micahs Akte ansehen müssen. Er war sich ziemlich sicher, dass Micahs Eltern, anders als seine eigenen, die gestorben waren, sich getrennt hatten und er auf der Strecke geblieben war. Wenn Micah wusste, wer sie waren, war er nicht mehr daran interessiert, zu ihnen zurückzukommen. Es gab einige Ähnlichkeiten zu seiner eigenen Geschichte – wenn seine Eltern nicht im Fluss gestorben wären –, wenn er in dieser Nacht vom Rücksitz aus richtig gehört hatte. Dieser Teil verfolgte ihn. Er wusste, dass er, auch wenn sie diese Nacht überlebt hätten, allein gewesen wäre, oder beim einen oder anderen hätte bleiben müssen, wahrscheinlich seinem Vater. Aber er würde es nie erfahren, weil beide gestorben waren. Und das war es, was Chet am meisten schmerzte – nicht zu wissen, ob er nach ihrer Trennung gewollt oder abgeschoben worden wäre.

Er hatte sich immer gesagt, dass sein Vater ihn mitgenommen hätte, weil er dachte, seine Mutter sei diejenige gewesen, die sich in jemand anderen verliebt hatte ... Er verdrängte die Gedanken an seine Vergangenheit. Es ging hier nicht um ihn, sondern um Micah. Der fast siebzehnjährige Junge, der nur noch etwa ein Jahr auf der Ranch bleiben würde, bevor er aufs College ging, wenn er sich dazu entschloss – das war jedem der Jungen selbst überlassen.

Chet musste ihm helfen, falls er Hilfe brauchte.

„Hört sich so an, als würden wir wirklich gut essen", sagte April und wandte sich glücklicherweise dem Thema Essen zu. „Und Edwina hat einen netten Sinn für Humor, denke ich."

Beide Jungen grinsten. Er tat es auch, erleichtert.

Tony trommelte mit den Fingern auf den Tisch. „Miss Edwina sagt es so, wie es ist. Aber sie mag uns, und ich muss sagen, wenn jemals einem von uns in der Stadt was passieren würde, würde sie eingreifen. Und das kann ich dir sagen, soweit ich von ihren Geschichten über ihre drei Tunichtgute von Ehemännern weiß, mit denen sie sich rumschlagen musste, würde sie mit allem zurechtkommen, was passieren könnte. Soweit wir wissen, hatte sie die schlechte Angewohnheit, die falschen Männer zu heiraten. Also, ich sage dir nur, April: Wenn du heiratest, schau, dass er ein guter Mann und der Richtige ist. Denn Miss Edwina wird dir sagen, dass sie es nie wieder tun wird. Aber", er sah Chet an, „sie hat ein paar Cowboys im Auge, und im Moment ist es Chet."

Bei Micahs Worten hoben sich Chets Augenbrauen ungewollt. „Was? Nein. Das ist lächerlich. Edwina und ich – nein, sie steht nicht auf mich."

Er erwischte April dabei, wie sie sie beobachtete, und ihr Gesichtsausdruck war aufmerksam. Als arbeitete ihr Gehirn an etwas, ihr Mund jedoch nicht. Er hatte diesen Blick schon einmal bei ihr gesehen– sie dachte angestrengt nach.

„Also, ich denke, Tony hat recht", sagte Micah. „Wir kommen manchmal hierher und beobachten alles, während wir essen, und sie kümmert sich um das Geschäft. Wenn irgendein Typ sich nicht benimmt, geht sie zu seinem Tisch, stemmt die Hand in die Hüfte und pfeift ihn oder sie an – ob einer oder mehrere ist ihr egal – sie nimmt es mit einem ganzen Tisch auf und sagt ihnen, was Sache ist – Klappe halten oder verschwinden." Er grinste; es wurde schnell zu einem Lachen. „Sie lässt sie nicht einmal ihr Essen aufessen, wenn sie sich nicht benehmen." Sein Gesicht leuchtete auf, so amüsant war es für ihn. „Die Sache ist, das Essen ist großartig, so gut, dass sie sich am Ende immer benehmen, weil sie es nicht verpassen wollen. Und wir glauben, dass einige sich nur danebenbenehmen, damit sie ihnen den Marsch bläst."

Tony nickte zustimmend und unterbrach dann: „Das ist ein weiterer Anziehungspunkt für Dew Drop – das Cow Pattie Café, wie wir es alle zum Spaß nennen. Es hat nicht nur gutes Essen, sondern auch tolle Unterhaltung."

April kicherte. „Das verstehe ich. Ich mag es auch. Ich fühle mich ausgezeichnet unterhalten und bin bisher sehr beeindruckt von meinem Besuch. Es gefällt mir richtig gut, und ich freue mich so, dass ihr mit mir frühstückt."

„Nun, wir uns auch", sagten beide gleichzeitig, als wüssten sie, was aus dem Mund des anderen kam.

Chet lächelte darüber. „Ja, wir freuen uns, dass es dir hier gefällt. Und glaub nicht alles, was sie gesagt haben. Edwina ist eine kluge Frau, und ich stehe nicht auf ihrer Abschussliste. Da kommt das Frühstück, also lassen wir das Thema auf sich beruhen und genießen die gigantische Mahlzeit."

„Ich denke, das ist eine perfekte Idee", sagte April strahlend und glücklich.

Und Chet spürte ihr Lächeln durch seinen ganzen Körper.

KAPITEL SECHS

Während sie aßen, wechselte Chet das Thema und wandte sich ihrem Interesse an der Ranch zu. Und so war ihr Gespräch problemlos weitergeplätschert. Als sie mit einem absolut fantastischen, teilweise nicht gegessenen, allzu großen Frühstück fertig waren, stieg sie mit allen dreien in den Truck, um sich das Kalb anzusehen.

Ja, die beiden Jungen setzten sich auf den Rücksitz, und Chet hielt ihre Hand, als er ihr beim Einsteigen in den Truck half. Der jetzt trockene Sitz lenkte sie nicht vom Gefühl seiner Hand um ihre ab, und sie musste sich darauf konzentrieren, froh zu sein, dass der Sitz trocken war und nicht tropfnass von gestern Nacht. Über einen nicht mehr nassen Sitz konnte sie besser nachdenken, als darüber, wie fest, sicher und zuverlässig sich seine Hand an ihrer anfühlte.

Sie konnte das wunderbare Gefühl seiner Berührung nicht ganz ignorieren, denn eine Figur in ihrem Buch spürte es auch, wenn der Held des Buches sie berührte. Ja, Erfahrungen für ein Buch … das war die Art und Weise, wie sie es betrachtete, und sie wollte ihre Gefühle nicht persönlicher werden lassen.

Sie sah zu, wie der schöne Tag verstrich, während sie zur Ranch gingen. Aufregung erfüllte sie. Sie konnte es kaum erwarten, anzukommen. Oh, wie wild die Reise doch begonnen hatte, aber jetzt, am zweiten Tag und noch nicht gegen Mittag, fuhr sie zur Ranch. Die Ranch, die sie dazu inspiriert hatte, diese Reise zu unternehmen, sie zu besuchen und jetzt zu sehen, würde ihre Arbeit inspirieren.

Das war etwas, das sie in ihrem Leben als Schriftstellerin gelernt hatte: Sie dachte über Situationen nach und bekam Ideen, und dann passierte etwas, das Momente in ihren Büchern inspirierte. Das geschah gerade. Sie hatte schon gehofft, dass dies eine Inspiration sein würde. Mabel hatte sie mit ihrem Brief hierher gebracht, und sie hatte noch kein langes Gespräch mit ihr geführt. Die erstaunliche Frau wusste nicht, dass April B.P. Joel, der Schriftsteller war, dem Mabel geschrieben hatte – und sie würde es nie erfahren. Aber dass sie nicht mit ihr darüber sprechen würde, bedeutete nicht, dass April diese ihre unbekannte

Seite des Lebens im Pflegesystem erkunden konnte. Die wunderbare Seite, von der Mabel sagte, dass sie auf der Sunrise Ranch existierte.

Das war etwas, das sie nicht erlebt hatte, aber sie konnte es schon beim Frühstück mit den fast erwachsenen Jungen erkennen, die sicher Einwände gegen das Adjektiv hatten, mit dem sie sie heimlich beschrieb: bezaubernd. Es waren starke, lächelnde Jungen, und, ja, sie fand sie bezaubernd.

Sie betete, dass sie eines Tages eine Frau finden würden, die noch mehr Licht in ihr Leben bringen würde … dieser Gedanke kam aus dem Nichts und schockierte sie. Das wünschte sie sich wirklich für sie. Diese wunderbaren Jungen, die hoffentlich ein glückliches Leben vor sich hatten, mit Liebe und Unterstützung der Menschen auf der Ranch und in der Stadt.

Und bei Chet sah sie es in seinen Augen und an der Art, wie er mit ihnen sprach.

Es war ein Kompliment, aber sie würde ihnen nie sagen, was sie über sie dachte. Sie blickten zu Chet auf, der einer von ihnen war, und wenn sie ihn ansahen, waren ihre Augen voller Respekt und … Liebe. Brüderlicher Liebe, als kämen sie von derselben wunderbaren Mutter. Und sie würde zu gern die Frau treffen, die das inspiriert hatte. Ja, sie respektierten die

Männer, doch irgendwo gab es eine Frau. Die Großmutter, die sie treffen wollte, sie sehnte sich danach, sie kennenzulernen.

„Bist du sicher, dass du das tun willst?", fragte Chet und unterbrach ihre Gedanken.

Sie waren die Straße entlanggefahren, und die Jungen unterhielten sich darüber, dass es Zeit sei, das Kalb zu füttern.

Sie konzentrierte sich. „Ja, gern, solange du Zeit dafür hast."

„Er hat Zeit. Wir alle haben Zeit. Das Kalb muss gefüttert werden, und wenn du willst, kannst du das machen", sagte Tony, und sein Elvis-Grinsen begegnete ihrem Blick, als sie ihn ansah. „Wie klingt das?"

„Ich denke, das ist wunderbar. Ich hatte keine Ahnung, dass ich ein Kalb füttern würde. Das habe ich noch nie in meinem Leben gemacht. Aber ich mag neue Erfahrungen, und das wird eine gute Erfahrung sein!"

„Also magst du Erlebnisse, aber du sagst, du unternimmst nicht viel. Warum …", fragte Tony und wie immer schwieg Micah.

Doch sie warf ihm einen Blick zu, und er war offensichtlich an ihrer Antwort interessiert.

„Was machst du?", fragte Tony, genau die Frage, die sie schon erwartet hatten.

Ihre Gedanken brüllten, und wie immer sagte sie,

was sie normalerweise sagte. „Ich recherchiere und schreibe darüber. So in der Art."

„Du bist Schriftstellerin?", fragte Chet.

„Ja, ich schreibe über … Erfahrungen. Ich reise durch das ganze Land und bleibe nie lange an einem Ort. Das ist mein Leben. Ich bin viel unterwegs."

„Das ist interessant", sagte Micah, bevor Chet etwas sagen konnte. Er beugte sich ein wenig vor. „Ich bin mir nicht sicher, was ich mit meinem Leben anfangen soll, aber Artikel zu schreiben … klingt interessant. Meine Rechtschreibung ist nicht die beste, aber ich muss mir vielleicht einfach mehr Mühe geben und besser aufpassen. Darüber würde sich Miss Jolie, unsere Lehrerin, wahrscheinlich sehr freuen. Wie auch immer, du hast mich gerade irgendwie zum Nachdenken gebracht."

Aus dem Augenwinkel bemerkte sie, dass Chet einen überraschten Gesichtsausdruck hatte. Und Tony auch, wie sie es sah, als sie sich auf Micah konzentrierte. „Ich denke, das ist eine tolle Idee. Du musst keine perfekte Rechtschreibung und Grammatik haben, solange du einen großartigen Lektor hast. Du musst nur wissen, was du mit deinen Worten ausdrücken willst, wie es sich anfühlt und wie es auf der Seite erscheinen soll. Wie du jemanden damit berühren willst. Die meisten Menschen haben eine Stimme in sich, die in ihrer Arbeit zum Ausdruck kommt. Eine Stimme, eine Art und Weise, wie ihre Leser etwas lesen, und wissen, dass es von dir ist. Deine Stimme ist dein wichtigstes Element – sie unterscheidet dich von anderen."

Micah lächelte; sie tat es auch.

Es hatte ihr Spaß gemacht, ihm zu erklären, wie es funktionierte. Sie wollte ihm nicht sagen, was sie wirklich schrieb – das wollte sie niemandem sagen. Aber sie hatte das Bedürfnis, ihn zu ermutigen, und das Funkeln in seinen Augen sagte ihr, dass sie es richtig machte. Wenn sie jemandem, insbesondere jemandem, der Ähnliches wie sie durchgemacht hatte, helfen könnte, das Schreiben als eine wunderbare Ausdrucksweise zu erkennen, dann würde sie das tun. Sie hatte einen Weg aus dem Schmerz und den Sorgen heraus gebraucht, die dunkle Ecken in ihrem Kopf füllten, und all den Lügen, mit denen sie gelebt und die sie hatte sterben sehen. Das Erwachsenwerden war so sehr schwer gewesen, und das Schreiben hatte sie gerettet.

Und plötzlich wollte sie von ganzem Herzen jemand anderem helfen, sein Ventil zu finden. Micahs Augen leuchteten, als er verarbeitete, was sie gesagt hatte. Sie liebte es.

Tony drückte seinen Arm und grinste. „Junge, ich weiß nicht, was ich davon halten soll. Wenn du was schreibst, will ich es unbedingt lesen. Glaubst du, dass du Reisegeschichten schreiben wirst, oder Liebesromane, die viele Mädchen lesen?" Er lachte, und April unterdrückte ein Schmunzeln. „Oder willst du Krimis schreiben, oder, hey, vielleicht was über Aliens oder so?"

Sie war kurz davor, in Gelächter auszubrechen, als Tony mit echter Neugier in seinen Worten und Augen tief in das Thema eintauchte, also hielt sie sich zurück. Aus dem Augenwinkel bemerkte sie, wie Chets Lippen zitterten, während er die Straße beobachtete. Dann blickte sie direkt zu Micah und sah seinen erschrockenen Blick, als er Tony anstarrte.

„Whoa, Mann. Ich habe nur gesagt, dass ich darüber nachdenke. Ich habe keine Ahnung, was ich denke. Ich bin nur neugierig. Als sie darüber gesprochen hat, hat sie was erwähnt, worüber ich noch nie nachgedacht hatte. Aber weißt du, manchmal spürt man einen Funken in seinem Inneren, hast du das nicht? Also, das ist irgendwie das, was ich gerade empfunden habe. Aber ich habe absolut keine Ahnung, was ich schreiben würde. Oder wann. Es war nur ein Gedanke." Er sah so ernst aus, als er seinem Bruder einen Blick zuwarf, der April sagte, dass er von Tonys Frage und Reaktion vollkommen überrascht war.

Tony grinste weiter vor sich hin, da er nicht

verstand, was er meinte. „Aber du *hast* es gedacht. Ich finde das irgendwie cool. Ich würde nie über Schreiben nachdenken. Ich werde hier auf der Ranch leben, mit Rindern und mit Jungen arbeiten, die das Gleiche durchgemacht haben wie ich. Ich werde Chets Beispiel nacheifern. Das ist mein Ziel, weißt du? Du könntest darüber schreiben. Ja, das wäre gut."

Ihr Herz klopfte angesichts dessen, was der Junge sagte. Sie sah Chet an und bemerkte das Lächeln, als er den Truck abbremste, dann blickte er zu ihr und dann, als er über die Schulter zu den Jungen nach hinten sah, konnte sie die Emotionen in seinen Augen sehen.

„Micah, du wirst tun, was immer du dir vornimmst – du hast es in dir. Tony, wir haben darüber gesprochen, dass du hierbleiben willst, und ich bin froh, dass dein Herz dort ist, wo es ist, also werden wir sehen, wohin es führt. Aber keiner von euch sollte die Tür zu anderen Ideen verschließen. Das Leben wird euch den Weg weisen. Gott wird es tun, wenn ihr ihn lasst … wenn die Zeit reif ist."

Und dann trat er aufs Gas und konzentrierte sich wieder auf die Straße.

In diesem Moment konnte sie ihren Blick nicht von ihm lösen. In seinen Worten waren viele Gefühle und Emotionen, aber irgendetwas stimmte nicht. Sie spürte es.

Ihr Verstand, die kreative Seite, wanderte manchmal an einen Ort, während alles andere woanders war, und im Moment saß sie in einem Truck mit plappernden Teenagern auf dem Rücksitz und einem schweigenden Mann auf dem Fahrersitz. Und das faszinierte sie und wühlte ihre Gedanken auf. Der kreative Bereich, der immer im Hintergrund arbeitete, während sie jeden Moment lebte, machte jetzt Überstunden. Sie wusste nie, was am Ende dabei herauskommen würde, aber sie hatte gelernt, dass, wenn der richtige Zeitpunkt gekommen war, alles zusammenpassen und die Geschichte enthüllt werden würde. So wie ihr Leben keinen Handlungsstrang hatte, war sie auch nicht jemand, der Geschichten plante, nein, sie improvisierte, und ihre Geschichten entstanden beim Schreiben, sie lernte die Geschichte kennen wie ihre Leser, Seite für Seite.

Aber als sie Chet jetzt anstarrte, wusste sie, dass das nichts mit ihm zu tun hatte; ihre Gedanken kreisten darum, dass dieses Gespräch eine Figur inspirierte und was sie in ihrer kommenden Geschichte durchmachen könnte.

Emotionen waren Emotionen, und sie wirkten sich auf unterschiedliche Weise auf Menschen aus. Doch in vielerlei Hinsicht waren sie ähnlich, je nachdem, wie tief die Emotionen waren. Sie kannte die Wut und

Verzweiflung, die sie ihren Eltern gegenüber empfand, weil sie ihre Vergangenheit vor ihr verheimlicht hatten und sie erst erfahren hatte, dass sie eine Lüge gelebt hatte, *während* sie hatte zusehen müssen, wie der Mann sie ermordete. Das waren Gefühle, an die sie nicht zu denken versuchte, und die doch plötzlich in ihr aufstiegen, während sie versuchte, sie zu unterdrücken. Sie brauchte sie im Moment nicht. Sie wollte sie nicht, aber ...

Sie schrieb Spannungsliteratur, und es gab schwierige Momente. Sie kannte jede Art von Emotion, die sie in den Augenblicken, in denen sie sie brauchte, zum Leben erwecken konnte. Aber gerade jetzt ...

Als sie gerade den Mann neben sich anstarrte, war sie vollkommen geschockt, weil sie wissen wollte, was seine tiefen Gedanken waren und woher diese Gedanken kamen.

„Okay, da ist sie", platzte Tony heraus. „Unsere Ranch hat viele Zufahrten." Er beugte sich zwischen ihr und Chet vor, die Ellbogen auf beiden Vordersitzen. „Sie sind meistens aus Metallpfosten und einem Metallschild, auf das ‚Sunrise Ranch' geschrieben steht. Schau da." Er zeigte auf das Schild. „Die Ranch ist etwa zehntausend Morgen groß. Das ist nicht so groß wie einige von denen auf dem Weg nach Corpus Christi, zum Beispiel die McIntyre Ranch, von der wir Vieh kaufen. Die ist etwa 100.000 Morgen groß. Verrückt. Ich habe darüber nachgedacht, ob ich vielleicht da draußen einen Job finden könnte, wenn mein Traum hier nicht in Erfüllung geht. Es gibt einige Ranches, die noch größer sind als die der McIntyres – du weißt schon, die King Ranch. Aber in Texas sind zehntausend Morgen schon groß, und wir sind wirklich stolz darauf. Außerdem ist da dieses verrückte schwarze Zeug drin, und das hat die Umsetzung des Traums der süßen Miss Lydia möglich gemacht – dass wir alle hier draußen ein Zuhause haben." Er lächelte und seine Augen tanzten.

Sie ging seine Worte in ihrem Kopf noch einmal durch und gab auf. „Das hört sich toll an, aber okay, eins verstehe ich nicht. Verrücktes schwarzes Zeug – was ist das?"

Alle im Truck brachen in Gelächter aus, sogar Chet, als sein süßes Lachen durch sie hindurch tanzte. Sie riss ihren Blick von ihm los und zurück zu Micah, der sich jetzt an Tony lehnte, während sie über ihren wahrscheinlich komischen Gesichtsausdruck lachten.

„Nur zu. Sag's ihr", sagte Micah und stieß Tony spielerisch mit der Faust an.

Tony neigte den Kopf, und seine Augen tanzten. „Öl. Hier sprudelt Rohöl, wie Mr. Chili und Mr. Drewbaker gern sagen. Sie sind hier vor langer Zeit auf Öl gestoßen. Und das ist es, was ihnen die Möglichkeit gegeben hat – nicht die Rinder und Pferde, die alle wunderbar sind und toll für uns, um was über das Leben zu lernen – nein, es ist das Öl, das ihnen die Mittel gegeben hat, den Traum von Miss Lydia zum Leben zu erwecken. Du wirst die über das Land verstreuten Pumpen sehen. Es gibt eine in der Nähe des Tors, durch das wir fahren."

„Ja", bestätigte Micah. „Wenn es gestern Nacht nicht so stark geregnet hätte, als du auf der Straße warst, wo Chet dich retten musste, hättest du einen Haufen davon im Tal verstreut gesehen."

„Ja", fügte Tony hinzu. „Die pumpen alle das schwarze Zeug. Gutes altes Öl – genau das, woraus unsere Träume gemacht sind."

Sie kicherte; sie waren so süß und so ernst. „Na, dann bin ich dankbar, dass das Öl gefunden wurde, und, mein Gott, dank euch war das ein toller Morgen. Und …" Sie hielt inne, als ihr die Botschaft, die Mabel in ihrem Brief an B.P. Joel geschrieben hatte, noch einmal in den Sinn kam. Mabel hatte gespürt, dass das, was B.P. Joel zugestoßen war, *diesen* Jungen *nicht* passiert war. Sie mochten schwere Zeiten durchgemacht haben, aber sie hatten diese Ranch und natürlich die McDermott-Männer und deren Frauen, ihren Vater und ihre Großmutter. Und die Leute aus dem Ort. Aber die süße Frau, deren Traum Wirklichkeit geworden war, hatte eines sichergestellt: Diese Jungen hatten hier das wahre Leben gefunden. Und April wusste jetzt, dass sie diese Stadt nicht verlassen würde, bis sie mehr über diesen wunderbaren Ort erfuhr, der diese Magie ins Leben dieser Jungen brachte.

Das schlichte eiserne Tor mit einer Querstange über zwei hohen Pfosten und einer herunterhängenden Metalltafel mit der Aufschrift „Sunrise Ranch" war der Eingang zu einem lebensverändernden Ort, und sie wollte herausfinden, wie er funktionierte.

KAPITEL SIEBEN

Chet fuhr auf die Ranch und überließ den Jungs das Reden, da es ihnen Spaß machte und April offensichtlich auch Gefallen daran fand. Ihm war bewusst, dass die Geschichte über das Öl sie irgendwie getroffen hatte – auf eine gute Art und Weise, da war er sich ziemlich sicher. Sie waren alle dankbar für das Öl. Es war ein Geschenk Gottes in den Händen der richtigen Menschen: einer Frau mit einem erstaunlichen Traum und einer Familie, die Lydia McDermott so sehr liebte, dass sie ihn auch nach ihrem Tod wahrgemacht hatten.

Sie hatte die Vision gehabt, und darum waren sie jetzt hier und lebten ein Leben in der Sonne statt in der Dunkelheit.

Und jetzt lernte April die Geschichte kennen und sah, wo der Traum angefangen hatte. Als sie Nanas Haus sah, ein großes zweistöckiges Haus mit einer einladenden Veranda, seufzte sie. Ihm gefiel, wie sich das anhörte.

„Da wohnt Nana", sagte Micah und kam Tony damit zuvor. „Du musst sie kennenlernen. Sie ist großartig. Und ihre Schwiegertochter war diejenige, die davon geträumt hatte, hier Pflegekinder aufzunehmen. Und Nana und ihr Sohn Randolph haben den Traum umgesetzt. Und ihre Enkel –auch Chet hier – sind unsere älteren Brüder. Sie haben alle ihre und unsere Träume wahrwerden lassen. Ihr Traum hat und wird viele Leben verändern. Und ich werde immer dankbar dafür sein."

„Ich auch", sagte Tony. „Es passiert nicht alles auf einmal. Weißt du, wenn du viel durchgemacht hast und sich dann dein Leben verändert … meins zunächst nicht …" Tonys Worte wurden sanfter. „Ich bin geworden, wer ich jetzt bin, nachdem ich einiges durchgemacht habe, Schlimmes, und es ist auf meinem Körper unter meiner Kleidung zu sehen. Aber du wirst die hübsche kleine Lucy kennenlernen, sie ist eine kleine Lady, aber eine großartige Frau. Sie ist mit Rowdy verheiratet. Er hat ihr geholfen, mit ein paar Sachen fertigzuwerden, die sie durchgemacht hat." Er seufzte, ein heiserer Laut, als ob seine Stimme vor Emotionen erstickte.

Chet wusste warum. Der Körper des hübschen Jungen war von der Folter, die ihm sein Vater angetan hatte, so vernarbt, dass er, was Chet anging, ein wandelndes Wunder war. Gott hatte das Kind aus einem bestimmten Grund gerettet, und er wusste es.

Tony holte tief Luft. „Lucy hat eine Menge durchgemacht, aber was sie durchgemacht hat, hat mir geholfen. Ich habe versucht, ihr zu helfen, über das, was sie durchgemacht hat, hinwegzukommen, aber das hat wiederum *mir* geholfen, weiterzumachen, und seit ich mit ihr darüber gesprochen habe, bin ich stärker geworden. Wir haben uns gegenseitig geholfen. Und während das passiert ist, haben sie und Rowdy sich verliebt." Er grinste, als hätte er nicht gerade eine tiefe Narbe in seinem Leben offenbart. „Zuzusehen, wie jemand sich verliebt, ist ziemlich cool. Es zeigt mir, dass es im Leben noch mehr gibt. Wir haben es mit Jolie und Mr. Morgan gesehen ..." Er lächelte. „Er ist unser Bruder, aber auch unser Ranchleiter mit seinem Vater, und manchmal schleicht sich der Mr. ein, wenn wir über ihn reden, obwohl man seinen Bruder nicht *Mr.* Morgan nennen sollte. Er ist ein toller Mann, zu dem man aufblicken kann – das sind sie alle ..." Er hielt inne, als Chets Lachen zu hören war. „Jetzt lach nicht so, Chet. Du weißt, wovon ich rede."

Chet grinste. „Ja, ich weiß. Morgan ist unser Boss und unser Bruder." Er sah April an, als er den Truck vor der großen roten Scheune anhielt.

„Ja", fügte Tony hinzu. „Morgan ist derjenige, der zusammen mit seinem Vater die Verwirklichung des Traums seiner Mutter in die Hand genommen hat. Rowdy ist der Bruder, der durch und durch ein Cowboy ist und gelernt hat, dass Liebe von innen kommt, nicht von außen. Das ist wichtig", Tony hielt inne und zupfte an seinem Hemd herum.

„Das stimmt", nickte Chet, obwohl er wusste, dass Tony an seine Narben unter dem Hemd dachte.

„Jedenfalls", fuhr Tony fort und übernahm offensichtlich die Kontrolle darüber, wohin seine Gedanken gewandert waren. „Diese Ranch ist großartig, und ich könnte den ganzen Tag reden, aber jetzt lass uns das Kalb sehen."

„Ja, hört sich gut an", sagte Micah, und sie stiegen aus dem Truck.

Chet sah April an. „Wenn er mal anfängt zu reden, hört er eine Weile nicht mehr auf. Er hat viel durchgemacht, aber er hat recht – lass uns das Kalb sehen."

„Okay", sagte sie, zögerte aber, bevor sie die Tür öffnete. „Chet … danke, dass du sie zum Frühstück mitgebracht hast, damit ich sie kennenlernen konnte."

„Danke, dass du so geduldig mit ihnen bist." Er lächelte, stieg dann aus dem Truck und ging um die Motorhaube herum, doch bevor er ihre Tür erreichen konnte, war sie schon ausgestiegen und auf dem Weg zur Scheune. Sie gingen hinein, und er hielt sich zurück, während die Jungs voraus stürmten, um April den Weg zu weisen. Und er konnte es ihnen nicht verdenken; sie mochten sie wirklich. Und es schien ihr sehr angenehm zu sein, in ihrer Nähe zu sein.

Sein Interesse an ihr – nicht die Anziehung – war gewachsen, nachdem sie Micah über das Schreiben erzählt hatte. Im Truck hatte Chet in den Spiegel geschaut und die Wirkung ihrer Worte in Micahs Augen gesehen. Er fragte sich, ob etwas daraus werden würde. Aber da war auch Tony; der Junge war wahrscheinlich auf dem richtigen Weg. Er hatte so viel hinter sich und wollte etwas zurückgeben. In vielerlei Hinsicht war er wie Chet; also sagte er nichts. Er würde einfach beobachten und da sein. Im Moment beobachtete er dieses schöne Mädchen, das den Jungs gefolgt war, und er hatte das Lächeln auf ihrem Gesicht gesehen, als sie auf die Box zuging, um das Kalb zu sehen.

„Aww, wie süß", gurrte sie, und es gefiel ihm.

Er befahl seinem Verstand, sich zusammenzureißen. Frauen machten ständig solche Geräusche. Es war eine weitverbreitete weibliche Angewohnheit, bei Kindern, Tieren und allen möglichen Dingen zu gurren und ihre Begeisterung zu zeigen. Aber aus irgendeinem Grund war es süß, wenn es ihr über die Lippen kam und wie sie sich sofort hinkniete und ihre Hände langsam durch die Metallstangen der Boxentür dem kleinen Kalb entgegenstreckte. Das dachte auch das Kälbchen. Der sanfte Klang ihrer Stimme brachte es dazu, einen Schritt nach vorn zu machen, und es begann sofort, ihre Hand zu lecken. April lächelte und zuckte weder zusammen noch zog sie sich zurück.

Er stellte sich neben sie, damit er ihren Gesichtsausdruck sehen konnte, als sie auf das Kalb hinabblickte, und tat, als würde er das Tier beobachten. Er wollte nicht, dass die Jungs bemerkten, wie er sie ansah, und auf irgendwelche dummen Ideen kamen. Das war das Letzte, was er brauchte. Er wusste, dass die Jungen Ideen über Morgan, Rowdy und Tucker bekommen und auf ihre eigene, listige Art den drei Brüdern dabei geholfen hatten, mit den Frauen, in die sie sich verliebt hatten, zusammenzukommen. Diese Jungs hatten ihnen geholfen, die Frauen zu finden, die sie liebten. Die, die sie heiraten wollten.

Da war der Unterschied. Er wollte sich in niemanden verlieben.

Er wollte nicht heiraten – er wollte das tunlichst vermeiden.

„Du bist ein wunderschönes, absolut bezauberndes Baby", gurrte April, während ihre Hand zärtlich die

Stirn des Kalbes streichelte. Das Tier lehnte sich an die Gittertür und schmiegte seinen Kopf in ihre Handfläche, um mehr von ihrer Zärtlichkeit zu bekommen. Und wie Chet vermutet hatte, wollte es auch, dass sie ihm den Rücken streichelte. Und April ließ sich nicht zweimal bitten. Sie steckte sofort ihre freie Hand durch das Gitter und fing an, den Rücken des Kalbes zu kraulen, während sie es weiter zwischen den großen braunen Augen streichelte, die auf sie gerichtet waren.

Chet beobachtete sie, während sie weiter beruhigend auf das kleine Tier einredete.

„Das ist ein gutes Baby. Und ich denke, diese Jungs kümmern sich großartig um dich. Aber ich wette, du hast Hunger und willst deine nächste Mahlzeit, süßes Mädchen." Sie sah Tony und Micah an und lächelte.

Chet lächelte, biss sich aber auf die Lippe, um es zu unterdrücken, obwohl die Jungs gerade sie beobachteten und es selbst dann nicht bemerkt hätten, wenn er von einem Ohr zum anderen gegrinst hätte. Sie sahen ihr zu, als wären sie diejenigen, denen der Kopf gestreichelt und der Rücken gekrault wurde. Oh Mann, diese kleine Frau hatte große Bewunderer und nun ja ... er konnte es ihnen wirklich nicht verdenken. Sie waren Teenager und interessierten sich für Mädchen; in der Kirche hatten sie Mädchen in ihrem Alter, und sie hingen vor und nach dem Gottesdienst zusammen ab.

Und manchmal, wenn es Veranstaltungen gab, waren alle Mädchen da, und sie saßen zusammen auf den Baumstämmen, die um ein Lagerfeuer gelegt waren. Er erinnerte sich an diese Tage, obwohl er nicht zu denen gehörte, die sich zu den Mädchen setzten. Nein, er beobachtete alles aus sicherem Abstand an einen Baum gelehnt. Manchmal war einer seiner Brüder, normalerweise Morgan, rübergekommen, weil sie zu dieser Zeit beide daran gearbeitet hatten, schwere Zeiten hinter sich zu lassen.

April war zu alt für die beiden Teenager, aber was sie tat und ihre süße Ausstrahlung waren gut. Wenn sie sich eines Tages verlieben würden, wollte er, dass sie jemanden wie sie fanden. Das Letzte, was diese Jungen brauchten, war, die falsche Frau zu heiraten. Stress durchmachen mussten, der zur Scheidung führte. Es tat ihm so leid, dass viele das durchmachen mussten, aber er wünschte sich – nein, er betete dafür –, dass diese Jungen gleich beim ersten Mal die Liebe ihres Lebens finden würden. Und dass es ihnen für den Rest ihres Lebens gutgehen würde. Ihres normalen, glücklichen Lebens.

Als sie zu ihm aufsahen, lächelte er, weil er sie ermutigen wollte.

Und er hoffte wirklich, dass er das tat – sie ermutigte, und ihnen nicht den Eindruck vermittelte, dass er dasselbe dachte wie sie: Wie schön diese Frau war und was für ein wunderbarer Fang sie für einen glücklichen Mann sein würde.

* * *

April genoss den Moment. Während sie das süße Kalb streichelte, das ganz offensichtlich Liebe wollte und brauchte, brach ihr das Herz, weil das Kalb keine Mama hatte, die es liebevoll an der Stirn leckte, es geduldig trinken ließ und ihm das Leben zeigte. So wie sie es aus der Ferne bei anderen Kühen gesehen hatte. Nein, dieses Kalb war in einer Box in einem Stall, und ein paar Jungen kümmerten sich darum – nein, Cowboys – sie hatten diesen Titel verdient. Wie der Mann, der neben ihr stand und sie beobachtete, während sie sich bemühte, nicht zu ihm aufzublicken.

Sie wollte keine falschen Signale senden. Ihr Herz hämmerte im Moment so heftig vor dem Wunsch nach einem Baby – etwas, woran sie nie zuvor gedacht hatte. Deshalb würde sie sich ganz sicher nicht erlauben, zu diesem gutaussehenden Mann aufzublicken, der ihr Interesse geweckt hatte. Sie durfte nicht das Risiko eingehen, dass in ihren Augen ein Funke schimmerte, der verriet, dass sie sich zu ihm hingezogen fühlte. Nein, sie konzentrierte sich weiter auf das Kalb und die Jungen und verdrängte diesen Gedanken.

„Also, Leute, das ist bezaubernd, und sie sieht aus, als hätte sie gern ihre Milch. Ich bleibe einfach hier und lasse euch ihre Flasche holen, während ich ihr ein bisschen Mama-Liebe gebe. Ist das okay?"

Die Jungs starrten sie mit großen Augen an, und es war, nun ja, ein Kompliment. Sie sah in den Augen vieler Männer Interesse, wenn sie irgendwohin ging, und sie suchte nicht danach, aber sie erkannte es. Oder fehlte ihnen vielleicht die Aufmerksamkeit einer Mutter, die ihnen Zuneigung schenkte, wie sie sie diesem süßen Kalb gab? Ihr Herz zog sich zusammen. Ihre Stimme klang heiser, als unvergossene Tränen ihre Kehle zuschnürten und ihr Magen sich verknotete. Oh, wie sehr sie sich wünschte, diese Jungs hätten das gehabt. Und wie froh war sie, dass sie diesen wunderbaren Ort hatten.

Als die Jungs gingen, um die Flasche vorzubereiten, blickte sie auf. Sie konnte nicht anders; sie streichelte das Kalb weiter, blickte aber zu Chet auf, und er sah sie an. In seinen Augen lag ein Funken, der weder Bewunderung noch Anziehung war. Sie merkte, dass er, genau wie sie, sich gegen solche Dinge zur Wehr setzte. Was war es also?

„Du bist eine gute Frau."

Seine sanften Worte, so leise gesprochen, dass die Jungen sie nicht hören konnten, berührten sie. „Danke. Es ist nicht schwer, mit den Kindern zusammen zu sein – oder in ihrem Fall Jungen, die bald junge Männer sein werden. Oh, Chet, ich bete, dass die beiden die richtige junge Frau finden." Ihre Worte hatten die Mitte der Zielscheibe getroffen, als seine Augen plötzlich von einem Gefühlsschimmer aufleuchteten, der sie strahlen ließ. Sofort wandte er den Blick ab; sie nicht.

Sekunden später wandte er sich ihr wieder zu. „Ja, ich hoffe, das ist etwas, das sie finden werden. Etwas, wobei ich sie nicht anleiten werde, weil ich selbst nicht danach suche. Aber meine Brüder – Morgan, Rowdy und Tucker und ihr Glück sind perfekte Beispiele. Sie können sie führen, weil ich an der Art, wie sie dich ansehen, erkennen kann, dass in diesen Blicken eine Kombination von Sehnsüchten steckt. Sowohl nach einer süßen Mutter, wie du sie für dieses Kalb darstellst, als auch nach einer süßen Ehefrau."

Seine Worte trafen wie ein Pfeil in ihr Herz. Ein guter Pfeil, wenn es so etwas wirklich gab, wie eines dieser Cartoonherzen mit Amors Pfeil darin. Doch das war nicht für sie. Dennoch lächelte sie und ermahnte sich, sich zusammenzureißen.

* * *

Er beobachtete sie. Jeder Muskel in seiner Brust spannte sich an, sodass er kaum sprechen konnte.

Sie tat es. „Nun, ich bin nicht auf dem Markt, ich habe nicht vor, jemals zu heiraten. Habe ich einfach nicht auf meinem Plan. Aber ich bin froh, dass sie mich als ein Muster der Frau sehen, in die sie sich vielleicht eines Tages verlieben können. Ich weiß nicht, ob du denkst, was ich denke, aber nach allem, was sie durchgemacht haben, wäre es wunderbar, wenn sie die richtige Frau finden und sie für immer an ihrer Seite haben könnten."

Bei diesen Worten fand er seine Stimme wieder. „Da sind wir einer Meinung. Ja, ich möchte, dass sie ewige Liebe finden. Ich glaube, das ist, was mich, was meine Eltern angeht, immer verfolgt hat. Meine letzte Nacht mit ihnen …" Er hielt inne und warf einen Blick in Richtung der Jungen, um zu sehen, ob sie immer noch die Milch mischten. Dann traf sein Blick wieder ihren. „Ich habe auf dem Rücksitz gesessen und einige seltsame Momente zwischen ihnen bemerkt, aber ich war jung und konnte das damals nicht interpretieren. Doch plötzlich fingen sie an, heftig über Scheidung und die Affäre meiner Mutter zu streiten, ohne daran zu denken, dass ich auf dem Rücksitz saß. Ich habe all das während eines schrecklichen Sturms, wie du ihn letzte Nacht erlebt hast, erfahren. Das waren die letzten Worte, die ich je von ihnen gehört habe, und seitdem hat sich mein Leben verändert. Ich schätze, mein Wunsch, jemals eine Familie zu gründen wie Morgan, Rowdy und Tucker, ist in dieser Nacht mit ihnen gestorben. Ihre Mutter und ihr Vater hat eine tiefe Liebe verbunden, und sie sehen es immer noch darin, wie Randolph ihren Traum verwirklicht. Ihr Traum hat mir geholfen, und ich möchte ihn auch weiterführen. Ich möchte, dass all diese Jungen wissen, dass sie ein erfülltes Leben haben können. Und ich ... nun, ich mache mir keine Sorgen um mich. Ich fühle mich hier wohl, und ich liebe diese Ranch und die Menschen und den Gedanken, diesen Jungen zu helfen, ihren Weg zu finden. Jeder sucht nach einer Berufung, und ich denke, du hast sie mit dem Schreiben deiner Artikel und Geschichten gefunden. Das würde ich gern einmal lesen. Ich denke, ich habe hier meinen Platz gefunden. Wenn die Jungs mich ansehen und mir sagen, dass ich das Richtige tue, dann bin ich zufrieden."

Tränen stiegen ihr in die Augen, und er wollte seine Arme um sie legen, sie hochheben und einfach umarmen, ihre Nähe spüren, spüren, wie ihr Kopf an seinem Herzen ruhte. Das war etwas, das ihn noch nie zuvor fasziniert hatte.

Zum Glück kamen die Jungs genau in diesem Moment zurück und unterbrachen die ungewollten Gefühle, die in ihm aufsteigen wollten. Sie wandte den Blick von ihm ab – blinzelte, da war er sich sicher –, und lächelte die zurückgekehrten Jungs an.

Er brauchte eine Pause, aber er sah die Jungs an und machte sich keine Sorgen, dass sie etwas sehen würden, was er nicht wollte, dass sie es in seinen Augen sahen, denn sie hatten selbst nur Augen für April.

Willkommen im Club!

KAPITEL ACHT

April blinzelte sofort die Tränen weg und hoffte, dass sie denken würden, sie kämen vom Anblick des süßen Kalbes. Und wenn sie etwas sagten, würde sie genau das behaupten.

Die Jungen sahen sie an, lächelten und sagten ihr, sie solle mit in die Box kommen. Sie gingen hinein.

„Gott sei Dank … Das ist eine wunderschöne Erfahrung." Die Worte *Gott sei Dank* waren nicht für ihn bestimmt gewesen, waren ihr einfach so herausgerutscht. Sie war tatsächlich dankbar, dass sie sich jetzt von ihm entfernen und die Emotionen verbergen konnte, die seine Nähe bei ihr hervorrief. Jetzt würde sie sich auf das Kalb konzentrieren und nicht an den Mann, der draußen an der Tür lehnte. Den Cowboy, den sie umarmen und ihm sagen wollte, dass er ein großartiger Mann sei. Dass er ein schönes Leben mit einer wunderbaren Frau verdient hatte. Ihre Eltern hatten das gehabt. Allerdings hatten sie einfach nicht lange genug gelebt, um ihre Liebe mit ihr zu genießen.

Sie folgte Tony und Micah in die Box, und Chet schloss die Tür hinter ihnen und blieb draußen, die Arme auf der obersten Sprosse verschränkt, während er sie beobachtete. Sie war froh, dass er dort blieb, denn das Letzte, was sie brauchte, war seine Nähe oder dass er ihr zeigte, wie man das kleine Tier fütterte. Tony reichte ihr die Flasche, sagte ihr, wie sie sie halten sollte, und dann ging Micah in die Hocke, und sie tat es auch. Tony bückte sich und grinste – es machte ihm offensichtlich Spaß, ihr zu zeigen, wie man es machte. Das war offensichtlich.

Micah strahlte. „Ich werde das Kalb in Linie halten, damit es nicht zu begeistert reagiert und dich umwirft."

„Das passiert schon nicht", sagte Tony. „Du wirst das gut machen. Ich weiß es. Halt dem Kalb jetzt die Flasche hin, aber sei bereit, denn es wird sie sich schnappen. Du wirst es gut machen, du wirst sehen." Er lachte.

Das Kalb hatte die Flasche entdeckt. Sofort streckte es den Kopf aus, packte den Sauger und zog daran. Sie hatte die große Flasche mit beiden Händen gut im Griff, aber als das Baby kräftig daran saugte, verlor sie in ihrer hockenden Position das Gleichgewicht, fiel schließlich auf den Po und saß im Stroh auf dem Stallboden. Sie lachte, hielt die Falsche fest und sah zu, wie das Kalb die Milch genoss.

Dann waren plötzlich laute, fröhliche Stimmen in der Scheune zu hören und sie sah, wie eine Horde jüngerer Jungen auf die Box zustürmte.

Tony lachte. „Ich habe mich schon gefragt, wann sie auftauchen würden. Es ist Samstag, keine Schule und keine Kirche. Da werden wir morgen sein. Du musst auch kommen – es wird dir gefallen. Aber ich habe mich gefragt, wann sie rauskommen und sehen würden, dass wir hier sind."

„Ja, wir stellen dich vor. Das sind wirklich gute kleine Jungs."

Sie hielt die Flasche fest und sah die Kinder an, doch ihr Blick blieb am ersten kleinen Jungen hängen – runde Wangen, braunes Haar; er war klein, aber er rannte auf sie zu. Sie dachte, er würde gegen die Gittertür rennen, so schnell war er, doch dann trat er auf die Bremse und blieb stehen, kurz bevor er Chet erreichte. Er machte grinsend ein paar langsame Schritte auf die Tür zu und legte die Arme auf die mittlere Sprosse. Er war so klein, dass er kaum in der Lage war, die Ellbogen über die Sprosse zu heben. Ein weiterer kleiner Junge trat hinter ihn, stützte seine Ellbogen auf dieselbe Sprosse und strahlte begeistert. Die anderen, alle zwischen acht und elf Jahren, schafften es, sich hinter sie zu drängen. Die letzten Jungen, die eher in Tonys und Micahs Alter waren, kamen langsamer und blieben hinter den kleinen Jungen stehen – offensichtlich hatten sie den kleineren Jungen den Vortritt gelassen.

„Ich bin B.J.", sagte der erste Junge. „Wir haben von den beiden gehört, dass du letzte Nacht fast gestorben bist, aber unser Bruder", er blickte grinsend zu Chet auf, „hat dich gerettet."

„Ja, das hat er, Gott sei Dank. Ich bin April."

„Er ist gut darin. Ich bin Sammy. Ich bin gerade elf geworden, deshalb bin ich kleiner als Jeb und Caleb, also haben sie mich an die Tür gelassen." Der kleine Junge strahlte und schien kein Problem damit zu haben, viel kleiner als die anderen zu sein. „Es spielt keine Rolle, dass ich klein bin, ich werde eines Tages tough sein, warte einfach ab. Ich arbeite daran, vor allem, seit ich auch aus dem Wasser gezogen worden bin."

Sie schmunzelte. „Freut mich, dich kennenzulernen", sagte sie und mochte die Art und Weise, wie seine Augen funkelten. Sie hatte das Gefühl, auch wenn er nicht groß werden würde, würde er eine große angenehme Ausstrahlung haben.

„Ja, das wirst du", sagte Tony. „Aber du bist ins Wasser gegangen, als du nicht gesollt hättest – du warst zu klein, um das zu machen – aber du hast es überlebt, deshalb freuen wir uns alle, dich aufwachsen zu sehen, Kurzer."

Da sah sie es und stimmte Tony zu – vielleicht war es seine Berufung, hier auf dieser Ranch zu sein, weil seine Worte den kleinen Sammy zum Strahlen brachten, als hätte er nichts Netteres sagen können.

Neben ihm kicherte der kleine B.J. „Ja, mir gefällt's hier auch, aber ich werde nicht wie Sammy versuchen, Stromschnellen runterzufahren oder mich von diesem Fluss erwischen lassen." Er sah sie an. „Dir ist es aus Versehen passiert, aber Sammy hat es letztes Jahr mit Absicht in einem Kajak gemacht. Er wusste nicht einmal, wie man ein Kajak lenkt, wollte es aber versuchen."

Sie war darüber erschrocken und hätte fast gekeucht.

„Ja, es war viel zu groß für ihn", fügte Tony hinzu und begegnete ihrem Blick. „Aber Jolie ist ihm nachgegangen und hat ihn gerettet. Wenn du dich also dazu entschließen solltest, wie dieser kleine Kerl Kajak fahren zu wollen, lass dich zuerst von ihr einweisen. Das machen wir jetzt auch. Wir lernen von ihr, nicht wilde Stromschnellen runterzufahren, sondern weiter flussabwärts oder in den Seen zu angeln."

„Das hört sich viel besser an", brachte sie hervor,

und ihr gefiel, wie sie darüber sprachen.

„Ruhige Gewässer sind der Anfang", fügte Sammy hinzu. „Eines Tages werde ich vielleicht wieder durch das Wildwasser fahren, aber nur, wenn Jolie denkt, dass ich gut genug dafür bin. Glaub mir, ich habe meine Lektion gelernt."

„Aber was sie uns beibringt, macht Spaß", sagte ein blonder Junge. „Ich bin übrigens Caleb, und ich gehe gern Angeln. Aber hauptsächlich kümmern wir uns um die Kälber, so wie du es machst. Gefällt es dir?"

Sie liebte es, und ihr Herz klopfte vor Aufregung, als sie in die Augen dieser Jungen blickte, die vor der Tür standen. All diese interessierten Jungs. „Ich liebe es. Das ist ein süßes kleines Mädchen – oder, Junge?" Sie sah Tony an, während alle anderen lachten.

„Ja, Ma'am", sagte der kleine B.J. „Sie ist ein Mädchen und wird niemals ein Bulle oder ein Ochse sein. Sie wird zuerst eine Färse und dann eines Tages Mutter werden. Wir lieben Kühe."

Oh Gott, sie war so froh, dass sie hierhergekommen war!

Es hatte die Jungen begeistert, ihr dabei zuzusehen, wie sie zum ersten Mal ein Kalb fütterte. Sie waren süß gewesen, und die älteren Jungen hatten sich zurückgehalten und gegrinst, während sie sie beobachteten.

Das Kalb war jetzt fertig, und sie war auf dem Weg zur Tür, als sie sah, wie eine ältere Frau den Stall betrat.

„Hallo!", rief die Frau, deren Stimme angenehm durch die Scheune klang. Alle drehten sich um, als sie die Stimme hörten, und sahen die große, schlanke, attraktive ältere Frau mit einem langen grauen Pferdeschwanz an, die geschmeidig den Gang hinunterkam. Sie trug abgewetzte blaue Jeans und einen Cowboyhut aus Stroh, den sie auf dem Kopf zurückgeschoben hatte, sodass ihr Gesicht und ein strahlendes, freundliches Lächeln zu sehen waren. Alles an ihr, einschließlich ihres roten Westernhemdes mit den aufgestickten Blumen, war fröhlich und freundlich, genau so, wie sie zu sein schien.

April konnte sie sich gut in einem Buch vorstellen! Alles an der Frau verriet ihre herzliche Art, als sie neben den älteren Jungen stehenblieb. April drehte sich zu den Jungen um; ihr Lächeln, als sie zu der Frau aufblickten, sagte ihr, dass diese Frau die Großmutter war, die geholfen hatte, diesen Traum Wirklichkeit werden zu lassen.

„Ich bin Nana, und ich musste dich einfach kennenlernen", sang sie praktisch. „Ich habe heute Morgen beim Frühstück ein paar Geschichten von diesen Cowboys gehört." Sie gestikulierte zu den Jungs und lächelte dann Tony und Micah an. „Die es von euch beiden gehört haben, bevor ihr in die Stadt gefahren seid, um die Lady zu treffen, die unser wunderbarer Chet gerettet hat?" Alle lachten, als sie Chet mit hochgezogenen Brauen ansah und sich dann wieder April zuwandte. „Ich musste dich kennenlernen. Ich bin so froh, dass es dir gutgeht. Ich bin froh, dass Gott Chet zu dir geschickt hat."

Sie kam auf die Box zu, und die Jungen machten Platz, das Bild vibrierte in Aprils Kopf, als die süße Lady auf sie zukam, ihre Hand in ihre nahm und sanft ihren Handrücken tätschelte. „Meine Freundinnen nennen mich Ruby, kurz für Ruby-Ann McDermott. Es sei denn, du fragst die Jungs, die würden behaupten, dass ich Nana bin, also kannst du mich nennen, wie du willst. Du wirst Nana öfter hören als Ruby und kaum jemals Mrs. McDermott. Ich gehöre zu denen, die auf Förmlichkeit pfeifen, auch wenn ich meinen Harrison von ganzem Herzen geliebt und an unserem Hochzeitstag seinen Namen angenommen habe, aber jetzt ziehe ich es vor, mit meinem Vornamen angesprochen zu werden."

Nana hatte Aprils Hand noch nicht losgelassen, und ihr einnehmendes Lächeln hatte sich in ihr Gesicht eingebrannt. Ihre blauen Augen funkelten wie Glitter, dunkelblau, gesprenkelt mit hellerem Blau, vom Sonnenlicht zum Strahlen gebracht. Sie war eine besondere Frau, und das nicht wegen der Farbe ihrer Augen, sondern wegen der Fürsorge und Liebe, die aus ihren Tiefen strahlte. „Wir freuen uns sehr, dass du gekommen bist. Wie geht's dir?"

April sah sich um, und das Lächeln auf den Gesichtern bestätigte, was sie schon gedacht hatte: Sie liebten ihre Nana, und sie verstand warum. Sie vermied es, Chet anzusehen, während sie ihren Blick wieder auf Nana richtete. „Mir geht's ganz großartig. Und ja, Chet …" Sie ließ ihren Blick schließlich zu ihm wandern, und auch er lächelte. Es war völlig klar, dass das die Frau war, die sie alle als Mutter betrachteten. Ihre neue Mutter, die geholfen hatte, sie zu retten und an diesem wunderbaren Ort großzuziehen.

Sie blickte zurück zu Nana. „Er ist ins Wasser gekommen und musste kämpfen, weil sich die Fahrertür nicht bewegen ließ, was ich schon schmerzlich herausgefunden hatte, als ich es von innen versucht hatte. Dann ist er auf die andere Seite gegangen und hat die Beifahrertür aufbekommen. Ich war so geschockt, weil das Wasser um mich herum angestiegen ist. Ich konnte mich nicht bewegen … dann hat er mir seine Hand entgegengestreckt, und es war wie ein Geschenk Gottes."

Was sagte sie da?

Ihre Worte kamen einfach ungefiltert heraus. „Ich

habe sie genommen, und er hat mich rausgezogen und dann durchs Wasser den Hang hinaufgetragen, bis wir weiter oben zusammengebrochen sind. Wir waren gerade noch im Wasser." Warum, oh warum, hörte sie nicht auf, zu reden?

„Wow", sagte Sammy. „Bitte erzähl weiter. Erzähl uns, was passiert ist. Ich erinnere mich, als Jolie mir nachgegangen ist und mich gerettet hat. Das werde ich nie vergessen."

Sie sah sich um und alle beobachteten sie mit großem Interesse. „Ich bin auch froh, dass du gerettet wurdest. Chet hat mich dann auf die Straße gebracht, nachdem wir beide wieder zu Atem gekommen waren." Sie sah Chet nicht an, weil er und nur er wusste, dass sie ausgeflippt war und ihn geküsst hatte. Ihr Innerstes erschauerte angesichts der Erinnerung.

Weiter.

„Dann sind wir also zur Straße und zu seinem riesigen Truck gegangen." Es war an der Zeit, ein bisschen Humor in die Geschichte zu bringen. „Das ist ein großer Truck, vor allem für mich, da ich ja diese Probleme hatte, weil ich mit einem tiefliegenden kleinen Auto unterwegs war, wo ich bei diesem Wetter nicht hätte sein sollen. Nun, es war ein weiteres Geschenk Gottes. Als ich ihn gesehen habe, wusste ich, dass ich nicht zurück ins Wasser gehen würde." Das brachte ihr Lacher aller Jungs ein.

„Das ist ein Riesending", nickte der kleine B.J. lachend.

„Und genau das, was ich gebraucht habe. Er musste mir beim Einsteigen helfen, und dann hat er mich in euren wunderschönen Ort und in das Dew Drop Inn gebracht, und jetzt lerne ich euch kennen, alles wunderbare junge Männer. Aus einer schrecklichen Tortur wurde ein großartiges Erlebnis." Ihr Herz schlug schnell, als sie in die Augen blickte, die sie umgaben.

„Und das war auch der Grund, warum sie hierhergekommen ist", sagte Chet mit sanfter Stimme, die durch die Stille brach, während alle sie anstarrten.

„Also", sagte Nana gedehnt. „Dann kommst du hierher, auf unsere Ranch?" Sie tätschelte Aprils Hand, die sie immer noch hielt, ließ sie dann los und stemmte ihre Hände in die Hüften. Sie neigte den Kopf zur Seite, ihr grauer Pferdeschwanz baumelte, und sie sah sie interessiert an. Offensichtlich wollte sie wissen, was April auf die Ranch geführt hatte.

Das ließ April keine andere Wahl, als näher darauf einzugehen. „Ja, ich habe von diesem wunderbaren Ort gelesen und wollte unbedingt vorbeikommen und mir die Ranch und Dew Drop ansehen. Ich habe Artikel über euer wunderbares Zuhause für all diese tollen Jungs gelesen und Interviews mit einigen der inzwischen erwachsenen Jungen darüber, wie sehr es ihnen hier und in der Stadt gefallen hat. Also musste ich mir das Ganze ansehen. Ach ja, und dann war da noch der Artikel über das jährliche Treffen, das Dew Drop für sie veranstaltet, und es klang einfach einzigartig. Also habe ich beschlossen, zu Besuch zu kommen. Mein einziger Fehler war die Entscheidung, diese kleine Straße zu nehmen, die durch die Senke führt, und das in einer stürmischen Nacht. Ich muss nicht erwähnen, dass ich das nicht hätte tun sollen, ich wollte einfach nur von der Straße aus das Vieh sehen, über das ich gelesen hatte."

„Und dann ist sie über diese kleine Brücke gefahren, die bei starkem Regen immer unter Wasser steht." Sammy schüttelte grinsend den Kopf. „Es ist fast so, als müssten wir da runtergehen und ein Tor anbringen, damit die Leute umdrehen müssen, wenn es regnet. Aber haben wir schonmal erlebt, dass jemand bei einem Sturm versucht hat, drüberzufahren?"

„Nein", sagte Chet. „Das hatten wir noch nie, aber ihr wisst alle, dass ich bei einem Sturm immer dorthin fahre und die Gegend kontrolliere."

„Und wir sind sehr froh, dass du das tust", sagte Nana. „Wir freuen uns sehr über deinen Besuch und dass du die Gelegenheit hattest, ein neugeborenes Kalb zu füttern. Also, was willst du jetzt tun? Unser Treffen findet Ende des Monats statt, und du bist herzlich willkommen. Wir haben immer eine Menge Spaß. Wie lange hast du vor, in Dew Drop zu bleiben?"

„Ich weiß es noch nicht. Ich … reise einfach durch die Weltgeschichte – und ehrlich gesagt, manchmal bleibe ich zwei, drei und einmal sogar vier Monate an einem Ort. Es hängt davon ab, wie sehr mir ein Ort gefällt. Ich habe das Gefühl, dass ich mindestens bis Ende des Monats hierbleiben werde, und würde gern zur Party kommen."

Alle Jungs jubelten und johlten. Sogar die Großen machten mit; Tony, Micah und ein weiterer Junge in ihrem Alter grinsten. Sie nahm an, dass er derjenige war, der ihnen mit dem Kalb helfen würde. Sie lachte über ihre Begeisterung, dann sah sie Chet an und war verblüfft über den verstörten Ausdruck, den sie in seinen Augen sah.

Sie wandte schnell den Blick ab; das Strahlen seiner Augen war matter geworden, und sein Lächeln war aufeinandergepressten Lippen gewichen, als würde er sich auf etwas konzentrieren oder … sich um etwas Sorgen machen.

Nana streckte ihre Hand aus und lenkte sie ab. „Ich sag' dir was – Miss Jo und Mabel werden sich freuen. Sie lieben Neuankömmlinge, und es macht uns allen Spaß, sie kennenzulernen. Du musst kommen, wenn wir uns am Nachmittag zusammensetzen und entspannen.

Wir treffen uns die meisten Nachmittage im Diner, wenn es ruhiger ist. Ich bin mir sicher, dass Mabel auch schon daran gedacht hat, aber ich werde dafür sorgen, dass sie dir Bescheid gibt. Jetzt muss ich mich um das Mittagessen für meine Jungs kümmern. Ich bin nur vorbeigekommen, bevor ich mich in die Kantine aufmache. Falls du Hunger hast, kannst du gern bleiben."

„Danke, ich bin wirklich versucht, aber ich muss zurück. Es war so schön, euch Cowboys kennenzulernen." Sie sah sich unter all den Kindern und Teenagern um.

„Es war schön, dich kennenzulernen", sagte Caleb.

„Ja", fügte Tony hinzu und grinste, als hätte er eine großartige Idee. „Nächsten Freitag treiben wir eine Herde von einer Weide auf eine andere", sagte er begeistert. „Willst du kommen? Es wird dir Spaß machen." Er blickte von ihr zu Chet. „Sie könnte mitkommen, oder?"

Chet sah fassungslos aus und lächelte dann schief. „Du kannst mit uns reiten, wenn du willst."

Der Vorschlag brachte sie so aus der Fassung, dass sie einen Moment lang nichts sagte.

„Es wird dir gefallen", sagte der kleine B.J. begeistert.

Oh, er war ein bezauberndes Kind. „Ich werde

darüber nachdenken und euch Bescheid geben."

Jubelschreie brachen aus, und sie musste lächeln, als sie die Begeisterung der Jungen sah. Sie liebten es, Rinder zu hüten, und wollten sie an diesem Spaß teilhaben lassen. Es war sehr verlockend.

Der blonde Junge, von dem sie schon gehört hatte – Caleb, glaubte sie – grinste. „Weißt du, Abes Mutter hat einen Blumenladen in der Stadt, und als sie hierhergekommen sind, sind sie mit uns auf einen solchen Viehtrieb gekommen. Und nachdem Tucker sie aus dem Wasser gerettet hatte, hat sie ihn gerettet. Jetzt ist sie also unsere Tante." Bei seinen Worten beobachteten alle sie, und sie wusste nicht, was sie sagen sollte. „Wie auch immer, wenn du mit ihr darüber reden willst, geh in ihren Laden, den Blumenladen. Sie ist wirklich nett."

Sie fühlte sich plötzlich wirklich seltsam und wollte gehen. Es war, als ob sie annahmen, ihr könnte die Tatsache gefallen, dass sich ein Paar auf einem Viehtrieb verlieben könnte – ein seltsamer Ort dafür. Dachten sie wirklich, sie wollte herausfinden, wie das geht? Ihre Gedanken wanderten sofort zu Chet … sie hatten sich auch auf seltsame Weise kennengelernt. Nein, darüber wollte sie nicht nachdenken.

Was dachte sie nur?

„Okay, Leute, ich werde April zurück in die Stadt

bringen", sagte Chet, wahrscheinlich, weil er merkte, dass sie nicht wusste, was sie sagen sollte. „Wenn einer von euch Jungs das Kalb auch füttern will, lasst die älteren Jungs euch dabei helfen. Kommt zur Fütterungszeit her, und ihr könnt mitmachen. Danke, dass du vorbeigekommen bist, Nana, wir sehen uns, wenn ich zurückkomme." Er drehte sich zu ihr um und bedeutete ihr, vorzugehen. „Ladies first."

Es war, als wäre auch er froh, da rauszukommen. Sie verabschiedete sich von den Jungs und dankte ihnen für einen tollen Morgen, dann ging sie zum Ausgang. Es war an der Zeit, allein in ihrem Hotelzimmer zur Normalität zurückzukehren. Um das plötzliche Herzrasen zu beruhigen.

* * *

Chet war in Schwierigkeiten. Er hatte gewusst, dass es passieren würde. Er hatte es gespürt, als alle Jungen zwischen ihm und April hin und her geblickt hatten. Er hatte es in ihren Augen gesehen. Irgendwie hatten diese kleinen Kerle es sich zur Aufgabe gemacht, Leute zu verkuppeln.

Nein. Nein. Nein. Sie würden das nicht mehr glauben, wenn er ihnen erklärt hatte, dass er kein Mann war, den man verkuppeln konnte.

119

Oh sicher, er fand sie wunderschön, sie war nett und gut mit den Kindern. Aber das bedeutete nicht, dass er aufgeben und „Ja" sagen würde. Nein, dafür war er nicht geschaffen. Er würde nie den Schmerz ertragen, den eine schlechte Ehe verursachen könnte.

Sie erreichten den Truck, und er öffnete ihre Tür, dann nahm er ihren Arm und half ihr, als sie auf die Stufe kletterte und in den Truck stieg. Sie sah ihn nicht an, und ihm wurde klar, dass auch sie spürte, dass etwas im Gange war. Er sagte nichts, seine Gedanken zu verworren, als er ihre Tür schloss, um den Wagen herumging und sich dann dazu zwang, die Tür zu öffnen und einzusteigen. Er ließ den Motor an und setzte gerade ein Stück zurück, als die Kinder aus der Scheune kamen und zum Abschied winkten. Sie grinsten alle, als würde sich tatsächlich etwas zusammenbrauen.

Nana winkte ebenfalls, lächelte und ging dann zur Kantine, wo sie kochte und die sie liebte. Obwohl es ihn noch nie zum Kochen in die Küche gezogen hatte, wünschte er sich plötzlich, er könnte mit ihr dorthin gehen.

Aber nein, er fuhr mit der Frau die Straße entlang, die sich in den knapp vierundzwanzig Stunden, in denen sie einander kannten, als immer größerer Stolperstein auf seinem Weg entpuppt hatte. Und er wusste nicht, was er damit anfangen sollte. Was sollte er gegen die falschen Hoffnungen tun, von denen er sicher war, dass sie die Jungs hegten?

Zuerst musste er sie zurück in die Stadt bringen und aus seinem Truck aussteigen lassen. Aber er zwang sich nicht, das Gaspedal durchzutreten. Er zwang sich dazu, mit normaler Geschwindigkeit die Straße hinunterzufahren, da er davon ausging, dass die Jungs den Truck beobachteten, solange er in Sichtweite war.

„Es war wirklich ein schönes Erlebnis", sagte April und brach in seine außer Kontrolle geratenen Gedanken ein. „Die Jungs sind wunderbar. Ich war nicht immer sicher, wohin ihre Gedanken gehen, aber sie sind zuckersüß."

„Ja, mir geht's manchmal genauso."

Sie drehte sich auf dem Sitz zu ihm um. „Was ist mit meinem Auto? Wissen wir – ich meine, ich habe wirklich das Gefühl, dass es vielleicht nicht überlebt hat. Ich werde heute Nachmittag einkaufen gehen, nachdem du mich in die Stadt gebracht hast. Ich wollte heute Vormittag schon gehen, aber ich war überrascht, als ihr gekommen seid und mit mir gefrühstückt und mich dann auf die Ranch eingeladen habt. Ich brauche auf jeden Fall ein paar Sachen zum Anziehen. Selbst wenn mein Auto überlebt hat, könnten meine Klamotten ruiniert sein. Hast du irgendwas von meinem Auto gehört? Wenn es ein Totalschaden ist … kann ich heute

Nachmittag ein neues bestellen."

Ihre Worte trafen ihn; sie hatte gesagt, sie würde ein Neues bestellen, einen Mercedes, als wäre es eine neue Hose, ein neues Kleid oder ein Erfrischungsgetränk. „Ich habe es dir nicht gesagt, weil ich nicht wusste, wie sehr es dich treffen würde, aber du hörst dich an, als könntest du damit umgehen. Ich bin an der Stelle vorbeigefahren, um nachzusehen, und es war nicht mehr da."

„Wirklich?" Sie schnappte nach Luft.

Ihre Worte zuvor hatten ihn dazu gebracht, ihr auf eine nicht sehr schonende Art und Weise die Wahrheit über ihr Auto zu erzählen. Aber das Keuchen und der Ausdruck in ihren Augen verrieten ihm plötzlich, dass sie es nicht so gut aufgenommen hatte, wie er vermutet hatte. Er war ein Idiot.

„Tut mir leid, aber es ist flussabwärts getrieben worden. Wir können nur abwarten, vielleicht wird es ja noch gefunden." Er bremste, als ihre Miene immer entsetzter wurde.

„Abwarten, ob es gefunden wird? Du meinst es ernst … es war so schlimm?" Sie keuchte. „Ich hätte da drin sein können." Sie schloss die Augen.

Sofort wollte er die Hand ausstrecken und sie ihr auf die Schulter legen. Nein, er wollte die Anspannung von ihrer Stirn streicheln, die im Laufe weniger

Sekunden gewachsen war. „Hey, ich hab' dich rausgeholt", sagte er sanft.

Sie öffnete die Augen und starrte ihn an. Sie waren in der Nähe des Tors der Ranch, und er hatte angehalten. „Danke." Ihre Worte waren leise und ein wenig zittrig. „Wir wissen jetzt mit Sicherheit, dass ich, wenn du nicht gekommen wärst, irgendwo da draußen in meinem Auto ertrunken wäre und niemand es bemerkt hätte, bis jemand zufällig darauf gestoßen wäre." Tränen glitzerten in ihren Augen. „Du hast mein Leben gerettet. Niemand sonst hätte mich gefunden."

„Nein, du hättest es raus geschafft." Er sagte die Worte, obwohl er das Gefühl hatte, dass sie nicht wahr waren.

„Ich habe die Tür nicht aufbekommen. Ich war hilflos vor Panik und habe überhaupt nicht an die andere Tür gedacht. Und ich bin nicht einmal der Typ, der in Panik gerät, das zeigt schon, wie verzweifelt ich war. Das Wasser ist in den Innenraum gelaufen, und du ... du hast mich gerettet. Dafür werde ich dir ewig dankbar sein."

Er hörte die Tränen in ihren Worten und die Emotionen, die ihn wie ein Würgegriff festhielten. Er hatte dasselbe empfunden, als dieser Mann ihn von dem Baum gerettet hatte, nachdem er und seine Eltern in einen reißenden Fluss geschwemmt worden waren. Er hatte sich die ganze Nacht daran festgehalten, gezittert und geweint. Verzweifelt darauf gehofft, dass jemand durch das rauschende Wasser kommen und ihn in Sicherheit bringen würde.

Er war dankbar, dass er die ganze Nacht durchgehalten hatte, dankbar für seine ungelenken Gliedmaßen, die ihm damals geholfen hatten, sich an einem Ast festzuklammern. Und jetzt war er dankbar, dass er diesen Moment nutzen konnte – indem er jemandem geholfen hatte, so wie ihm geholfen worden war.

Er mochte das Gefühl. Tatsächlich wollte er nicht, dass irgendjemand solche Schrecken ertragen musste, wie er sie durchgemacht hatte, denselben Schrecken, den er in Aprils Augen gesehen hatte. Doch er war froh, dass Gott ihm irgendwie die Möglichkeit gegeben hatte, jemand anderem zu helfen. Und er hatte sie genutzt, um diese süße Frau … diese schöne Frau … in Sicherheit zu bringen.

„Ich werde immer dankbar sein, dass Gott mich dorthin gebracht hat, um dir zu helfen. Du kannst mir glauben, wenn ich sage, dass ich einfach da war und sein Werk getan habe. Er hat mich benutzt, und ich denke, dass er wahrscheinlich einen guten Grund dafür hatte – es war einfach nicht Zeit für dich zu gehen."

Er war nicht wieder losgefahren, also saßen sie

immer noch in der Nähe des Tors. Ihr Gesicht war blass und geschockt. Da waren keine Tränen mehr, und er konnte sehen, wie ihr Verstand arbeitete. Er hatte schon bemerkt, dass sie das manchmal tat – einfach in tiefe Gedanken versank. Er beschloss, dass es an der Zeit war, weiterzufahren. Er löste seinen Blick von ihrem, und als sie den Kopf abwandte und aus dem Beifahrerfenster starrte, trat er aufs Gas.

Er fuhr und sagte nichts, weil er an ihrem Gesichtsausdruck sah, dass sie in Gedanken versunken war. Er wollte sie nicht stören. Er wusste nicht genau, ob es eine gute Sache war oder ob sie litt. Oder ob sie darüber nachdachte, was Gott von ihr wollte, nachdem sie diese schreckliche Tortur überlebt hatte.

Er sprach noch einmal ein kurzes Dankesgebet. Er wusste nicht, warum Gott ihn benutzt hatte, aber er war im richtigen Moment am richtigen Ort gewesen, um das zu tun, wozu er als Kind nicht in der Lage gewesen war: jemanden aus dem reißenden Wasser zu retten.

KAPITEL NEUN

Auf dem Weg in die Stadt redeten sie nicht miteinander. Es war, als wüsste er, dass sie Zeit brauchte, um ihre Gedanken zu sortieren, nachdem ihr klargeworden war, dass sie tatsächlich hätte sterben können. Letzte Nacht, als sie von der Unfallstelle weggefahren waren, hatte ihr Auto noch am Zaun gehangen. In ihrem Hinterkopf war eine Ahnung von Sorge gewesen, aber sie hatte sie verdrängt. Und sie hatte die Ablenkung durch das Frühstück, dann das Kalb und all die wunderbaren Jungs gehabt.

Doch jetzt das.

Zu wissen, dass ihr Auto nicht gefunden worden war, bedeutete, dass sie, wenn Chet nicht gekommen wäre, gefangen gewesen und ertrunken wäre.

Ihre Gedanken drehten sich, während er fuhr. Sie saß schweigend neben ihm und blickte aus dem Fenster.

Sie war ihm so viel schuldig.

Er hielt auf einem Parkplatz des Inn an, und spontan streckte sie die Hand aus und legte sie auf seine Schulter – seine muskulöse, starke Schulter … und spürte die Kraft, die sie aus dem Auto gezogen und in Sicherheit gebracht hatte. Sie drückte, voller Emotionen, während sie darum kämpfte, Worte zu finden. „Danke", brachte sie heraus. „Ich werde dir immer zu Dank verpflichtet sein. Aber jetzt muss ich in mein Zimmer. Ich muss nachdenken. Nochmal danke. Es war ein wunderbarer Vormittag – und ich bin froh, am Leben zu sein. Nochmal, meine Vergangenheit … es ist nicht das erste Mal, dass ich erkenne, dass ich aus irgendeinem Grund überlebt habe."

Gedanken an ihre liebe Mutter und ihren starken Vater kamen hoch. Sie waren Zeuge eines Mordes geworden und hatten gegen einen mächtigen Mann ausgesagt und dann alles aufgegeben, um ein sicheres Leben zu beginnen … ein sicheres Leben für sie. Aber am Ende hatte sie überlebt, ihre Eltern jedoch verloren.

Sie schüttelte die Gedanken ab. „Ich muss gehen. Danke."

„Warte, ich brauche deine Nummer, falls wir das Auto finden und ich dich anrufen muss." Sie drehte sich wieder zu ihm um. Leise gab sie ihm ihre Nummer, und er tippte sie in sein Handy ein. „Ich schicke dir eine

Nachricht, damit du meine Nummer hast. Wenn du mich brauchst, ruf mich an. Wirklich, ruf mich einfach an."

Ihr Blick hob sich zu seinem, und ihre Lippen verzogen sich zu einem Lächeln. „Ich komm' schon klar."

Sie öffnete die Tür und stieg aus; dann, nachdem sie die Tür geschlossen hatte, eilte sie zum Inn, da sie dringend allein sein musste.

* * *

Chet beobachtete, wie sich die Tür des Dew Drop Inn hinter einer offensichtlich verstörten April schloss. Er betete, dass es ihr bald besser gehen würde. Er fuhr rückwärts aus der Parklücke, doch anstatt weiterzufahren, fuhr er spontan auf die andere Straßenseite und parkte vor Suzie McDermotts Blumenladen.

Er zögerte nicht, als er aus dem Truck stieg. Alle sagten, dass es für eine Kleinstadt ein hübscher Blumenladen war, und als er zum ersten Mal hineinging, sah er, dass dem so war. Er hatte noch nie Blumen gebraucht, aber der Laden war hübsch, mit gelben Wänden und Blumen und Geschenken überall. Und hinter der Theke stand Suzie in ihrem leuchtend blauen Kleid, umgeben von üppigen Blumen.

Hinter ihr, im Hinterzimmer, stand Abe vor etwas, das wie ein Arbeitstisch aussah. Abe musste ihn reinkommen gehört haben, denn der Teenager blickte in seine Richtung und lächelte. „Hi. Du wirst es nicht glauben, aber ich mache einen Kranz für Mrs. Shasta. Ihr Hund, den sie so geliebt hat, ist gestorben, und sie ist hergekommen und hat mich – mich – gebeten, ihm einen Kranz zu machen, um ihn auf seinem kleinen Grab in ihrem Garten niederzulegen. Sie hat gesagt, dass sie mich eines Tages mit Spot spielen gesehen hat und dass es sie zum Lächeln gebracht hat. Darum wollte sie, dass ich das tue, und ich konnte nicht Nein sagen. Ich habe noch nie einen gemacht. Gott sei Dank hat Mama mir gezeigt, wie es geht."

Chets Kehle schnürte sich zu. Wow, heute schien sich alles um Tod und Sterben zu drehen. Ja, er brauchte ein paar Blumen. Er freute sich, in den Laden zu kommen und ein paar der hübschen, bunten oder pastellfarbenen Schönheiten zu sehen. „Du machst es ganz toll, da bin ich mir sicher. Und sie wusste, dass du dir alle Mühe geben würdest."

Er sah Suzie an; sie studierte ihn. „Du siehst besorgt aus. Kann ich irgendwas für dich tun? Du bist doch nicht hier, um einen Kranz zu bestellen, weil jemand gestorben ist, oder?"

Er legte seine Hände auf die Theke und klammerte sich fast daran fest. „Nein, Gott sei Dank nicht. Ich bin hier ... okay, du hast bestimmt gehört, dass ich gestern Nacht ..." *Hör auf, rumzuhaspeln.* „Ich habe eine Frau in der überfluteten Senke aus ihrem Auto gerettet."

„Ja, davon habe ich gehört. Ich war im Diner und hab' was für mich und Abe zum Frühstücken geholt, weil ich viel zu tun habe, weswegen wir heute früher hergekommen sind. Ich habe davon gehört, aber das war ganz früh am Morgen und seitdem habe ich nichts mehr gehört. Ist alles in Ordnung? Ist noch was passiert?"

Er schüttelte den Kopf. „Nein. Tony, Micah und ich sind heute Morgen in die Stadt gefahren, um nach ihr zu sehen, und sind mit ihr frühstücken gegangen – oder besser gesagt, sie hat uns eingeladen, da sie darauf bestand, dafür zu bezahlen. Dann haben die Jungs angefangen, mit ihr über das Kalb zu reden, das Tony gestern gerettet hat, und darüber, dass es gefüttert werden muss, und schließlich ist sie mit uns auf die Ranch gekommen. Es hat ihr Spaß gemacht, das Kalb zu füttern, und dann sind die kleinen Jungen gekommen und wollten sie auch kennenlernen. Du weißt, wie sie sind – sie haben sie mit ihrer Begeisterung umgehauen. Und Nana ist auch gekommen. Sie war, wie immer, wirklich süß. Alles war gut, aber auf dem Weg zurück in die Stadt, hat sie mich nach ihrem Auto gefragt. Ich schätze, du hast gehört, dass es unten in der Senke an einem Zaun hängen geblieben ist, also Gott sei Dank für den Zaun."

„Das habe ich gehört. Hat offensichtlich gereicht, sie lange genug festzuhalten, damit du sie da rausholen konntest."

„Ja, sie wäre unter die Brücke getrieben und wahrscheinlich ganz untergetaucht ... es wäre schlimm gewesen. Aber zum Glück bin ich rechtzeitig da gewesen und konnte sie rausholen. Ich hatte ihr beim Frühstück nicht gesagt, dass das Auto weg war, als ich heute Morgen nachgesehen habe. Der Zaun hat nachgegeben, wie ich es befürchtet hatte, und das Auto ist weg. Ich habe der Polizei gemeldet, dass das Auto weggespült wurde, ein kleiner Zweitürer, und hoffe, dass es geborgen wird. Ich habe ihnen gesagt, dass niemand drinnen ist. Das muss eine Erleichterung sein, wenn sie auf der Suche nach einem weggeschwemmten Auto sind. Jedenfalls habe ich ihr das nicht gesagt – sie ist von selbst darauf gekommen, wie knapp es war ..." Er wollte den Satz nicht zu Ende denken, doch dankenswerterweise streckte Suzie ihre Hand aus und tätschelte seine sanft.

„Ich verstehe."

„Ich habe es ihr gestern Nacht schon nicht sagen können, und ich bin froh, dass ich es nicht getan habe.

Ich hatte Angst, dass es sie hart treffen würde, und das hat es gerade auch. Ich denke, sie ist okay, aber sie hat nicht viel gesagt, nachdem ich ihr gesagt habe, dass ihr Auto weg ist. Wie auch immer, das hat mich nachdenklich gemacht, und ich weiß nicht, ob du es gleich machen kannst, aber könntest du, na ja, eins dieser fröhlichen Blumenarrangements für sie machen? Bitte nichts Romantisches – keine Rosen oder Blumen, die das irgendwie verschlüsselt sagen – wie Chili, als er Nana den Strauß geschickt hat, als du den Laden gerade aufgemacht hast."

Sie lächelte. „Und er tut es manchmal immer noch."

Er schmunzelte und wusste, dass der alte Mann Gefühle für Nana hatte, doch sie ließ ihn im Moment nicht näherkommen. Er war sich nicht sicher, ob sie es jemals tun würde, weil sie ihren Mann wirklich geliebt hatte. Er wusste, dass man sich neu verlieben konnte, aber bei Nana war er sich einfach nicht sicher. Die Geschichte der beiden gab allen etwas, worauf sie achten und warten konnten, und er glaubte, dass sogar ein paar Wetten liefen.

„Also, wie auch immer, nur ein paar fröhliche Blumen, um sie in der Stadt willkommen zu heißen und ihr ein Lächeln ins Gesicht zu zaubern. Klingt das okay? Und bitte schick sie mit einer Karte mit irgendwas wie *„Von Chet – ich hoffe, dass es dir bald besser geht"*.

Oder sowas in der Art. Nichts Gefühlsduseliges. *„Ich bin froh, dass ich da war, um dir zu helfen."* Das klingt okay, oder?"

Suzie lächelte sanft. „Es klingt perfekt. Es war wunderbar, dass du dort warst. Und Chet, ich weiß von deinen Eltern und dass du sie verloren hast. Das muss schwer für dich gewesen sein, deshalb bin ich froh, dass du in einer ähnlichen Situation für jemand anderen da sein konntest."

„Ja, so wie der Mann für mich da war, als er mich vom Baum gerettet hat. Der Mann, dessen Namen ich nie erfahren habe. Aber ich bin ihm trotzdem dankbar, dass er es gemacht hat. Wie wäre es, wenn du ihr den Strauß morgen früh bringst?"

„Ich werde ihn heute Abend fertigmachen und ihn morgen früh rüberbringen."

„Danke." Er drehte sich um und blickte dann über seine Schulter. „Schönen Tag noch, Abe, und viel Glück mit deinem Kranz. Ich weiß, dass du sie glücklich machen wirst."

„Ich versuche es. Ich weiß, dass meine Mom das oft tut, und ich will etwas Gutes für diesen Hund tun."

Chet lächelte, als er den Laden verließ, weil der Junge so bestrebt war, der Frau zu helfen, die ihren Hund verloren hatte. Als er die Tür seines Trucks öffnete, warf er einen Blick in Richtung Inn, dann stieg er ein und ließ den Motor an. Den ganzen Weg nach Hause dachte er über die Geschehnisse der letzten vierundzwanzig Stunden nach. Vor allem aber hoffte er, dass die Blumen April zum Lächeln bringen würden.

* * *

Am Morgen, nachdem sie erfahren hatte, dass ihr Auto weggeschwemmt worden und verschwunden war, wachte April auf und streckte sich, während sie an die Decke blickte und Gott dankte, dass sie hier und am Leben war. Sie hatte ihr Zimmer nicht verlassen, nachdem sie ins Inn zurückgekehrt war. Sie hatte im Restaurant angerufen und gefragt, ob sie ihr ein Tagesgericht schicken könnten, und tatsächlich hatte Edwina ihr eines gebracht. Als sie die Tür geöffnet hatte, war Edwina mit einem Tablett mit Metalldeckel ins Zimmer gekommen. Da es nicht mehr geregnet hatte, diesmal ohne Plastiktüte. Nein, sie hatte den Deckel abgenommen und auf dem Steingutteller hatten ein wunderbares gebratenes Hähnchensteak, Kartoffelpüree mit Soße und ein Maiskolben auf sie erwartet. Ein frischer Maiskolben, wie Edwina betont hatte. Und dann hatte sie den Deckel von einem kleineren Teller abgenommen, und da war ein Stück köstlichen Kokoskuchens.

„Das ist ein beliebtes Rezept von Lydia McDermott. Laut Miss Jo hat es nie eine bessere Köchin oder Frau gegeben, und wenn sie das sagt, glaube ich ihr. Also guten Appetit." Und dann war sie ohne ein weiteres Wort durch die noch offene Tür hinausgegangen.

Sie hatte recht gehabt – das Essen war köstlich gewesen und der Kuchen himmlisch. April hatte etwas gebraucht, um ihre verrückten, verwirrten Gefühle zu beruhigen, und irgendetwas an diesem Kuchen hatte sie dazu gebracht, die Augen zu schließen und einfach den süßen Geschmack zu genießen, während ihre Gedanken kreisten und sie dankbar war, noch am Leben zu sein.

Da war ihr klar geworden, dass dies ihr Festessen war, weil sie noch lebte und in dieser wunderbaren Stadt war.

Und ihr Kopf war voller Ideen gewesen.

Jetzt blickte sie an die Decke und setzte sich auf. Heute war sie fest entschlossen, früher aufzustehen, auf der anderen Straßenseite ein köstliches Frühstück zu essen und sich dann endlich etwas zum Anziehen zu kaufen, damit sie nicht dauernd die Kleidung tragen musste, die sie während ihres Unfalls getragen hatte. Ihre Kreditkarte sollte heute Morgen ankommen, und sie war froh, denn sie war es leid, wieder dieselben Kleidungsstücke, die sie schon zwei Tage trug, noch einmal anziehen zu müssen – und diesmal waren sie ungewaschen. Sie musste gleich nach dem Frühstück einkaufen gehen. Und wenn es dann noch einen Laden in der Stadt gab, wo sie einen Computer bestellen könnte, würde sie das tun. Oder sie würde online einen bestellen, weil sie jetzt einen so starken Drang zum Schreiben verspürte, dass sie ihn nicht mehr unterdrücken konnte.

Gott sei Dank hatte sie noch ihr Handy und konnte so online gehen. Dann würde sie ein Auto bestellen … nein – nein, sie würde sich einen Geländewagen bestellen, einen großen. Wenn sie jemals wieder von einer Brücke geschwemmt werden würde, würde sie viele Fenster und viel Platz haben und ein Schiebedach – ja, ein Schiebedach, aus dem sie bei Bedarf hinausklettern könnte. Es würde so viele Fluchtwege in diesem Fahrzeug geben, dass es nicht noch einmal so gefährlich werden würde. Sie hielt inne, während sie darüber nachdachte … und sprach dann ein Gebet für alle, die sich in einer ähnlichen Situation wiederfinden würden. Sie betete, dass sie alle, wenn sie in diese Falle gerieten, einen Helden wie Chet hätten, der sie retten würde.

Doch von nun an würde sie vorbereitet sein. Jetzt wusste sie, dass sie nie mitten im Sturm eine kaum befahrene Nebenstraße nehmen sollte, die sie darüber hinaus nicht kannte. Es war zu gefährlich. Doch wenn sie aus irgendeinem seltsamen Grund jemals wieder in eine solche Situation geraten geriete, würde sie sicherstellen, dass sie sich trotz Panik an die anderen Fenster und Türen als nur die auf der Fahrerseite erinnerte. Und bei einem Geländewagen würde es mehr als zwei Türen geben. Sie wollte auch eines dieser Geräte bestellen, mit denen man das Fenster einschlagen konnte. Oh ja, sie *würde* vorbereitet sein.

Sie stand auf, duschte heiß und zog sich wieder an. Sie war gerade auf dem Weg zur Tür, als es klopfte. Eine hübsche Frau mit langen blonden Haaren, einer niedlichen blauen Bluse und weißen Jeans lächelte, als April die Tür öffnete. Sie hielt einen Strauß leuchtend gelber Sonnenblumen, gemischt mit kleinen rosa und violetten Blumen in der Hand.

„Hallo." Aprils Herz setzte einen Schlag aus, während sich sofort ein Lächeln auf ihrem eigenen Gesicht ausbreitete.

„Guten Morgen. Ich bin Suzie McDermott. Ich bin die Frau von Tucker von der Ranch, und die hier sind für Sie. Sie sind von einem gewissen Cowboy … Chet." Ihr Lächeln wurde breiter. „Er hat mich gebeten, sie heute Morgen zu bringen – fröhliche Blumen. Er wollte, dass Sie einen schönen Tag haben, und ich habe mich gefreut, sie heute Morgen überbringen und Sie kennenzulernen zu dürfen. Die Jungs haben gestern Abend meinen Sohn Abe angerufen und waren begeistert, dass Sie auf die Ranch gekommen sind und sie Sie kennenlernen durften."

„Es ist so schön, dich kennenzulernen. Ich meine, können wir du sagen? Und ja, es war so nett, die Jungs kennenzulernen. Aber Blumen –"

„Sie sollten dich zum Lächeln bringen, und Chet wird sich freuen, dass sie das bewirkt haben. Er war ganz aufgewühlt, als er in den Laden gekommen ist. Nach allem, was du durchgemacht hast – ich habe gehört, dass dein Auto weggeschwemmt wurde – war er heilfroh, dass er da war, um dich da rauszuholen."

Sie schluckte schwer. „Und ich bin dankbar dafür. Und ich bin völlig verwirrt. Ich habe vergessen, dass heute Sonntag ist. Ich hatte den Jungs gesagt, dass ich in die Kirche kommen würde, aber nun ja, ich habe nur das, was ich anhabe, und das trage ich schon seit gestern. Gott sei Dank hat die nette Besitzerin des Inn alles gewaschen, nachdem Chet mich am Freitagabend abgesetzt hatte. Doch dann habe ich dasselbe gestern getragen und das Kalb gefüttert." Sie lächelte. „Ich brauche dringend neue Kleider. Als ich aufgewacht bin, hatte ich viel im Kopf, und Klamotten gehören dazu. Aber egal, ich lebe, und die Blumen sind wunderschön." Sie griff danach und lächelte, als sie die leuchtenden, fröhlichen Farben betrachtete. Er hatte die richtige Botschaft gesendet.

„Ich bin so froh, dass es dir gutgeht. Chet sicher auch. Er wollte dir einfach was schicken, um dir eine Freude zu machen."

„Das hat er auf jeden Fall. Ich bin guter Dinge, und die Blumen strahlen aus, was ich fühle. Danke. Das Leben ist schön. Glaubst du, es ist in Ordnung, wenn ich in diesen nicht ganz frischen Klamotten in die Kirche gehe?"

„Ich sag' dir was … ich bin nur in die Stadt gekommen, um dir die Blumen zu bringen. Chet hat gestern auch nicht ganz klar denken können und nicht daran gedacht, dass heute Sonntag ist. Aber das habe ich ihm nicht gesagt – ich *wollte* sie dir bringen. Aber zurück zur Sache. Wir wohnen gerade außerhalb der Stadt. Tucker wohnt nicht auf der Ranch, weil er der Sheriff ist. Du siehst aus, als hätten wir ungefähr die gleiche Größe. Magst du lieber Kleider, Hosen, Jeans? Was würdest du gern anziehen, um in die Kirche zu gehen? Ich kann dir was vorbeibringen. Welche Schuhgröße hast du? Vielleicht habe ich was, was dir passt."

„Das ist wahnsinnig lieb von dir. Was zieht ihr hier zur Kirche an? Machen sich alle richtig schick? Bring einfach irgendwas, wovon du denkst, es passt. Ich weiß das sehr zu schätzen. Du kommst deswegen aber hoffentlich nicht zu spät?"

Suzie lächelte. „Ich freue mich einfach, dir helfen zu können. Und es ist erst acht Uhr – der Gottesdienst fängt um Viertel vor zehn an. Geh du also in aller Ruhe rüber frühstücken, und ich bin bald zurück. Und wenn du nicht hier bist, werde ich …"

„Ich werde hier sein. Ich hole mir nur ein Frühstückssandwich zum Mitnehmen und einen Kaffee. Ich habe gestern eins gesehen und es sah großartig aus."

„Kaffee … du hörst dich an wie ich – den muss ich haben, sonst bin ich zu nichts fähig. Bin bald wieder da."

Damit drehte sie sich um und ging, und April stand einfach da, starrte auf die schönen Blumen und dachte darüber nach, was ihr sonst noch zeigen könnte, dass nichts an ihrem Aufenthalt hier traurig war. Sie hatte überlebt und war jetzt an einem wunderbaren Ort.

Natürlich wusste sie, dass es immer Probleme geben konnte, doch im Moment würde sie sich auf das Gute konzentrieren. Sie würde sich einen Kaffee und ein Frühstückssandwich holen und hierher zurückkommen und darauf warten, dass diese nette Frau ihr etwas zum Anziehen brachte. Und dann würde sie in die Kirche gehen.

KAPITEL ZEHN

Chet hatte Suzie gebeten, am Sonntag Blumen zu liefern!

Als er aufwachte, wurde ihm klar, was er getan hatte. Sofort nahm er sein Handy und bemerkte, dass es erst sechs Uhr war. Deshalb rief er nicht an, nur für den Fall, dass sie am Sonntagmorgen etwas länger schlafen würde. Also wartete er bis acht, und als sie nicht ranging, rief er eine halbe Stunde später noch einmal an. Zum Glück meldete sie sich diesmal.

„Suzie, es tut mir so leid! Ich habe vergessen, dass heute Sonntag ist, als ich dich gebeten habe, die Blumen zu liefern. Mach dir bitte keine Sorgen deswegen – bring sie ihr einfach morgen. Es tut mir leid."

Sie kicherte. „Ich wusste, was heute für ein Tag war und habe entschieden, dass die Blumen heute geliefert werden mussten. Ist schon erledigt. Ich komme gerade aus dem Inn. Sie ist sehr nett, und ich bin wirklich froh, dass du mich gebeten hast, ihr ein paar fröhliche Blumen zu bringen. Ich habe sie kennengelernt, und sie hat sich genau wie du im Tag geirrt, und ich kann es verstehen – ihr beide hattet ein wildes Wochenende, wenn man bedenkt, was ihr durchgemacht habt. Aber ich bin froh, dass ich hingegangen bin, denn sie hat den Jungs versprochen, dass sie zum Gottesdienst kommen würde, und ich glaube, gestern war sie ziemlich aufgewühlt, nachdem du ihr von ihrem Auto erzählt hast. Sie hat immer noch keine Klamotten, da die ja in ihrem Auto waren, also bin ich gerade auf dem Weg zu mir nach Hause, um ihr was von mir zu holen. Dann werde ich ihr vorschlagen, dass sie mit mir und Tucker zur Kirche fahren kann."

„Danke. Darüber hatte ich noch nicht einmal nachgedacht." Er hatte offensichtlich den Verstand verloren.

„Das mache ich gern. Sie hat mir erzählt, dass sie ziemlich gestresst war und deshalb nicht einkaufen gegangen, sondern in ihrem Zimmer geblieben sei. Aber ich denke, du solltest wissen, dass es ihr heute viel besser zu gehen schien. Sie hat gelächelt und sich darauf gefreut, zur Kirche zu gehen – nicht nur, weil sie den Jungen gesagt hatte, dass sie kommen würde, sondern weil sie dort sein wollte. Also ich denke, sie ist in

Ordnung … Du kannst dich entspannen."

Er schluckte den Felsbrocken in seiner Kehle hinunter. Warum war er so emotional? „Danke. Also, wir sehen uns alle in der Kirche."

„Das wird nett. Und Chet, manchmal, wenn was Schlimmes in deinem Leben passiert, werden die guten Momente hervorgehoben. Ich glaube, das hat sie heute Morgen gespürt. Sie lebt. Sie lebt dank dir. Und dafür will ich dir danken. Du bist ins Wasser gegangen und hast Gutes getan."

Sie legte auf, und er stürzte sich in die Arbeit, er musste etwas tun. Zuerst musste er in den Stall gehen und nach dem Kalb sehen, um sich zu versichern, dass es Fortschritte machte. Er wusste, dass die Jungen sich darum kümmerten, aber er musste trotzdem nach dem Gesundheitszustand des Tiers sehen. Als er wieder ins Haus zurückkehrte und sich umzog, freute er sich darauf, in die Kirche zu gehen. Das galt auch für die Jungs beim Frühstück, denn sie hatten offensichtlich entschieden, dass sie April wirklich mochten. Er war nur froh, dass es ihr gutging und sie so ein netter Mensch war. Und dass er da gewesen war, als sie ihn gebraucht hatte.

Aber sonst war da nichts.

Nichts.

Er bog auf den Parkplatz der Kirche ein, nicht weit

hinter Tucker. Er versuchte, eine Ausrede zu dafür zu finden, dass sein Herz schneller schlug, nur weil er wusste, dass April auf dem Rücksitz saß. Als er anhielt, parkte er absichtlich neben Tucker. Er stieg aus und ging um das Ende seines Trucks herum, gerade, als Abe aus der Beifahrertür auf der anderen Seite sprang, „Hey" rief und in Richtung der anderen Jungen davonlief. Chet ging zur anderen Tür und ermahnte sich, sich zurückzuhalten, doch er hörte nicht. Seine Stiefel bewegten sich einfach weiter, und er konnte nichts dagegen tun.

Tucker stieg gerade aus, als er am hinteren Ende des Trucks entlanggekommen war, und griff nach der Tür. „Was machst du?"

„Ich wollte April die Tür öffnen", sagte er, während er genau das tat ... und feststellte, dass niemand hinten saß. Er sah Tucker an – der grinste.

„Als meine hübsche Frau ihr ein paar Klamotten gebracht und angeboten hat, zurückzukommen und sie abzuholen, war Mabel da und sagte, sie würde sie mitnehmen. Sie ist also nicht mit uns gefahren. Aber wenn du da rüber schaust – ich habe sie noch nie gesehen, aber gehört, dass sie den Jungs zufolge ziemlich langes Haar in der Farbe von Zimttoast hat – das Haar der Lady mit dem Rücken zu uns, die mit den Damen, Chili und Drewbaker redet, entspricht dieser

Beschreibung."

Chet blickte den seichten Hang hinauf und ja, da stand sie neben Mabel, Miss Jo, Nana und ausgerechnet Chili und Drewbaker. Alle lachten, und er konnte sich nur vorstellen, worüber sie sprachen. Sie wirkten vielleicht wie ein Haufen netter älterer Leute, aber man wusste nie, was sie vorhatten, vor allem die beiden Männer, die ihren Ruhestand liebten und so gut wie jeden Tag auf der Bank vor dem Diner saßen und etwas schnitzten oder drinnen aßen und sich einfach amüsierten, indem sie mit allen redeten.

Man konnte jedoch nie wissen, *worüber* sie reden würden. Sie waren gestern und Freitag nicht in der Stadt gewesen, also hatten sie das Drama, das er und April durchgemacht hatten, nicht miterlebt. Sie waren ein paar Tage lang angeln gewesen und offensichtlich gestern Abend zurückgekommen. Sie hatten wahrscheinlich Angelgeschichten zu erzählen, und so lauschte April ihrem Anglerlatein, und es schien, als amüsierte sie sich.

Suzie stieg aus und sah ihn mit funkelnden Augen an. „Sie scheint einen Fanclub aufzubauen."

„Sieht ganz so aus", stimmte Tucker schmunzelnd zu. „Geh rüber und schau, wie es ihr geht. Suzie hat mir erzählt, dass es sie gestern ziemlich schwer getroffen hat, doch heute Morgen schien sie drüber weg zu sein. Ich habe das Gefühl, dass sie sich freuen wird, dich zu sehen und dir zu bestätigen, dass es ihr dank dir gutgeht."

Aprils goldene, sonnige Augen funkelten, und obwohl er es nicht zugeben wollte, wusste er, dass Tucker wahrscheinlich recht hatte. Durch diesen Unfall würden sie für immer verbunden sein. „Okay, ich gehe mal rüber. Ich bin froh, dass es ihr gutgeht, und danke, dass du es mir gesagt hast. Es hat mir heute Morgen geholfen zu entspannen, anstatt mir weiter Sorgen um sie zu machen."

Er war sich nicht sicher, warum er so viel gesagt hatte. Nicht jeder musste wissen, dass er sich Sorgen um sie machte. Die Leute hier sahen aus, als würden sie sich für neue Kuppelversuche bereit machen, und er war ihnen bisher entgangen und hatte nicht vor, sich jetzt zum Ziel zu machen.

Er holte tief Luft und ging den Hang hinauf auf die Gruppe zu, wobei sein Blick auf ihr hübsches brünettes Haar gerichtet war. Er hörte die Jungs, die hinter der Kirche Spaß hatten, bevor der Gottesdienst begann. Sie spielten wahrscheinlich Basketball auf dem Spielfeld oder tratschten einfach nur mit ihren Freunden aus der Stadt. Doch seine Aufmerksamkeit galt April.

„Da bist du ja. Schön, dich zu sehen, du Held", begrüßte Drewbaker ihn mit hochgezogenen buschigen Brauen.

„Ja, die Leute reden, und die Aufregung darüber, dass du diese hübsche Lady hier gerettet hast, ist am Überkochen", erklärte Chili. „Es hätte uns keinen Spaß gemacht, nach einem Auto zu suchen, wenn wir wüssten, dass sie darin eingeschlossen war. Das hast du gut gemacht, Junge."

„Ja, das hast du." Miss Jo ging zu ihm und legte ihren Arm um seine Taille. So klein, wie sie war, reichte sie kaum bis an seine Brust.

Er lächelte auf sie hinab, diese Frau, die die neuen Jungs immer mit offenem Herzen und Kuchen begrüßt hatte. „Ich war froh, dass ich derjenige war, den Gott dorthin geschickt hat, um ihr zu helfen." Sein Blick hob sich automatisch von der lächelnden Miss Jo zu April. Sein Herz machte einen Satz, und er spürte es bis zu seinen Zehen, als diese wunderschönen, funkelnden goldenen Augen seinem Blick begegneten. Es war fast wie eine sanfte Liebkosung, so viele Emotionen lagen darin.

„Danke, Chet", sagte sie und ihre Worte machten das Gefühlschaos in ihm noch schlimmer. „Ich denke, ich bin über den Schrecken weg, und jetzt werde ich mich auf das konzentrieren, was du gesagt hast, auf die Tatsache, dass ich am Leben bin. Und jetzt bin ich hier, um das zu feiern." Sie lächelte, und es strahlte durch ihn hindurch. „Du hättest die Jungs sehen sollen. Sie sind kurz vor mir hier angekommen und", ihre Augen füllten sich mit Tränen, „sind alle auf mich zu gestürmt und haben mich umarmt. Dann haben sie mir gesagt, dass es so schön sei, mich zu sehen, und dass sie wussten, dass Gott dich geschickt hat, um mich zu retten. Und sie schienen darüber wirklich glücklich zu sein."

Ihre Worte gingen ihm durch den Kopf. Sein Magen drehte sich, und sein Herz begann, schnell zu schlagen. Er war sich nicht sicher, was genau mit ihm los war. „Ich bin froh, dass er mich benutzt hat", brachte er heraus.

„Das sind wir alle", sagte Mabel. „Was denkst du über ihr hübsches Outfit?" Sie grinste, als sie mit der Hand vor April herumgestikulierte.

Sie trug eine zartrosa Bluse, die ihre zarten Lippen und Haare … und diese strahlenden Augen betonte. Dazu trug sie eine cremefarbene Jeans und Sandalen; Sein Blick war an ihr hinabgeglitten und an ihren Sandalen hängengeblieben. Sie sahen aus, als wären sie etwas zu groß für ihre Füße, aber ihre Zehen waren trotzdem hübsch. Seltsam. Normalerweise nahm er die Füße von Frauen nicht wahr. Andererseits wusste er, dass er alles an dieser Frau wahrnahm. Und er würde dagegen ankämpfen müssen.

Er hob seine Augen und begegnete wieder ihrem Blick. „Du siehst hübsch aus. Ich habe mit … mit Suzie gesprochen." Er stolperte über seine Worte. „Ich habe angerufen, um mich bei ihr dafür zu entschuldigen, dass ich sie beauftragt habe, heute Blumen zu liefern. Es waren zwei stressige Tage, und ich hatte ganz vergessen, dass Wochenende ist. Aber sie sagte, es sei okay, und dass sie sich gefreut hat, dich kennenzulernen und auf dem Weg war, dir was zum Anziehen zu bringen."

Ihr Lächeln wurde breiter. „Ja, und wir haben die gleiche Größe, das hat also perfekt geklappt. Meine Füße sind ein bisschen kleiner, aber es geht schon so. Nur für den Fall, dass ich stolpere, versucht bitte, mich aufzufangen." Die anderen lachten und versprachen es.

„Ich kann dir garantieren, dass jemand da sein wird, um dich aufzufangen", sagte Nana. „Du warst heute Morgen beim Frühstück Mittelpunkt aller Gespräche. Die Jungs freuen sich sehr, dass du hier bist und vielleicht mit ihnen zum Viehtrieb gehen wirst. Wenn du rauskommst und mit den Jungs gehst", sie sah ihren Enkel an. „Chet, würdest du April diese Woche auf einen Ausritt mitnehmen, um sicherzustellen, dass sie sicher genug im Sattel ist, um am Viehtrieb teilzunehmen?"

Sein Mund wurde trocken, als er nickte; dann fand er seine Worte wieder. „Ja, das kann ich machen."

„Großartig. Ist das für dich okay?", fragte sie April.

Er bemerkte ein Zögern in Aprils Nicken. „Ja. Aber ich bin noch nie viel geritten. Ich würde es gerne versuchen, da die Jungs wirklich wollen, dass ich mitkomme. Also ja, wenn es dir nichts ausmacht, Chet, wäre das schön."

Es entging ihm nicht, dass alle um sie herum lächelten. „Wie ist Dienstag? Ich will nicht auch noch deinen Sonntag in Anspruch nehmen – das wären dann drei Tage hintereinander –, also machen wir den Dienstag, wenn das für dich passt. Wie klingt das?" Er redete dummes Zeug. Heute wäre ein großartiger Tag gewesen, um einen Ausritt mit ihr zu machen, aber er brauchte Abstand und ein bisschen Zeit ohne sie. Und er und einige andere hatten vor, den Fluss entlangzufahren und nach ihrem Auto zu suchen. Er sagte ihr das nicht, weil er nicht wollte, dass sie mitkam. Er brauchte wirklich etwas Abstand, bevor er mit ihr reiten ging. Ja, er brauchte mindestens zwei Tage, um sich darauf vorzubereiten, mit ihr allein zu sein. Er stolperte über den Gedanken. Vielleicht hätte er Mittwoch sagen und sich drei Tage genehmigen sollen, aber der Viehtrieb war am Freitag, also brauchte sie Zeit für den Fall, dass sie noch einmal rauskommen musste, um Reiten zu üben. Doch er musste verstehen, was in seinem verwirrten Kopf vorging.

„Das hört sich gut an. Ich habe das eine oder

andere, worum ich mich morgen kümmern muss. Ich bekomme morgen einen Mietwagen geliefert, bis mein neuer Geländewagen kommt. Ich habe angerufen, bevor ich hergekommen bin."

Er lächelte, während alle interessiert zusahen.

Chili grinste. „Sie hat uns erzählt, dass sie diesen süßen kleinen Mercedes hatte. Das sind ja hübsche Autos, die wirklich gut laufen und Klasse haben, aber für unsere Straßen hier taugen sie nicht so gut, da ist ein Geländewagen besser. Drewbaker und ich und all diese Cowboys mögen Trucks, aber ein Geländewagen wird funktionieren."

„Ja", stimmte Nana zu und fixierte Chili für einen kurzen Moment. „Damit hast du auch Platz für mehr als nur einen Koffer und eine Laptoptasche."

Chet hörte zu, als alle zustimmten. Sie hatte ihm gegenüber erwähnt, dass sie viel unterwegs war, und offensichtlich hatte sie auch mit den anderen darüber gesprochen. Als sie alle ansah, schien es, als ob sie sie wirklich schon gut kannten.

Er musste sich bewegen, seinen Kopf wieder gerade bekommen, damit er aufhörte, sich zu wünschen, sie ebenfalls gut kennen.

„Okay, Dienstag. Ich muss rein, aber ich habe ja deine Nummer, also rufe ich dich an, um zu hören, wann ich dich abholen soll."

„Danke, aber ich habe ja ab morgen einen fahrbaren Untersatz und kann rausfahren.”

„Großartig.” Er wusste, dass alle ihn ansahen, doch alles, was er sah, war ihr Lächeln. Und das war alles, was er immer wieder sah, als er sich abwandte und in die Kirche ging. Der Pastor stand an der Tür. Er war selbst ein Cowboy und trug seine Stiefel, Jeans und ein Westernhemd. Er passte hierher. Sein Name war Luke Walters, doch alle nannten ihn *Preacher*.

„Morgen, Chet. Ich habe gehört, dass wir Grund zum Feiern haben. Wie ich höre, bist du ein Held.”

„Na ja, ich denke, ich sollte einfach sagen, dass Gott mich als sein Werkzeug benutzt hat, und ich bin froh, dass er es getan hat.”

Preacher nickte. „Ja, es ist immer ein Privileg, wenn man weiß, dass man von Gott benutzt wurde. Ich freue mich auch, dass du die Gelegenheit hattest. Und sie scheint eine nette Lady zu sein.”

Er nickte. „Ja, und ich glaube, die ganze Stadt mag sie.” Dann ging er hinein. Er brauchte Abstand.

Er konnte nicht die ganze Zeit über April reden.

KAPITEL ELF

Der Montagmorgen kam, und April ging den Gehsteig entlang zum *Jeans and Things*-Laden, von dem die Frauen gesagt hatten, dass er einem ziemlich neuen Mädchen in der Stadt gehörte – der Enkelin einer der Ladys in der Kirche. Sie hatte gestern in der Kirche viele Leute kennengelernt, doch weder die Großmutter noch die Ladenbesitzerin. Sie hatten gesagt, Emmy sei aus familiären Gründen nicht in der Stadt und würde erst spät in der Nacht nach Hause kommen. Doch sie hatten ihr gesagt, sie habe einen Zettel an der Ladentür hinterlassen, auf dem stand, dass sie heute zurück sein würde.

Es war lustig, dass jeder hier alles über alle wusste. Allein der Gedanke daran brachte sie zum Lächeln. Sie hatte heute Morgen einen Muffin aus dem Café gegessen und war da gewesen, als ihre Kreditkarte per

Kurier eintraf. Sie war so dankbar gewesen, als sie das Paket entgegengenommen hatte, während Mabel lächelnd zugesehen hatte. Die Frau sagte ihr, sie habe es nicht eilig mit der Rechnung, als April die Karte genommen und sie ihr entgegengestreckt hatte, um ihre Zimmerrechnung zu bezahlen. April hatte darauf bestanden, und Mabel hatte gestrahlt und dann die Zahlung abgewickelt.

„Ich habe gehört, dass du morgen mit Chet ausreiten gehst", hatte sie erwähnt, als sie fertig gewesen war.

Dabei war April das Lachen völlig vergangen; sie hatte ihre Schultern gestrafft und gesagt, das mache sie nur deshalb, weil die Jungs sie beim Viehtrieb dabeihaben wollten. Und so war es auch.

Zumindest sagte sie sich das, als sie die Boutique erreichte. Einkaufen war nicht ihre Lieblingsbeschäftigung, was war eher untypisch war, da die meisten Frauen es liebten zu shoppen. Sie saß lieber am Schreibtisch und tippte ein neues Buch. Und deshalb hatte sie auch einen neuen Laptop bestellt, denn sie war mehr als bereit, mit der Arbeit an der Geschichte anzufangen, die sich in ihrem Kopf zusammensetzte. Und diese Idee, die sich zusammenbraute, schien nicht für ihre übliche Hauptfigur gedacht zu sein, die Verbrechen aufklärte und dann weiterzog. Nein, diese

Geschichte war etwas anderes. Und natürlich konnte sie nicht alle Kinder einbeziehen, aber sie würde sich etwas einfallen lassen. Tief in ihrem Herzen wusste sie, dass es etwas Neues und Anderes, aber gut für sie sein würde. Alles, was sie brauchte, waren ihre Finger auf der Tastatur und schon würde die Magie passieren.

Doch im Moment brauchte sie erst einmal Kleidung. Zum Glück hatte Suzie ihr nicht nur das Outfit für die Kirche mitgebracht, sondern auch eine Jeans und ein niedliches, orangefarbenes T-Shirt, das gut zu ihren Haaren passte. Sie hatte ihr gesagt, wenn *Jeans and Things* nicht alles hätte, was sie wollte, gäbe es ein anderes Geschäft weiter die Straße runter beim Friseursalon. Die ältere Frau, die den Friseursalon besaß, hatte Spaß daran, auch Kleidung zu verkaufen, mit der sie ihre Kunden verführen konnte, doch es könnte ein etwas älterer Style sein, als sie wollte. Ruth war fast achtzig und hatte immer noch Freude daran, andere zu frisieren, hatte aber angefangen, nach jemandem zu suchen, der ihr vielleicht etwas Arbeit abnehmen wollte.

Als Mabel ihr von Ruth erzählt hatte, war April überrascht gewesen, dass sie in ihrem Alter immer noch jeden Tag Haare schnitt. April machte sich keine Sorgen, da sie ihre Haare glatt trug, denn sie hatte keine Lust, sich jeden Tag mit viel Aufwand zu stylen. Nein, sie mochte die Freiheit, die Haare offen oder zu einem Pferdeschwanz gebunden zu tragen, wenn sie tief in die Handlung eines Buchs versunken war. Aber eines wusste sie: Sie würde zu Ruths Friseursalon gehen, weil sie diese alte Dame kennenlernen wollte. Sie lächelte, als sie an sie dachte. Allein der Gedanke an sie inspirierte ihre Kreativität.

Sie erreichte die schwere Holztür von *Jeans and Things* und öffnete sie, woraufhin ein Glöckchen über der Tür ihr Kommen ankündigte.

Eine Frau mit warmen braunen Haaren blickte von der Stelle auf, an der sie gerade eine Schaufensterpuppe anzog, und lächelte. Sie waren ungefähr gleich alt, und bei diesem Lächeln freute sich April, dass sie hergekommen war. Die Schaufensterpuppe bekam ein tolles Outfit: eine rote Bluse, die bis zur Hüfte ihrer weißen Leinenhose reichte.

„Guten Morgen. Ich bin Emmy Swanson, wie geht's? Ich bin gestern Abend zurück in die Stadt gekommen, und als ich heute Morgen ins Diner gegangen bin, um mir eine Tasse Kaffee und einen Kirschstrudel zum Frühstück zu holen, habe ich gehört, dass ich Besuch bekommen würde."

„Sie sind wunderbar dort. Ich bin April Mallory und so froh, hier zu sein."

„Nach allem, was du durchgemacht hast, bin ich

froh, dass du lebst und es dir gutgeht."

April nickte. „Ich auch. Und ich bin außerdem froh, dass du hier eine Boutique hast, da meine Klamotten alle weg sind. Die Mädels stehen alle hundertprozentig hinter dir und dem anderen Laden. Gut, dass du zurück bist, denn ich brauche dringend was anzuziehen. Ich bin vielleicht ein bisschen seltsam, denn ich habe nicht viele Sachen. Ich habe nur das, was in meinen Koffer passt – oh, und den brauche ich offensichtlich auch neu."

Emmy neigte den Kopf. „Du lebst wirklich aus deinem Kofferraum?"

„Na ja, nicht wirklich – ich bringe einfach meinen Koffer von einem Hotel zum anderen. Ich habe ein Auto, einen Koffer voller Klamotten und einen Computer und reise damit herum. Es mag seltsam klingen, aber so lebe ich einfach. Ich schlage keine Wurzeln, und es gefällt mir so. Ich muss sagen, das hier ist eine tolle Stadt, und ich werde wahrscheinlich einen Monat oder so bleiben. Alle sind so nett! Und die Jungs auf der Ranch sind wunderbar. Da fällt mir ein, dass ich mit ihnen auf einen Viehtrieb gehen werde. Ich brauche Jeans dafür. Und ich hoffe, dass du Schuhe in meiner Größe hast."

Emmy lächelte. „Oh, hört sich an, als hätten sie dich eingewickelt. Das können sie gut. Ich lebe noch nicht so lange hier – bin erst vor etwa einem Jahr in die

Stadt gezogen. Aber ich bin die meisten Wochenenden weg, um meine Familie zu besuchen, und habe die Jungs noch nicht so gut kennengelernt. Da ich nur Klamotten für Frauen habe, kommen sie nicht hier rein."

Die Art und Weise, wie sie „Familie" gesagt hatte, klang ein bisschen seltsam, aber April ging nicht darauf ein. „Ich bin zufrieden mit der Art, wie ich lebe. Ich sehe die Welt und schreibe darüber." Sie sagte nicht, dass sie Romane schrieb, doch es wäre ihr fast herausgerutscht. „Das Reisen ist für mich ein Vorwand, um Dinge zu recherchieren. Ich liebe dieses Leben. Ich lerne die USA kennen und sehe viele verschiedene Orte. Ich ziehe weiter, wenn mir danach ist. Ich habe noch nie so ein Abenteuer erlebt wie beim Herkommen, aber ich freue mich, hier zu sein. Und schon auf den ersten Blick sehe ich, dass ich deinen Laden lieben werde und mit einem – nein, zwei Zwischenstopps, da ich mir auch den anderen Laden ansehen will – meinen Koffer füllen kann."

„Das ist inspirierend", sagte Emmy mit funkelnden Augen. „Ich helfe dir gern dabei, deinen Koffer zu füllen, und ich kann dir versichern, dass Ruth es auch lieben wird. Also, komm, stürzen wir uns ins Abenteuer und kleiden wir dich ein!"

April mochte diese Frau. „Hört sich toll an." Und dann taten sie genau das: Sie kaufte ein und beide hatten

Spaß dabei. Und sie fand sogar ein Paar Stiefel – Cowgirlstiefel, etwas, das sie noch nie zuvor besessen hatte.

Und sie liebte sie.

* * *

Chet seufzte, als er in den wolkigen Himmel blickte. Er hatte gerade das Buch von B.P. Joel zu Ende gelesen. Er hatte in den letzten Nächten eine Ablenkung gebraucht, da er das Auto, nach dem er und seine Brüder und Rancharbeiter gesucht hatten, immer noch nicht gefunden hatte. Er war jetzt mehr denn je dankbar, dass er in jener dunklen, regnerischen Nacht auf dieser Straße gewesen war, um sie aus ihrem Auto zu ziehen. Seine Gedanken waren mit Was-wäre-wenn-Szenarios überflutet worden, und B. P. Joel hatte ihm geholfen, sich davon abzulenken. Dieser Mann konnte schreiben, und sein Buch hatte Chet ein bisschen von der Frau abgelenkt, die er, so sehr er sich auch bemühte, nicht aus dem Kopf bekam.

Er hatte noch ein paar Bücher des für ihn neuen Schriftstellers bestellt und hoffte, dass sie heute Abend vor seiner Tür liegen würden, wenn er nach Hause kam. Nach dem heutigen Tag würde er mehr Ablenkung brauchen, und das konnte er auf keinen Fall leugnen.

Den Morgen mit April zu verbringen, würde … kompliziert werden.

Es war seltsam, wie dieser Schriftsteller – nein, nicht der Schriftsteller, sondern die Hauptfigur, eine Frau namens Tullie – ihn an April denken ließ, aber er wusste nicht, warum. Aber noch seltsamer: Die Hauptfigur und die Art und Weise, wie sie dachte, und der Weg, den sie am Ende des Buches eingeschlagen hatte, waren ihm so ähnlich, dass es ihn in Staunen versetzte. Sie hatte die persönliche Beziehung aufgegeben, von der er angenommen hatte, sie habe sich zwischen ihr und dem Mann entwickelt, der ihr bei der Aufklärung des Verbrechens geholfen hatte, und entschieden, dass sie sich nicht binden konnte. Er hätte dasselbe getan und wäre gegangen.

Als er online gegangen war, um das nächste Buch zu bestellen, hatte er gesehen, dass dieselbe weibliche Figur die Hauptfigur aller Geschichten war; das machte ihn neugierig, wie ihre Geschichte weitergehen würde, also hatte er zwei Bücher bestellt.

Doch jetzt stand er am Eingang der Scheune und betrachtete den Himmel. Es sah so aus, als ob es wieder regnen könnte, doch er hoffte, dass das Wetter noch ein bisschen hielt, denn er musste sehen, ob April reiten konnte.

Aber als er die Wolken betrachtete, wusste er, dass

sich sogar ein Sturm zusammenbrauen könnte. Hoffentlich erst später. Vielleicht würden die Wolken über sie hinwegziehen und der Regen irgendwo anders im County runterkommen. Die Ranch war so groß, dass der Regen definitiv einen Teil davon treffen würde, und sie würden eine Herde dorthin treiben, damit sie das Gras fraßen, das der Regen am Leben hielt. Das war einer der Gründe dafür, dass sie am Freitag Vieh treiben würden. Um dafür zu sorgen, dass das Gras, das an bestimmten Stellen wuchs, genutzt wurde.

Außerdem hatten sie festgestellt, dass das Vieh offenbar Freude daran hatte, getrieben zu werden, da so keine Langeweile bei den Tieren aufkam. Er liebte es auch, mit dem Vieh über das Land zu reiten. Wenn er die ganze Zeit dieselben Zäune auf denselben Weiden kontrollieren müsste, würde er sich langweilen, und er hatte das Gefühl, dass es den Rindern genauso gehen könnte.

Er drehte sich um und ging zurück in die Scheune und zu den Boxen, in denen sich sein Pferd und Cupcake befanden, ein wirklich zuverlässiges Pferd, wenn es darum ging, jemandem das Reiten beizubringen. Er würde sich um April keine Sorgen machen müssen. Er entschied, dass sie in eine andere Richtung reiten würden als ursprünglich geplant, nur für den Fall, dass es bald anfing zu regnen. Sie würden zum Fluss reiten, denn dort gab es Stellen, an denen sie sich für eine Weile unterstellen konnten, falls sie doch in einen Guss gerieten.

Er hatte April angerufen, um zu fragen, ob er sie abholen solle, doch sie hatte ihm begeistert erklärt, dass gestern Abend ihr Geländewagen geliefert worden sei und sie um acht Uhr draußen sein würde, wie er vorgeschlagen hatte. So hätten sie Zeit, wenn er ihr das Reiten beibringen müsste. Er war dankbar, dass alle Jungen um diese Zeit in der Schule waren. Er hatte ihre Fragen während des Frühstücks ertragen, weil sie wussten, dass ihr neuster Lieblingsmensch kommen würde, um zu reiten. Sie hatten diese Phasen, in denen sie jemanden auserkoren und anhimmelten. Erst war es Jolie gewesen, dann Lucy, dann Suzie, und jetzt sah es so aus, als wäre April dran. Und ... er konnte nicht anders, als zuzugeben, dass sie kluge Jungs waren. Alle vier waren gute Frauen. Der einzige Unterschied bestand darin, dass es diesmal nicht so ausgehen würde, wie sie sich vorstellten. Darüber wollte er sich im Moment auch keine Sorgen machen.

Obwohl er den Gedanken verdrängte, kam er nicht umhin, sich über ihre Ideen zu wundern. Ein Mann musste nicht heiraten oder verkuppelt werden.

Cupcake beobachtete ihn, als er die Tür ihrer Box öffnete, und wedelte dann mit dem Schwanz, als sie sich von Chet satteln ließ. Sie war immer das Pferd, auf dem sie Anfänger oder Leute mit wenig Erfahrung reiten ließen. Und auch diejenigen, die schon sehr lange nicht mehr geritten waren. Cupcake war in einer Art Halbruhestand und wurde nie hart geritten. Sie war freundlich, ruhig, und es machte ihr Spaß, Anfänger zu tragen. Normalerweise blieb sie auf der Weide und genoss das leichte Leben, bis jemand kam, der sie brauchte. Und heute war das April.

Nachdem er beide Pferde gesattelt hatte, führte er sie vor die Scheune in die Sonne, die zwischen den Wolken hervor spähte. Er hielt inne, als er sah, wie ein leuchtend bordeauxrotes Fahrzeug, glänzend und neu, die Auffahrt hinauffuhr. Sie war hier; er winkte, damit sie ihn sah und zur großen roten Scheune kam. Sie fuhr über den Hof und hielt das große, sichere Fahrzeug nur ein paar Schritte von ihm entfernt an.

Dann stieg sie aus und sah fantastisch aus. Wie ein echtes Cowgirl. Sie trug ein Paar schöne Stiefel aus weichem braunem Leder mit einer großen roten Lederblume auf beiden Seiten. Ihre gutsitzenden Jeans steckten darin und ließen die Stiefel zur Geltung kommen. Sie war offensichtlich in der Boutique in der Stadt gewesen. Er wusste, dass die Frauen den Laden und Emmy, die Besitzerin, liebten. April trug auch ein leuchtend rosafarbenes Tanktop, das ihr bis über die

Hüften reichte, aber es war schmal geschnitten und betonte ihre schöne Figur – *Okay, whoa, langsam, Junge.*

Er richtete seinen Blick wieder auf ihr Gesicht und sah, dass sie ihr Haar zu einem Pferdeschwanz gebunden hatte, was ihre goldenen Augen nur noch mehr betonte, auch wenn er Unsicherheit in ihnen entdeckte. Als er das bemerkte, hob er automatisch seine Hand.

Was sollte er mit seiner Hand machen? *Streichle ihren hübschen Kiefer – nein!* Er hob sie stattdessen an sein Kinn und rieb es, als ihm klar wurde, dass er sich hätte rasieren sollen. Er hatte es schon ein paar Tage nicht gemacht, und es war dringend nötig. Er hoffte, dass es ihr nichts ausmachte – *was denkst du nur?*

Er hatte den Verstand verloren. Es war egal, was sie über sein Aussehen dachte. Ob er ein behaartes Gesicht hatte oder glattrasiert war, spielte keine Rolle. Sie war hier, damit er dafür sorgen konnte, dass sie am Freitag mit den Jungen reiten konnte.

„Morgen", blaffte er barsch, bevor er seinen Tonfall unter Kontrolle bekam.

Sie zog die Braue hoch. „Dir auch einen guten Morgen." Sie schloss die Tür und stemmte die Hände in die Hüften.

Die Frau war ... Nein, sie war nicht die

umwerfendste Frau der Welt – er versuchte, sich das einzureden, und hatte das Bedürfnis, sich selbst zu ohrfeigen. Doch die Wahrheit war, dass sie eine wunderschöne Frau mit einem tollen Lächeln, tollen Augen und, ja, auf ihre ganz eigene, besondere Art hübsch war. Da, er hatte es zugegeben. Er hatte es zugegeben und konnte jetzt vielleicht den Tag überstehen, ohne den Verstand zu verlieren.

Er hielt ihr die Zügel ihres Pferdes entgegen. „Ich habe dein Pferd gesattelt. Das ist Cupcake, und sie weiß, wie man mit unerfahrenen Reitern umgeht. Oder Reitern, die schon eine Weile nicht mehr im Sattel gesessen haben. Sie macht ihr Ding, und du kannst dich entspannen. Wir werden heute reiten, solange du es brauchst, damit du das dann hinbekommst, wenn um dich herum viel los ist, wie am Freitag. Wir werden uns einen schönen Tag machen, und ich werde sehen, wie du mit ihr zurechtkommst, und dann kann ich mich am Freitag auch entspannen."

„Okay. Klingt gut. Du scheinst ziemlich vorsichtig zu sein, was das Reiten angeht."

Bingo! „Na ja, einmal hatten wir ein kleines Problem. Das war mit Suzie. Wir haben das Vieh am Fluss entlang getrieben, und es ist ein eher ungewöhnliches Problem aufgetreten, woraufhin sie hineingeworfen wurde. Aber heute reiten nur wir, und ich werde zwischen dir und dem Wasser sein."

„Was ist passiert?", fragte sie mit echter Neugier in ihrem Ton.

„Das Pferd wurde von einer Kuh erschreckt, die zwischen den Bäumen hervorgesprungen ist, und ihr Pferd ist durchgegangen und hat sie ins Wasser geworfen, das an der Stelle ziemlich gefährlich ist. Zum Glück hat Tucker sie rausgezogen. Lass dich nicht davon abschrecken. Das ist ein tolles, sanftmütiges Pferd."

Sie lächelte.

Mann, oh Mann, was für ein Lächeln!

„Ich vertraue dir und verspreche, dass ich durchhalten werde. Ich bin vielleicht nicht der Beste und es ist schon eine Weile her, aber ich habe meine neuen Stiefel. Auch wenn sie etwas auffälliger sind, als mir lieb ist, gefallen sie mir und geben wirklich guten Halt in den Steigbügeln. Was anderes hatte Emmy nicht in meiner Größe da, also habe ich sie gekauft und hier bin ich – bereit zu reiten."

„Sieht so aus, als wärst du damit auch bereit für die große Party, wenn alle nach Hause kommen. Tanzen kannst du mit diesen schicken Stiefeln allemal."

Ihr Lächeln wurde breiter.

Oh du meine Güte!

„Findest du? Gut zu wissen. Dann werde ich sie

tragen, und es wird großartig werden, wenn ich darüber schreibe – in meinen Artikeln darüber."

Er war wirklich neugierig auf ihre Artikel.

Warum änderte sie immer schnell das Thema, wenn sie anfing, über ihre Arbeit zu sprechen? Es war seltsam. Später würde er sie vielleicht danach fragen, aber im Moment war Reiten seine Priorität – nicht, ihr persönliche Fragen zu Dingen zu stellen, die er nicht wissen musste. Dinge, die sein Interesse vielleicht noch mehr wecken würden, als es ohnehin schon geweckt war.

Ja, er musste daran arbeiten, sie für den Ritt am Freitag vorzubereiten. Und das war alles.

KAPITEL ZWÖLF

Sie waren eine Weile geritten, und seine Gedanken überschlugen sich. Schließlich sprach er sie aus. „Du weißt eine Menge über mich. Wenn ich es dir nicht gesagt habe, seit ich dich aus dem Auto gerettet habe, dann haben es dir die Jungs hier auf der Ranch erzählt. Oder wer weiß ... die Ladys im Diner. Oder sogar Mabel im Inn. Aber du bist neu hier und hast fast nichts über dich gesagt. Du schreibst Artikel, sagst du, und lebst nirgendwo. Du lebst aus einem Koffer und dem kleinen Auto, in dem du fast ertrunken wärst. Doch mehr hast du nicht über dich erzählt. Trotzdem willst du alles über mich wissen – jetzt bin ich dran. Ich möchte auch mehr über dich erfahren. Was genau schreibst du?"

Sie blickte von ihrem Pferd aus zu ihm herüber. Ja, er hatte ihr das beste Pferd der Welt gegeben, perfekt für Leute, die das Reiten nicht gewohnt waren. Aber es war nicht das Reiten auf dem Pferd, das ihr plötzlich Unbehagen bereitete; es war seine Frage. Und das weckte seine Neugier noch mehr. Was war ihre Geschichte?

„Chet, ich, ehrlich …" Sie hielt inne, und der Ausdruck in diesen wunderschönen Augen ließ ihn sich wirklich fragen, was in ihrem Kopf vorging.

„Komm schon, was? Du hast einfach keine Familie? Weißt du, meine ist bei dem Autounfall ums Leben gekommen, der mich hierher auf diese riesige Ranch gebracht hat, und zwischenzeitlich bin ich zu einem Teil davon geworden und werde den Rest meines Lebens hier verbringen und all den anderen Jungs helfen, die du auf unserem Viehtrieb besser kennenlernen wirst. Was hat es also damit auf sich, dass sich die Jungs so darauf freuen, dich mitreiten zu sehen, die neue Lady in der Stadt, die ihnen in nur zwei Treffen das Herz gestohlen hat? Meine Frage ist, was ist deine Geschichte? Was hat dich hierher gebracht?" Er wollte es ernsthaft wissen, nicht nur für ihn, sondern auch für die Jungen: Er war ihr Beschützer, und er würde sie beschützen, selbst wenn es um eine schöne Frau ging.

Ihr Gesichtsausdruck wurde angespannter, ihre Augen verdunkelten sich. „Warum klingst du plötzlich so, als wäre ich hergekommen, um jemandem zu schaden? Oder als wäre ich auf der Suche nach einem

Mann? Ich bleibe nie irgendwo lange, also mach dir keine Sorgen."

„Das habe ich nicht so gemeint." Etwas stimmte nicht; er wusste es. „Schau, ich habe vor, als Single zu sterben, ohne Verantwortung irgendjemandem gegenüber …" Seine Gedanken wirbelten, als er darüber nachdachte, was die Jungen wohl gehofft hatten, als sie sie zum Viehtrieb eingeladen hatten. Doch egal, auch wenn er wusste, dass sie alle zu ihm aufblickten und vielleicht dachten, sie könnten ihn verkuppeln, es würde ihnen nicht gelingen. Und das hatte er ihr gerade gesagt.

Aber das hielt ihn nicht davon ab, mehr über sie wissen zu wollen, denn wenn er ihr helfen konnte, würde er es tun. Schließlich war es sein Lebenszweck, Menschen zu helfen.

„Warum sagst du das alles? Du willst mehr über mich wissen, und dann betonst du, dass du nichts von mir willst. Was soll das alles?"

Sie starrten einander an. Er hatte den Überblick über das Gespräch verloren, als er sich in ihren Augen verlor hatte, die sich nun mit grimmiger Herausforderung in ihn bohrten. Sei's drum. „Als Kind konnte ich meinen Eltern nicht helfen, als sie sich gestritten haben in der Nacht, in der der Unfall passiert ist. Ich habe die schreckliche Tragödie dieser Überschwemmung erlebt und mich an einen Baum geklammert – und das war's – Gott hat auf mich aufgepasst. Er hat mir die Kraft gegeben, mich am Baum festzuhalten, während meine Eltern im Auto flussabwärts gestorben sind. Ich habe hier auf dieser Ranch gelebt und mein Schicksal gefunden und all die Jahre beobachtet, wie die McDermotts mir und anderen wie mir geholfen haben. Ich bin mit dem Wunsch, dem Wissen und der Entschlossenheit aufgewachsen, dasselbe für andere zu tun. Ich habe einfach das Gefühl, dass in deinem Leben was nicht stimmt und es einen Grund gibt, warum du dich nicht irgendwo niederlässt und die ganze Zeit herumreist. Sogar ich habe ein Zuhause, also warum willst du keinen Ort dein Zuhause nennen?" Seine Worte trafen ihn, als er sofort an Tullie dachte, die Hauptfigur in B.P. Joels Buch. Sie wollte sich auch nicht niederlassen, keinen Ort ihr Zuhause nennen.

Aprils Gesichtsausdruck war weicher geworden, als er sprach, doch ihre Augen waren schmerzerfüllt. „Es tut mir so leid, dass du das durchgemacht hast. Und es ist wunderbar, dass du deine Erfahrung nutzt, um den Jungs zu helfen. Wie gut das funktioniert, kann ich allein an den Mienen der Jungs sehen, wenn sie über dich reden oder dich beobachten. Aber … ich rede nicht über meine Vergangenheit."

„Normalerweise tue ich das auch nicht. Aber ich

denke, du musst wissen, dass ich das Gefühl habe, die Jungs glauben, ich könnte wie meine McDermott-Brüder sein und eines Tages die Liebe finden. Aber ich werde mich nie verlieben, auch wenn wir beide wissen, dass wir uns zueinander hingezogen fühlen. Und jetzt weißt du, dass ich als Junge alles verloren habe und nie wieder riskieren werde, sowas noch einmal durchzumachen. Ich bin nach so viel Trauma von einer Pflegefamilie zur nächsten abgeschoben worden, bevor sie mich auf die Ranch geschickt haben, wo sie Jungen hinschicken, die sich nirgendwo anders eingefügt haben, oder von denen sie denken, dass hier der beste Ort für sie ist. Sie hatten recht, was mich und alle anderen Jungen hier anging, also tue ich jetzt alles, um den Jungen heute zu helfen, die ihre eigenen Dramen durchgemacht haben. Aber ich bin neugierig, April. Warum sagt mir irgendetwas, dass du und ich was gemeinsam haben?"

Er hatte wahrscheinlich gerade alles vermasselt, aber was spielte das schon für eine Rolle? Er hatte ihr völlig klargemacht, dass es zwischen ihm und einer Frau niemals etwas geben würde. Es spielte keine Rolle, ob er sich zu ihnen hingezogen fühlte oder nicht; er würde nicht zulassen, dass er sich verliebte. Er würde das, was er durchgemacht hatte, nicht noch einmal erleben: Er hatte seine Mutter und seinen Vater verloren, nachdem er vom Rücksitz aus gehört hatte, wie sie sich gegenseitig angeschrien hatten. Und als sein Vater herausgefunden hatte, dass seine Mutter eine Affäre hatte, hatte er es auch erfahren und darüber hinaus, dass sie sich scheiden lassen wollte. Er war ein kleiner Junge gewesen, einige der letzten Worte, die er gehört hatte, bevor sie von der Straße abgekommen waren, verfolgten ihn in seinen schlimmsten Alpträumen. Sein Vater hatte sie gefragt warum, und sie hatte geantwortet, weil er sie nicht glücklich gemacht hatte.

„Du hast recht", sagte April leise. „Ich habe eine Vergangenheit, mit der ich mich nicht wohlfühle. Eine Vergangenheit, die mich entschlossen macht, genau wie du Single zu bleiben. Mich nie auf irgendjemanden außer auf mich selbst zu verlassen. Offen gesagt – lass mich das zurücknehmen … Ich bin ehrlich gesagt nie ganz offen. Und ein Teil davon kommt von etwas Ähnlichem wie bei dir: Ich habe in jungen Jahren, bevor in meinem Leben etwas Schreckliches passiert ist, herausgefunden, dass alles, was ich über mich wusste, eine Lüge war. Dass alles, was ich über meine Mutter und meinen Vater wusste, eine Lüge war. Das habe ich noch nie jemandem erzählt. Ich weiß also nicht, ob ich dir noch mehr erzählen werde, aber hilft dir das dabei, zu verstehen, dass ich hierhergekommen bin, weil ich auf der Suche nach etwas bin? Ich bin hierhergekommen und habe gefunden, was ich zu finden gehofft hatte – dass es viele Artikel gibt, die ich über die wunderbare Sunrise Ranch schreiben könnte." Sie brachte ihr Pferd zum Stehen, was sie nicht viel Mühe kostete, da Cupcake ein sanftmütiges Tier war; sie blieb einfach stehen, und Chet hielt Lightning neben ihr an.

„Und …"

„Und was?" April starrte ihn an, aber in Gedanken konnte sie es nicht fassen. Warum hatte sie ihm das erzählt? Das hatte sie noch nie jemandem erzählt. Sie war nicht die, für die sie sich gehalten hatte, und sie war auch nicht, was ihr eingeredet worden war. Sie war von ihren Eltern bis zu deren Tod belogen worden und danach auch von den Heimen, in denen sie untergebracht wurde. Sie kannte ihren richtigen Namen nicht, oder hatte ihren richtigen Namen erfahren und sich entschieden, ihn nicht zu benutzen.

„Da ist noch mehr, aber in deinem Kopf geht etwas vor. Du bist ganz weit weg, wenn du tief in Gedanken versinkst." Chet hatte eine Hand auf dem Sattelhorn und hielt mit der anderen Hand die darüber gekreuzten Zügel, während er entspannt dasaß und sie beobachtete. Und er sah *sie*, das wurde ihr bewusst. Er sah so ziemlich alles.

„Manchmal verliere ich mich in meinen Gedanken.

Aber wir sollten reiten und sichergehen, dass ich für den Viehtrieb am Freitag gut vorbereitet bin."

„Ich sehe jetzt schon, dass du gut klarkommen wirst. Du gehst gut mit deinem Pferd um. Sie hat gespürt, wann du anhalten wolltest, und ich bin mir ziemlich sicher, dass du, wenn du weiterreiten willst, einfach sanft mit den Stiefelabsätzen an ihre Seite drücken wirst, und sie wird gehen. Zu wissen, wie man sie anhält und wieder weiterreitet, ist im Grunde das Wichtigste. Wir reiten über diesen Hügel und du kannst dir den Fluss ansehen. Wir werden nicht zu nahe rangehen, nur für den Fall, dass du in Panik gerätst und sie versehentlich richtig hart trittst, sodass sie losgaloppiert. Ich will nicht, dass dir sowas passiert wie Suzie. Gott hat seine Hand im Spiel gehabt, würde ich sagen, dass sie das unbeschadet überlebt hat, aber ich will kein Risiko eingehen."

Allein die Art, wie er diese Worte sagte, löste in ihr einen heftigen Ruck und eine Sehnsucht aus. *Sehnsucht* – was für ein Wort. Sie weigerte sich, sich nach irgendetwas zu *sehnen*. Vor allem nicht nach diesem wunderbaren Mann, der ihr das Leben gerettet hatte und jetzt versuchte herauszufinden, was sie verbarg. Er wusste nicht, dass sie sich ihr ganzes Leben lang versteckt hatte.

Im Grunde war ihr wahres Ich noch nie zum

Vorschein gekommen, weil sie als Kind nicht gewusst hatte, dass sie eine Lüge lebte, und sie nie damit aufgehört hatte, nachdem sie die Wahrheit erfahren hatte. Doch als sie in seine erstaunlichen Augen blickte, wollte etwas in ihr ihm sagen, wer sie wirklich war – oder wer sie sein könnte, wenn sie die echte Person jemals herauslassen würde.

Doch anstatt zu antworten, stieß sie mit den Absätzen in die Flanken des Pferdes, und Cupcake bewegte sich sofort vorwärts. Er folgte ihr. Als sie den Hügelkamm erreichten, keuchte sie.

„Ja, das ist ein wunderschöner Anblick, nicht wahr? Fließt durch die Ranch zusammen mit ein paar anderen großen Bächen. Hinter Jolies und Morgans Haus liegt der große Fluss mit ordentlich Strömung, aber für eine Kajakfahrerin wie sie ist es einfach ein nettes Flüsschen. Soweit ich weiß, hat Morgan, der damit zu kämpfen hatte, dass sie ihn verlassen und sich gegen ihn und für ihre Karriere entschieden hatte, das Haus dort gebaut, damit er sich immer an die Zeit mit ihr erinnern konnte. Dann ist sie zurückgekommen, und alles hat sich gefügt, und jetzt lieben sie es zusammen."

Er hielt inne, als sie ihn ansah, und er blickte auf und bemerkte die dunkle Wolke, die in ihre Richtung zog.

„Glaubst du, dass es regnen wird?"

„Vielleicht. Es braut sich was zusammen, aber …"
Er sah sie an. „Manchmal sieht es so aus, als käme was,
und dann kommt es wirklich, und ein andermal löst es
sich einfach wieder auf, und nichts passiert." Sein Blick
bohrte sich tief in sie.

Der Mann machte sie wahnsinnig. Und doch war er
der erste Mensch, der erkannt hatte, dass mehr in ihr
steckte als die Fremde, die in die Stadt kam und wieder
ging und nie lange genug blieb, um jemanden in sie
hineinsehen zu lassen. Meine Güte, sie war schon seit
… Sie ging im Kopf die Tage durch und zählte. Ihr
Unfall war am Freitag gewesen; sie war am Samstag mit
ihm, Tony und Micah zum Frühstück gegangen. Dann
hatte sie ihnen geholfen, das Kalb zu füttern. Am
Sonntag war sie in die Kirche gegangen und hatte Suzie
und die älteren Frauen getroffen, die ihr einen Ausritt
mit diesem Cowboy aufgeschwatzt hatten, damit sie für
den kommenden Freitag gerüstet war. Heute war
Dienstag. Sie kannte diesen Mann noch nicht einmal
eine Woche. Und er schien schon in ihre Seele zu
blicken. „Also, ähm, wenn der Sturm kommt, was
machen wir dann? Umdrehen und zur Ranch
zurückreiten?"

Er lächelte schief, sein Blick unter dem Strohhut
war gesenkt, und sie verspürte das wahnsinnige,
wahnsinnige Verlangen, ihre Hand auf den Stoppelbart

an seinem Kiefer zu legen. Sie verlor den Verstand.

„Wir reiten einfach weiter. Und wenn ein Schauer oder ein Gewitter kommt, ist nicht weit von hier ein Feldweg. Und auf dem Weg dorthin ist eine Hütte, in der wir uns unterstellen können."

„Ich würde lieber weiterreiten, als hier zu sitzen und mich ausfragen zu lassen."

„Dann los. Und denk daran – du bleibst auf dieser Seite; ich bleibe zwischen dir und dem Wasser, während wir den Hügel runterreiten."

„Glaub mir, ich bleibe schön neben dir, weil ich keine Lust habe, noch einmal in einem rauschenden Fluss schwimmen zu gehen, damit du mich retten musst. Einmal reicht. Ich bin dankbar, dass du mir geholfen hast, aber ich möchte nicht riskieren, dass einer von uns diesmal verletzt wird."

„Darin sind wir uns einig. Aber nur, damit du es weißt: Falls du ins Wasser fallen würdest, würde ich dich definitiv rausholen."

Ihr Herz zog sich zusammen. So sehr, dass sie fast nach Luft schnappte, weil sie noch nie jemanden gehabt hatte, der bereit gewesen wäre, das für sie zu tun … außer ihren Eltern. Doch sie verdrängte diesen Gedanken.

Schau nach vorn und hör auf zurückzublicken.

* * *

Chet gefiel, dass April wirklich reiten wollte. Es gefiel ihm nicht, dass er sie so sehr unter Druck setzte, ihn in ihre Welt zu lassen. Warum tat er das? Er wollte nicht dorthin, was war also sein Problem?

Als sie den Hügel mit Blick auf den Fluss entlang ritten, hielt er den Mund und ließ sie es genießen. Er erinnerte sich an das erste Mal, dass er hier oben auf diesem Hügel geritten war und den schönen Fluss überblickt hatte, auf dem Weg, der sie langsam auf die nicht allzu weit entfernte Hütte zu führte. Damals hatte er beschlossen, dass er eines Tages in dieser Hütte leben würde.

Gerade als er das dachte, öffnete der Himmel ohne Vorwarnung seine Schleusen. Es war, als hätte Gott einen Eimer von der Größe eines Schwimmbades über sie ausgeschüttet, und es hörte nicht auf.

„Okay, ich schätze, es hat angefangen", sagte er über den Regen hinweg. Ihm machte es nichts aus, nass zu werden. Er nahm so oft an Viehtrieben teil, wo es normal war, nass zu werden, aber ihre erschrockene Reaktion brachte ihn zum Lächeln. Und dann begann sie zu seinem großen Erstaunen zu lachen.

„Das ist wild. Scheint, als sollte ich hier regelmäßig klatschnass werden." Sie kicherte, während der Regen auf sie niederprasselte und ihr Haar und ihre Kleidung schnell durchnässte. Aber sie lächelte.

Er auch. „Okay, genieß es, aber bleib dicht bei mir. Pferde haben nichts gegen Regen. Sie sind es gewohnt, bei Regen zu arbeiten, also keine Sorge. Außerdem ist es nicht weit bis zu der Hütte, von der ich dir erzählt habe." Er blickte zum Himmel auf, doch der Regen wollte nicht aufhören. Er war sich nicht sicher, was sie sagen würde, wenn sie in der Hütte ankam, aber zumindest konnten sie sich abtrocknen und entspannen.

Sie kamen um den Hügel herum, und dort, wo der Pfad in die Ebene überging, war seine Hütte. Es gab eine große Veranda hinter dem Haus, die er selbst gebaut hatte, und große Fenster, die er anstelle der kleinen alten hatte einbauen lassen. Und es gab einen Anbau an der Vorderseite, wo er sie verbreitert hatte, sodass es wirklich nicht mehr die winzige Hütte war, als die sie ursprünglich gedacht war. Es war sein Zuhause – sein offizielles Zuhause, das er für sich geschaffen hatte auf dem Land, das er so liebte, nachdem Randolph ihm versprochen hatte, dass sie ihm gehörte, solange er wollte.

„Sie ist wunderschön. Schau dir die Veranda dahinter an! Offensichtlich nutzt ihr sie viel."

Sie erreichten den Zaun unter einem hölzernen Unterstand, den er für die Pferde gebaut hatte. Er ging voran, während sie ihm folgte. Er stieg schnell ab, band sein Pferd fest, damit es im Trockenen stehen konnte, dann ging er an ihre Seite und streckte ihr die Hand entgegen. „Komm, lass mich dir runterhelfen."

Sie nahm seine Hand, und wieder durchfuhr ihn dieses Knistern. Er wünschte sehr, er könnte das Feuer löschen, aber dafür hatte er keine Zeit, als er ihre Hand ergriff, um ihr beim Absteigen zu helfen. Sie schwang sich aus dem Sattel, und er legte seine andere Hand an ihre Taille, um sie zu stützen, als sie das eine Bein auf den Boden senkte, doch als sie ihren Stiefel aus dem Steigbügel zog, blieb er hängen, und sie stolperte gegen ihn. Sein Arm schlang sich um ihre Taille, als er ihre Hand losließ und ihren gestiefelten Fuß aus dem Steigbügel zog. Sie war frei und stand sicher auf festem Boden, doch sein Arm löste sich nicht.

Sie standen dicht beisammen, so, wie es in der Nacht gewesen war, als er sie gerettet hatte, doch da war nicht dieses unregelmäßige Pochen seines Herzens gewesen, das Ziehen ihres hämmernden Herzens gegen seines, noch der Ausdruck in ihren Augen, der sich in seine bohrte, während sie sich an ihn klammerte, diesmal nicht aus Angst, sondern aus ... ohne nachzudenken, wanderte sein Blick zu ihren Lippen; sein Arm hielt sie fester, und sein Kopf neigte sich, als sie sich an ihn lehnte.

Was machst du da?

Seine Lippen berührten fast ihre, bevor er sie losließ und sie ihn fassungslos ansah und einen Schritt zurückwich.

Er bemühte sich, sich normal zu verhalten. „Alles gut. Lass mich dein Pferd anbinden." Er drehte sich um und tat genau das, während er sich Gedanken über das machte, was er fast getan hätte. Er band ihr Pferd neben seinem an und nahm dann erneut ihre Hand – aus Sicherheitsgründen, mehr nicht, redete er sich ein, als das Gefühl ihrer Hand auf dem Weg zur Hütte elektrische Schockwellen durch ihn jagte.

Der Regen prasselte beim Gehen auf sie nieder; zu rennen war jedoch nicht nötig – sie waren schon durchnässt, und er brauchte die kalte Dusche, um einen klaren Kopf zu bekommen. Sie stiegen die Stufen zur Holzveranda hinauf, dann öffnete er die Tür und schob sie ins Haus. „Nach dir."

Dort ließ er ihre Hand los – er zwang sich dazu. Es gefiel ihm nicht, dass er sie festhalten wollte, und es gefiel ihm nicht, dass er sich zwingen musste loszulassen. Es war verwirrend.

Sie war auf dem Teppich am Eingang stehen geblieben, der seine Holzböden vor dem Wasser schützte, und sah sich in dem Raum um, den er vergrößert hatte, indem er die Wand zwischen Küche und Wohnzimmer rausgerissen hatte. Es war ein großer, offener Raum mit einem Natursteinkamin, den der ursprüngliche Erbauer der Hütte eingebaut hatte.

„Die Hütte ist fantastisch. Sieht so aus, als würde jemand hier wohnen."

„Na ja, eigentlich ist das meine Hütte. Ich bin nur deshalb in diese Richtung geritten, weil ich wusste, dass wir hier in Sicherheit sein würden, falls wir in den Regen kommen, und ich wollte nicht, dass du durch den Regen reiten musst. Wenn wir in die Richtung geritten wären, die ich ursprünglich geplant hatte, gäbe es nur ein paar Bäume, unter denen wir uns hätten unterstellen können, und ein paar Felsvorsprünge, aber ich dachte, dass das vielleicht nicht wirklich was für dich wäre. Ich hoffe, du bist deswegen nicht sauer auf mich."

Sie starrte ihn an, ihre Augen waren so schön. Das glitzernde Gold wurde dunkler. „Nein, das war eine gute Idee. Ich denke, wir haben in den letzten Tagen mehr als genug Wasser erlebt. Aber, ähm, was ist jetzt der Plan?"

„Warte, nimm erstmal das –" Er wandte sich dem Schrank hinter der Tür zu und öffnete ihn. Dort bewahrte er Handtücher auf, damit er sie für Gelegenheiten wie diese, für sich selbst oder für den Fall, dass ein anderer Cowboy bei ihm war, zur Hand hatte. Es waren keine normalen Handtücher; es waren große, blaugrüne Strandtücher. Er holte eines heraus, und bevor er ihr eines reichte, sagte er: „Wenn du dich auf den Hocker da auf der anderen Seite der Tür setzt, kannst du deine Stiefel ausziehen. Und keine Sorge – der Teppich ist dick … er saugt alles auf."

Sie setzte sich und sah zu ihm auf, während sich ein Lächeln auf ihrem Gesicht ausbreitete. Es gefiel ihm.

Sie ließ ihre Finger über die lackierte Holzsitzfläche des Hockers gleiten. „Du bist offensichtlich auf solche Fälle vorbereitet. Ich denke, wenn man Vieh hütet oder draußen unterwegs war und zurückkommt, muss man auf alles vorbereitet sein."

„Ja. Wenn du die Stiefel ausziehst …", sagte er, während er das Handtuch neben ihr auf die Stuhlkante legte. Er betrachtete ihre hübschen neuen Stiefel. „Ich habe einen Schuhtrockner, auf den wir sie stellen werden. Wir stecken sie darüber, und das Ding bläst warme Luft hinein, und ehe du dich versiehst, sind sie trocken und bereit für den Tanz."

Sie stützte ihr Bein aufs Knie und begann, an ihrem Stiefel ziehen. „Ich bin erstaunt. Du hast an alles gedacht. Es ist interessant und gut zu wissen. Ich könnte …" Sie stolperte über ihre Worte und hielt inne, während sie sich bemühte, ihren Stiefel auszuziehen.

Er horchte auf.

„Ich, äh, brauche alle möglichen Informationen für meine Artikel. Wer weiß – vielleicht schreibe ich einen

Artikel darüber, wie man am besten seine Stiefel auszieht und trocknet, wenn man in den Regen gerät."

Er lachte. „Okay. Mich interessiert immer noch, was du wirklich schreibst. Ich kann nicht fassen, dass du tatsächlich einen Artikel über sowas schreiben und damit Geld verdienen kannst."

Ihr Blick begegnete seinem, dann blickte sie wieder auf den Stiefel und zog ihn aus. Sie schaffte es, bevor er ihr Hilfe anbot, doch er hatte das Gefühl, sie hätte sowieso dankend abgelehnt.

Sie zog den andere aus, griff nach dem Handtuch und stand auf. „Das ist ein toller Hocker, wunderschön und rustikal", sagte sie, als er sich dort hinsetzte, wo sie gesessen hatte, und einen seiner Stiefel ergriff, um ihn auszuziehen.

„Danke, ich hätte ihn groß genug für zwei machen sollen."

„Du hast den Hocker selbst gemacht?"

„Ja. Glaub mir, hier lernen wir eine Menge Dinge. Er ist vielleicht nicht schick, aber er passt zu meiner Hütte und gefällt mir."

Zu seiner Überraschung wandte sie sich ein wenig von ihm ab, als er seine Stiefel auszog, und schien den Raum zu betrachten. Er nahm sich sein Handtuch, hängte es um seine durchnässten Schultern und stellte sich dann neben sie. Er bemerkte, dass sie auf sein

Bücherregal starrte, das auf der anderen Seite des Raumes neben seinem hellbraunen Ledersessel stand. Auf dem Tisch davor lag das Buch von B.P. Joel, das er gerade fertig gelesen hatte. Er sah sie wieder an und bemerkte, dass ihr Gesichtsausdruck ein bisschen merkwürdig war.

Sie sah ihn an. „Du", sagte sie mit leiser Stimme, „liest gerne?" Der letzte Teil klang seltsam, als hätte sie sich gezwungen, beiläufig zu klingen. Aber daran war nichts beiläufig.

„Ja. Das Buch da drüben ist von einem Autor, dessen nächste beiden Bücher ich bestellt habe und die hoffentlich bald geliefert werden. Ich habe gerade sein erstes Buch fertig gelesen und kann es nicht erwarten, mehr von ihm zu lesen. Das erste Buch, von dem ich dir vorhin erzählt habe, liegt auf dem Tisch. Es war toll!"

„Freut mich, dass es dir gefallen hat –" Sie wandte sich plötzlich ab. „Ähm, hast du irgendwas Trockenes für mich, das ich anziehen könnte?"

Freut mich, dass es dir gefallen hat ... Ihre Worte hingen in der Luft. Und sie wirkte nervös, als sie sich von ihm abwandte. Da er nicht sicher war, was passiert war, ging er an ihr vorbei in Richtung Flur. „Komm mit, ich habe sicher was zum Anziehen für dich, dann können wir deine Sachen in den Trockner stecken." Er ging ihr voran durch den kleinen Flur zum Bad. „Ich komme gleich mit was für dich zurück – auch wenn es wahrscheinlich zu groß sein wird, bist du wenigstens trocken, solange der Trockner läuft. Wenn du willst, kannst du gerne duschen, um dich aufzuwärmen."

Sie sagte nichts, sah sich nur im Badezimmer um. „Ich werde einfach das anziehen, was du mir bringst, und später im Hotel duschen."

„Was auch immer du machen willst." Er wandte sich ab und ging in sein Zimmer, um Kleidung für sie zu holen.

War er verrückt oder verhielt sie sich seltsam? Was war passiert?

KAPITEL DREIZEHN

Augenblicke später, nachdem Chet ihr einen Stapel Kleidung gegeben hatte, stand April mit dem Rücken zur Badezimmertür und versuchte, sich zusammenzureißen. Sie war dankbar, dass sie es geschafft hatte, nicht nach Luft zu schnappen, als sie das B.P. Joel-Buch auf dem Beistelltisch entdeckt hatte.

Ihr Buch.

Er las ihre Arbeit.

Sie führte alle absichtlich in die Irre, indem sie Initialen für ihr Pseudonym verwendete. Sie hoffte, dass er glaubte, ein Buch von einem Mann zu lesen.

Seine Worte kamen ihr wieder in den Sinn, seine Gedanken über den Autor, den er las. Er hatte genau gesehen, was sie tat – na ja, fast. Er hatte keine Ahnung, dass sie der Autor war. B für Blair, der Name ihrer Mutter, und P für Parson, den Nachnamen ihres Vaters

– der Name, der ihrer hätte sein sollen, doch unter diesem Namen hatte sie nie gelebt. Sie hatte erst nach dem Tod ihrer Eltern erfahren, dass das ihr Name war. Und sie benutzte Joel als Nachnamen ihres Pseudonyms, was der Vorname ihres Vaters gewesen war. Kompliziert und ein bisschen geheimnisvoll, aber die einzige Verbindung, die sie zu dem Menschen hatte, der sie hätte sein sollen, von dem sie jedoch erst erfahren hatte, nachdem sie alle verloren hatte.

Sie stand im Badezimmer, ihr Kopf dröhnte, ihr Puls raste. *Er las ihre Bücher.*

Er hatte vorhin darüber gesprochen; er hatte alles gesehen! Das musste sie sich durch den Kopf gehen lassen, bevor sie wieder hinausging. Sie zog die wirklich nassen Kleidungsstücke aus und reichte sie ihm, da er vor der Tür darauf wartete.

„Danke.”

„Ich werde sie in den Trockner werfen. Lass dir Zeit im Bad.”

Und das tat sie. Sie trocknete sich ab, zog die Jogginghose an, dann das T-Shirt und schließlich das rot karierte Langarmhemd aus Baumwolle darüber. Sie trug jetzt keinen BH und war dankbar, dass er offensichtlich gewusst hatte, dass es ihr unangenehm sein würde, nur in einem T-Shirt herumzulaufen, auch wenn es zu groß für sie war. Sie schätzte seine Aufmerksamkeit sehr.

Es zeigte ihr auch, dass er genau wie sie Nein zu der Versuchung zwischen ihnen sagte.

Keiner von ihnen wollte, dass sich etwas zwischen ihnen entwickelte.

Sie rieb sich die Stirn. Sie war noch nicht bereit, zu ihm rauszugehen, also warf sie einen Blick in den Schrank und fand Gott sei Dank einen Föhn, auch wenn sie nicht wirklich einen erwartet hatte. Sie nahm ihn heraus und ließ sich dann Zeit, um ihr langes, glattes Haar zu trocknen, das zwar kastanienbraun war aber nicht so getönt, dass man sie als Rothaarige bezeichnen könnte – obwohl, wenn die Sonne genau richtig auf ihr Haar fiel, sah es fast so aus. Alles an ihr, sogar ihre Haarfarbe, war irreführend und nicht geradlinig. Sie war keine Brünette; sie war keine Rothaarige. Sie war ein Mittelding – genauso wie sie keine Mallory war – das war der falsche Name, mit dem sie aufgewachsen war, der einzige Name, den sie jemals wirklich gekannt hatte. Sobald sie alt genug war, hatte sie die offizielle Namensänderung beantragt und ihn zu ihrem offiziellen Namen gemacht. Sie war keine Parson; sie war eine Mallory. Alle anderen Namen benutzte sie als ihre falschen Namen, nicht umgekehrt. Verwirrend, genau wie sie über ihr Leben dachte; so war es auch mit all den Namen, die sie nie als ihren gekannt hatte. Sie war ein kleines Mädchen gewesen, acht Jahre alt, als das alles herausgekommen war, als sie allein, verängstigt und verwirrt überlebt hatte.

Sie föhnte ihr Haar trocken, vollkommen trocken, dann zwang sie sich, die Tür zu öffnen und hinauszugehen. Da sie nicht anders konnte, warf sie einen Blick durch die offene Tür, die in Chets Schlafzimmer führte, auch wenn sie sich über ihren Mangel an Kontrolle ärgerte. Es war maskulin eingerichtet; am Boden lag ein dickes Kuhfell, rostigbraun mit cremeweiß, eine bestimmte Art von Kuh, die sie in der kurzen Zeit, in der sie hier war, des Öfteren gesehen hatte. Sie hatte einige von ihnen herumlaufen sehen, also ging sie davon aus, dass der Teppich von einem der Tiere hier stammte. Alles andere im Raum war genauso maskulin und typisch für Texas: Die Bettdecke war hellbraun und eine rostrote Decke lag zusammengefaltet am Fußende.

Sie war überrascht, dass alles so ordentlich war. Das war eine Sache, vor der sie sich fürchtete, wenn sie daran dachte, einen Haushalt für sich allein zu führen. In einem Hotelzimmer war das anders: Jemand kam jeden Tag herein, räumte auf und machte sauber. Wenn sie anfangen wollte, an einem Buch zu arbeiten, setzte sie sich hin und begann zu tippen; ihre Gedanken kreisten dann um das Buch, und Ordnung halten war das Letzte, woran sie dachte, also war es für sie wirklich großartig, in Hotels zu leben. Wenn sie jemals eine Wohnung oder ein Haus kaufen würde, würde sie wahrscheinlich eine Vollzeit-Haushälterin brauchen. Andererseits schrieb sie am besten, wenn sie ihre Ruhe hatte; sie schrieb allein, sodass sie fürchtete, nicht arbeiten zu können, wenn jemand zur gleichen Zeit im Haus war. *Warum denkst du über sowas nach?*

Sie war nur kurz stehengeblieben, und Gott sei Dank war er nicht in der Nähe gewesen, um zu bemerken, was sie getan hatte. Sie ging weiter ins Wohnzimmer. Dort war er auch nicht, also warf sie einen Blick nach rechts in die Küche, und da war er, sauber, trocken und großartig. Er hatte sich helle, ausgewaschene Jeans angezogen, die ihm gut passten – und warum schenkte sie dieser Tatsache überhaupt Beachtung? Dazu trug er ein weißes, schlichtes T-Shirt und sah dennoch perfekt aus – und sie war verrückt! Ja, er war perfekt, aber sie musste das nicht zur Kenntnis nehmen.

Er blickte von dort auf, wo er gerade Tomaten schnitt, und sagte zunächst nichts. Sein Blick begegnete ihrem; sie versuchte, woanders hinzusehen, schaffte es aber nicht.

„Viel besser, aber ich freue mich darauf, wenn meine Kleidung trocken ist. Ich meine, es macht mir nichts aus, deine zu tragen, aber es ist alles ein bisschen groß."

„Ich finde es schön, dass es ein bisschen groß ist. Du bist nicht sehr groß, aber du bist auch nicht klein. Ich mag den Größenunterschied zwischen uns."

Und was meinte er damit, dass er den Größenunterschied zwischen ihnen mochte? Oh, sie waren definitiv sehr verschieden. Er war groß, schlank und muskulös; Sie war … na ja, was auch immer – ihr gefiel die Art, wie er aussah, wirklich, aber sie war anders, und das war gut so. *Hör auf, darüber nachzudenken!*

„Dein Haus ist wirklich schön."

„Danke. Ich habe hart daran gearbeitet. Das ist mein erstes Zuhause, das ich selbst gebaut habe, und wird wahrscheinlich auch mein einziges sein. Also, wer weiß – wenn ich ein alter, alter, alter Mann werde, was ich irgendwie hoffe, werde ich wahrscheinlich immer noch hier wohnen."

Sie lächelte und konnte sich nicht zurückhalten. „Ich hoffe, du wirst ein alter, alter, alter Mann werden, aber du musst vorsichtig sein, wenn du Frauen rettest, während sie die Straßen entlangfahren, auf denen sie wahrscheinlich nicht hätten fahren sollen."

Er zuckte mit der Schulter. „Was sein soll, wird sein. Ich mache uns Sandwiches mit Speck, Salat und Tomaten. Hoffe, du magst das. Wenn nicht, habe ich auch Schinken im Kühlschrank und Erdnussbutter, falls dir das lieber ist."

„Ich mag Specksandwiches."

„Großartig. Ich habe den Speck schon gebraten, dazu Mayonnaise und frische Tomaten. Die Tomaten wachsen neben dem Haus im Garten. Ich habe auch eine frische Wassermelone im Kühlschrank, falls du eine magst. Bei Melonen weiß man ja nie, aber ich habe ein Stück versucht, und sie ist gut."

Sie lächelte darüber, wie er es sagte. „Klingt toll. Danke. Das ist so gar nicht der Tag, den wir geplant hatten, oder?"

„Nicht wirklich. Macht mir aber nichts aus. Wenigstens bist du in Sicherheit."

„Und du auch. Es war eine gute Idee, in diese Richtung zu reiten."

Er lächelte. „Ich hätte mir wirklich in den Hintern getreten, wenn wir den anderen Weg genommen hätten und uns unter einem nassen Felsvorsprung oder unter Bäumen hätten unterstellen müssen."

„Darüber bin ich auch sehr froh." Und das war sie. „Ich habe gerade meine nassen Haare geföhnt und gehe davon aus, dass wir nicht wieder rausgehen, bis die Sonne rauskommt. Oder rufst du jemanden an, der uns abholt, weil dein Truck nicht da ist?"

„Das war nicht mein Plan. Ich dachte, wir würden

trotzdem wieder zum Haupthaus reiten, auch wenn es sich einregnet, aber wenn du willst, dass dich jemand abholt, kann ich das auf jeden Fall arrangieren."

Sie sollte sagen: Ruf jemanden an, der mich sofort abholt, doch sie sagte: „Nein, schon gut … alles in Ordnung." Sie drehte sich um, ging zu seinem Bücherregal und warf einen Blick auf ihr Buch. Er hatte es fertig gelesen, und es lag jetzt ordentlich auf dem Tisch neben dem Sessel, in dem er wahrscheinlich las. Wo er auch die nächsten beiden Bücher lesen würde, sobald sie geliefert wurden. Sie wusste, was die nächsten beiden Geschichten waren; sie wusste, dass dieses Buch ihr erstes gewesen war und sich mit den tiefgreifenden Problemen befasste, die sie hatte – nicht als sie selbst, sondern in Gestalt der Hauptfigur, die versuchte, über den Mord an ihren Eltern in ihrer Kindheit hinwegzukommen, indem sie die Probleme anderer löste. Das war das Buch, das ihre Hauptfigur in der Geschichte an den Verlag verkauft und womit er die Aufmerksamkeit der Leser geweckt hatte. Das war das Buch, das ihr geholfen hatte, die Qualen in ihrem Inneren zu überwinden, und das den Verkauf jedes weiteren Buches an den riesigen Verlag in Gang gesetzt hatte. *Sie* war in diesem Buch.

Ihr Herz begann zu pochen. Dieses Buch war tatsächlich entstanden, bevor ihr klar geworden war, dass sie darauf achten musste, wie viel von sich selbst sie in das Buch steckte. Doch die meisten Leute kannten sie nicht. Sie würden sie niemals damit in Verbindung bringen. Chet hingegen hatte schon einiges bemerkt und wusste nicht einmal, dass sie die Autorin war.

„Das ist ein erstaunliches Buch. Ich würde es dir zum Lesen geben, aber ich habe es Micah versprochen. Die nächsten beiden sollen heute mit der Post kommen. Vielleicht muss ich meinen Regenmantel anziehen und zum Briefkasten joggen, um nachzusehen."

Sie sah ihn an. Meinte er es ernst? „Du willst raus in den Regen, um ihre Bücher zu holen – ich meine seine Bücher?"

Er grinste und nickte. „Die Geschichte war so gut. Er ist ein wirklich talentierter Schriftsteller. Ich habe angefangen zu lesen, als ich bei Pflegefamilien war und gegen das Trauma gekämpft habe, das ich durchgemacht hatte. Das Lesen hat mir geholfen, in die Geschichte eines anderen, in die Probleme eines anderen einzutauchen. Und ich mag Bücher mit einem glücklichen Ende. Ich bin kein Fan von Büchern, die kein gutes Ende haben. Das habe ich selbst gelebt." Er grinste. „Ich lese eigentlich keine Liebesromane, aber wenn in einem Buch, das ich lese, eine Romanze passiert, dann sollte sie ein Happy End haben – Heirat sollte zumindest in Sicht sein. Aber so sehr mir das

Buch gefallen hat und dass der Bösewicht erwischt wurde, ich bin mir nicht sicher, ob B.P. das Ende in diesem Buch richtig gemacht hat. Ja, dass das Gute obsiegt hat, war gut, aber die Geschichte endet so, dass man als Leser denkt, die Hauptfigur würde diesen Typen nie wieder auch nur ansehen. Sie ist weggegangen. Mal sehen, was in den nächsten Büchern passiert. Ich werde weiterlesen. Ich für meinen Teil werde mich immer vorwärtsbewegen. Bevor ich überhaupt alt genug war, um zu wissen, was das bedeutet, habe ich mich dazu entschlossen. Als ich mitten in diesem reißenden Fluss an einem Ast hing." Sein Blick hielt ihren fest, und sie konnte nicht atmen.

Von seinen Worten tief getroffen, wandte sie sich von ihm ab. Sie musste wieder ihren Rücken zwischen sie bringen und tat so, als würde sie sein Bücherregal studieren.

Sie hatte sich nicht vorwärtsbewegt.

Ja, sie bewegte sich in gewisser Weise beim Schreiben vorwärts und entdeckte Amerika einen Schritt nach dem anderen, während sie ihre Bücher schrieb. Aber sie wusste, dass das nicht auf alle Bereiche zutraf. Doch ... dann traf es sie. „Du bist nicht darüber hinweggekommen. Ja, du entwickelst dich weiter, aber du bleibst hier, anstatt nach etwas anderem zu suchen. Anstatt Liebe zu riskieren." Sie hatte sich nicht einmal umgedreht, um ihn anzusehen. Sie konnte ihm im Moment nicht erlauben, etwas auf ihrem Gesicht zu sehen, weil sie es nicht kontrollieren konnte. Was war mit ihr los?

„Vielleicht hatte ich irgendwann Pläne, das zu tun – ich hätte gehen und ein neues Leben finden können", sagte er mit leiser Stimme. „Aber ich konnte nicht, und so wurde das hier mein Zuhause. Wenn es mir nicht gefallen hätte oder wenn ich das Bedürfnis gehabt hätte, woanders hinzuziehen, hätte ich es getan. Viele der Jungs, die zum Familientreffen kommen, haben ihr Glück gefunden und große Fortschritte gemacht. Einige von ihnen kämpfen immer noch, aber den meisten geht es großartig. Manches davon hängt einfach davon ab, was sie durchgemacht haben und, glaube ich, wie jung sie waren. Und was es war natürlich auch."

Ihre Gedanken wanderten zu Tony. Sie drehte sich zu ihm um. „Tony – er hat wirklich körperliche Narben davongetragen?"

„Ja, aber er ist fest entschlossen, darüber hinwegzukommen, und sein Weg, es zu tun, ist, hierzubleiben und in meine Fußstapfen zu treten. Er hat mehr durchgemacht als die meisten Jungs, die diese Ranch ihr Zuhause nennen. Er hat überall Narben. Nicht nur von Zigaretten …"

„Gott, das macht mich so wütend", presste sie

heraus.

„Mir geht's genauso. Ich habe nachgesehen und erfahren, dass sein Vater tot ist – jemand hat ihn ermordet. Seine Geschichte war so schrecklich, dass sie in der Zeitung stand. Ich weiß nicht, ob Tony sie jemals gesehen hat, aber soweit ich das beurteilen kann, denkt er nicht mehr darüber nach. Er hat große Fortschritte gemacht. Du wirst Lucy bald treffen. Das ist die Frau unseres Bruders Rowdy, die Künstlerin ist. Sie hat auch Narben, aber ihre stammen nicht von Folter, sondern von einem Hausbrand. Sie hat sie meistens versteckt, aber Tony hat sie gesehen und versucht, ihr zu zeigen, dass sie nicht die Einzige ist, die mit Narben zu kämpfen hat. Er hat das Richtige getan. Ich wollte, dass er von hier in die Welt aufbricht, aber ich werde ihm nicht vorschreiben, was er tun soll. Wenn er hier sein will, ist das der richtige Ort für ihn, und er wird für andere Jungs viel Gutes bewirken."

„Ich denke, du hast recht." Alles, was er sagte, ergab einen Sinn. Dieser Mann – und auch Tony – halfen anderen Kindern, die auf ganz andere Weise verletzt worden waren als sie selbst. Aber als sie seine Geschichte hörte, kam ihr der Gedanke, dass er und der Junge beide auf ihre eigene Weise Schritte in die richtige Richtung machten. Sie tat es auch, doch Chet, der nie vorhatte zu heiraten, war wie sie … auch sie machte auf ihre eigene Art einen Schritt nach dem anderen, und eine Ehe hatte in ihrer Zukunft keinen Platz. Warum dachte sie also weiter darüber nach?

Der Regen prasselte immer noch auf das Dach, als sie sich am Tisch niederließen und ihre Sandwiches mit Speck, Salat und Tomaten belegten. Er hatte gefragt, ob sie ihr Brot getoastet wollte wie seines, und sie hatte Ja gesagt, und so bekamen sie ihr getoastetes Brot, ihre dick geschnittenen, selbst angebauten Tomaten, ihren grünen Salat, den er ebenfalls angebaut hatte, und die Mayonnaise, dazu Salz und Pfeffer und selbstgebrauten Eistee aus dem Kühlschrank. Es war ein kleiner Tisch, und ihre Ellbogen stießen fast aneinander, als sie beide an ihrem Sandwich arbeiteten.

„Das wird großartig. Wenn wir noch frittierte grüne Tomaten hätten, wäre der Tag perfekt", sagte sie, lächelte ihn an und biss in ihr Sandwich.

Er lächelte, und dann runzelte er nachdenklich die Stirn. „Ich hatte noch nie frittierte grüne Tomaten."

„Meine Mutter hat sie geliebt, sie hat gesagt, dass ihre Mutter sie immer gemacht hat, und die hat es wiederum von ihrer Mutter gelernt, also denke ich, dass es eines der wenigen Dinge ist, die ich über sie weiß …" Sie hielt inne. Warum sagte sie das? Weil es wahr war und eines der wenigen Dinge in Ihrem Leben, die sie sicher wusste. „Alle Frauen in meinem Leben, die ich nie gekannt habe, haben frittierte grüne Tomaten geliebt."

Er musterte sie mit sanftem Blick. „Vielleicht müssen wir welche besorgen und ausprobieren, da ich noch nie welche hatte."

Sie lächelte und spürte die Unterstützung in seinen Worten, das Verständnis dafür, dass Dinge aus der Vergangenheit erhebende Momente bescherten. „Dann ist dir definitiv ein Leckerbissen entgangen. Ich muss sie für dich machen, weil du mein Leben gerettet hast."

Chets Lächeln wich einem entzückenden Lachen. „Da sage ich nicht Nein."

Ihre Blicke hielten einander einen Moment lang fest. „Großartig. Es ist schon eine Weile her, aber ich neige dazu, an Dingen festzuhalten, wenn ich sie einmal liebe, und ich habe meine Mutter geliebt und meine Großmutter, obwohl ich sie nie kennengelernt habe, und ihre grünen Tomaten, also hast du Glück."

KAPITEL VIEWZEHN

Chet versuchte, sie nicht anzustarren, als sie ihm von den gebratenen grünen Tomaten erzählte. Er hatte davon gehört, hatte aber noch nie welche probiert, und jetzt wurde ihm klar, dass er sie unbedingt ausprobieren wollte. Mit ihr. Sie sah niedlich aus in seiner viel zu großen Kleidung. Sie würde in allem gut aussehen, das wusste er. Sie hatte ihr Haar trockengeföhnt, und es glänzte im Licht. Er hätte sie fast geküsst, als er ihr vom Pferd geholfen hatte, und jetzt musste er wieder gegen den Drang ankämpfen. Das Geräusch des Regens auf dem Metalldach war wie ein Lied, das ihn drängte, seine Arme um sie zu legen und zu sehen, ob die Erinnerung an den Kuss in der Nacht, in der er sie gerettet hatte, so unvergesslich war, wie sie in seinem Kopf geworden war.

Plötzlich blickte sie auf. „Glaubst du, dass das, was

mir auf der Brücke passiert ist, auch jedem anderen passieren könnte?"

Er griff nach einem Stück Speck anstatt nach ihr. „Ich hoffe nicht. Ich bin schon lange hier, und sowas ist noch nie passiert, also hoffen wir, dass es so bleibt. Aber wie schon gesagt, ich fahre sowieso hin, wenn ich glaube, dass die Brücke überflutet werden könnte."

„Gott sei Dank hast du den Instinkt, anderen zu helfen. Erzähl mir, was genau dir an B.P. Joel gefällt. Abgesehen davon, na ja, ich meine, du hast gesagt, dass dir das Buch gefallen hat, aber dann hast du irgendwie einen Konflikt wegen der Hauptfigur?" Sie biss in das Sandwich und lächelte. Sie hielt die Lippen geschlossen, und er sah, dass es ihr schmeckte.

„Er ist einfach ein talentierter Autor, und er hat meine Aufmerksamkeit geweckt. Aber bei diesem Buch war es, als hätte er selbst das durchgemacht, was die Frau, die Hauptfigur, durchgemacht hat. Und sie war mir irgendwie ähnlich."

„Inwiefern?"

Ihr Blick drang in seinen, als wollte er in sein Inneres schauen, und als er sie ansah, wurde ihm zum ersten Mal klar, dass er tatsächlich darüber reden wollte. „Ähnlich wie ich mich gefühlt habe, als mir klar geworden ist, dass meine Eltern im Fluss getötet wurden. Sie haben in den letzten Momenten ihres

Lebens gestritten. Bei ihren Eltern war es aber anders – sie wurden von einem Mann getötet, gegen den sie ausgesagt hatten, und sie hatten das ganze Leben ihrer Tochter unter neuen Namen und einer neuen erfundenen Geschichte gelebt, weil sie sich verpflichtet gefühlt hatten, gegen den Mann auszusagen. Die Hauptfigur war zu jung, um sich daran zu erinnern, wer sie war, also war ihr ganzes Leben eine Lüge … so denkt sie darüber. Sie wurden von dem Mann getötet, den ihre Eltern ins Gefängnis geschickt haben und für den sie ihre Identität aufgegeben hatten. Als der Bösewicht wegen eines neuen verrückten Gesetzes freigelassen wurde, hat er sie gefunden. Er hatte ihren neuen Namen über seine Verbindungen herausgefunden, und so hat er sie aufgespürt und getötet. Aber die Hauptfigur hat überlebt. Jetzt, Jahre später, ist sie ein Detective, übernimmt schwierige Fälle und findet den Mörder. Aber sie selbst geht, zieht immer weiter, weil sie sich nicht dazu durchringen kann, ganz glücklich zu sein. Sie kann das Risiko nicht eingehen, also geht sie weg und lässt den Mann zurück, der sie liebt. Im Buch steht nicht, warum, aber ich denke ich, sie wollte nicht lieben und verlieren …" Chet wurde klar, dass er in etwas hineingeprescht war, als ihre Augen bei diesen Worten blitzten.

„Was daran hat Ähnlichkeit mit dir?", fragte sie mit

leiser Stimme.

„So bin ich eben. Meine Eltern sind in jener Nacht gestorben. Ich habe ihre Wut gehört und werde sie für den Rest meines Lebens hören, wissend, dass sie sich trennen wollten. Und dass mein Vater immer zerrissen gewesen wäre, weil er meine Mutter irgendwie nicht glücklich gemacht hatte. Sie hatte woanders danach gesucht. Ich bin mir nicht sicher, was er getan hat – ich war zu jung, um es zu verstehen, also weiß ich nicht, was er getan hat, um ihr dieses Gefühl zu vermitteln. Ich werde mich nie in diese Lage bringen. Mein Lebenszweck ist, Jungen, die schwere Zeiten durchgemacht haben, ein gutes Leben zu ermöglichen. Und wenn ich heiraten, eine schwere Zeit durchmachen und meine Frau mich verlassen würde, was würde das diesen Jungen beweisen, denen ich von ganzem Herzen helfen wollte? Es würde ihnen nur beweisen, dass ich nicht weiß, wovon ich rede, und dass es im Leben nicht immer so kommt, wie man es erwartet. Ich möchte immer einen positiven Einfluss auf diese Jungs haben, und ich kann nicht darauf vertrauen, dass jemand anderes das nicht nimmt und es mir ruiniert. Ich werde also nicht zulassen, dass eine Frau eines Tages entscheiden kann, dass es vorbei ist. Im Buch ist es daher anders, aber irgendwie gleich."

Sie atmete tief durch und schwieg, während sie

seine Worte auf sich wirken ließ. „Tut mir leid, dass du das durchgemacht hast. Wirklich, aber lass mich ehrlich sein. Ich führe sehr selten ein Gespräch wie – na ja, nicht selten. Ich habe noch *nie* mit jemandem so ein Gespräch geführt. Aber du bist ein wunderbarer Segen für diese Jungs. Du bist ein Vorbild für sie. Ich kann mir nicht vorstellen, dass, wenn du dich je verlieben würdest, eine Frau von dir denken würde, was deine Mutter von deinem Vater gedacht hat. Ob er sie tatsächlich vernachlässigt hat oder ob sie nur nach einer Rechtfertigung für ihre Affäre gesucht hat … das ist etwas, das wir nie wirklich wissen werden, aber du weißt das, und wenn du je eine Beziehung hättest, wärst du davor auf der Hut, verstehst du, was ich meine?"

Chet konnte nicht anders, als sie anzustarren, als ihre Worte ihn tief trafen. Ja, sie hatte in sein Inneres geblickt, und was sie sagte, war absolut richtig. Er würde niemals jemanden vernachlässigen; er liebte all diese Jungs, seine Brüder Morgan, Rowdy und Tucker und alle anderen hier. Er würde niemals etwas tun, das für sie schlecht wäre, und sie sah das – wow! „Ich muss zugeben, dass du recht hast. Ich würde das niemals tun. Aber ich kann immer noch nicht anders, als mich zu fragen, ob mein Vater es unwissentlich getan hat. Ich meine, wenn meine Mutter es wirklich so empfunden hat, hatte mein Vater keine Ahnung. So will ich nicht sein."

Ihr atemberaubendes Lächeln wurde noch wärmer und ihre Augen sanfter, als sie ihren Kopf leicht zur Seite neigte und ihn ansah.

„Das würdest du nicht tun, das kann ich dir sagen. Du bist ein Typ, der auf eine Frau aufpasst, die er nicht einmal kennt. Du hast dein Leben riskiert, um in dieses reißende Wasser zu kommen und mich herauszuziehen. Und nicht nur von der Fahrertür aus, zu der du zuerst gegangen bist, sondern du musstest den ganzen Weg durch das tosende Wasser um mein Auto herum gehen und zur anderen Tür kommen –" Sie lächelte, „und dann wollte ich nicht rauskommen, also hast du mir deine Hand entgegengestreckt und meine gepackt. Du hast mich nicht gezerrt; du hast einfach meine Hand ergriffen und gewartet, dass ich zu dir komme. Nein, du würdest nie tun, was deine Mutter deinem Vater vorgeworfen hat. Und wenn dir das jemals eine Frau vorwerfen würde, bin ich mir sehr sicher, dass es nur ein Vorwand ist, um zu gehen. Ehrlich gesagt, allein nach dem, was ich in weniger als einer Woche, die wir uns kennen, über dich erfahren habe, glaube ich nicht, dass dir jemals jemand Unrecht tun würde."

Er konnte sich nicht bewegen, starrte sie nur an, während ihre überwältigenden Worte über ihn strömten. In diesem Moment wollte er sie nur in seine Arme ziehen und küssen. Küssen, wie sie ihn in der Nacht geküsst hatte, als er sie aus dem rauschenden Wasser gerettet hatte. Sie festhalten und ihre wunderschönen Lippen küssen, spüren, wie sie ihre Arme um seinen Hals legte und ihn an sich zog. *Nein!*, schrie sein Verstand. Doch als er sie ansah, wollte er April in seinem tiefsten Inneren, und so sehr er es auch nicht zugeben wollte, wusste er doch, dass es wahr war – er wollte April küssen. Doch vor allem wollte er mehr über sie erfahren. Um herauszufinden, wer sie war, musste er sie wirklich kennenlernen.

* * *

April starrte Chet an und wusste, dass es Zeit war zu gehen. Sie hatte ihren großen Mund aufgerissen und viel mehr gesagt, als sie hätte sagen sollen. Wenn der plötzlich verstörte Gesichtsausdruck ihr etwas verriet, dann das. War es dasselbe, was sie fühlte? Das Bedürfnis, sie zu küssen, wie sie das Bedürfnis verspürte, ihn zu küssen? Lächerlich für zwei Menschen, die nichts mit einer Beziehung zu tun haben wollten. Was dachte sie nur? Sie stand auf. „Okay, ich bin fertig. Ich denke, meine Klamotten dürften zwischenzeitlich trocken sein. Und schau mal nach draußen – sieht aus, als klarte es sich auf. Es hat aufgehört zu regnen. Also sollten wir uns besser auf die Pferde schwingen und uns auf den Weg zurück machen, bevor es wieder anfängt." Sie hatte ihr Handy im Badezimmer gelassen und hatte keine Ahnung, ob es wieder regnen würde, aber es war Zeit zu gehen.

Chet stand auf und sah ruhig und freundlich aus. „Ich hole deine Sachen. Dann reiten wir ein bisschen schneller zurück, um zu sehen, wie du dich hältst, wenn wir nicht nur gemütlich traben." Er wandte sich zum Gehen, drehte sich dann jedoch wieder zu ihr um. „Ich werde nicht zulassen, dass du verletzt wirst. Ich bringe dich sicher zurück." Und dann ging er in die Waschküche.

Sie starrte ihm hinterher. Wenn sie sich nicht irrte, wollte er sie genauso loswerden, wie sie verschwinden wollte. Zum Glück war ihre Kleidung tatsächlich getrocknet. Sie nahm sie ihm ab, achtete darauf, ihn dabei nicht zu berühren, und ging dann ins Badezimmer, um sich umzuziehen. Dort nahm sie ihr Handy, steckte es in ihre Gesäßtasche und ging zu ihm zurück. Er wartete mit angezogenen Stiefeln und einem Cowboyhut – einem trockenen – auf dem Kopf an der Haustür. Sie setzte sich auf den Hocker, zog ihre noch nicht ganz trockenen Stiefel an und stand auf. „Auf geht's."

„Tut mir leid, dass die Stiefel nicht ganz trocken

sind. Die Hitze im Stiefelwärmer hat sie ein bisschen getrocknet, aber bis zum Wochenende sind sie perfekt. Aber trag sie nicht zu oft, damit du sie zu unserer Party anziehen und damit tanzen kannst."

„Das werde ich. Ich liebe diese Stiefel wirklich – ich will sie nicht ruinieren. Dann lass uns losmachen." Sie zögerte nicht, und er hatte bereits die Tür geöffnet. Die Pferde warteten und waren bereit, als sie direkt auf sie zuging, das Sattelhorn ergriff, ihren Stiefel in den Steigbügel steckte und sich hochzog. Sie lächelte, als sie ihr Bein über das Pferd schwang und sich im Sattel niederließ. Sie konnte nicht anders, als Chet anzusehen.

Er grinste.

„Das hast du gut gemacht – du lernst schnell."

Und dann sah sie zu, wie er sich praktisch mit einer einzigen Bewegung auf den Rücken des Pferdes schwang und vorausritt. Auf dem Rückweg zum Stall redeten sie nicht viel. Es machte ihr nichts aus, denn je mehr sie redeten, desto schwieriger wurde es zu verstehen, was in aller Welt zwischen ihnen vor sich ging.

Als sie zurück auf den Hof kamen, waren die Jungs schon da. Einige von ihnen waren vor dem Stall und warfen Seile auf einen Kuhdummy, an dem sie Lassowerfen übten. Und dann, als sie sich näherten, joggte der Kleine, Sammy, auf sie zu, B.J., der

Schmächtige, direkt hinter ihm. „Hey, Cowgirl! Also, bist du bereit? Wir wussten, dass ihr draußen wart, und als der Regen kam, haben wir uns wirklich Sorgen gemacht, aber Jolie hat uns versichert, dass dir nichts passieren würde, weil du bei Chet bist und er nicht zulassen würde, dass dir was zustößt, und das wussten wir, also: juhu!"

B.J. schob sich strahlend nach vorn. „Ich habe ihm gesagt, das alles gutgehen würde und dass du ein guter Reiter werden würdest und dass du mein Lieblingspferd reitest, und dir mit der süßen Cupcake gar nichts passieren kann." Er streichelte die Nase des Pferdes; das Pferd streckte die Zunge heraus und leckte ihm am Ohr. B.J. kicherte. „Sie mag mich, sie mag mich sehr. Aber ich würde sie nicht lecken, auch wenn ich sie noch so sehr mag."

Sie lachte, und Chet lachte mit, als die anderen Jungen zu ihnen kamen.

„Hier, nimm meine Hand", sagte Tony und hielt ihr die Hand hin.

Es machte Spaß, den Jungen zuzuhören und sie zu beobachten. Sie war noch nicht abgestiegen und lächelte Tony an, als er ihr seine Hand anbot. Er trug ein kurzärmeliges T-Shirt – sie hatte ihn noch nie zuvor in kurzen Ärmeln gesehen und war überrascht, seinen Arm zu sehen. Sie sah die Narben, von denen sie gehört hatte.

Sie ließ ihren Blick nicht dort verweilen – das würde sie niemals tun. Dieser Junge war viel mehr als die Summe seiner Narben. Er war ein toller Junge. Und eines war sicher: Wenn er hierblieb und so gute Arbeit leistete, wie Chet es ihrer Meinung nach tat, dann war Sunrise Ranch in guten Händen.

Sie waren von den Pferden gestiegen, und sie unterhielt sich gerade mit den Jungen, als Nana ihren Kopf aus der Küche steckte.

„Hey, komm rein! Meine Schwiegertöchter sind hier. Ich möchte dich vorstellen."

Chet lächelte sie an. „Geh nur. Suzie kennst du ja schon. Jetzt lernst du Lucy und Jolie kennen."

Sie liebte es, dass niemand Vorbehalte hatte und so freundlich mit ihr, der Fremden, umging. Sie ging in ihren immer noch etwas feuchten Stiefeln, ihren trockenen Jeans und ihren geföhnten Haaren zur Kantine.

„Hallo. Es ist wirklich schön, dich wiederzusehen", sagte sie, als sie bei Nana ankam.

„Ich freue mich auch, dich zu sehen. Und ich hoffe, du hattest eine schöne Zeit da draußen mit Chet."

„Die hatte ich. Wir hatten einen schönen Ritt. Eure Ranch ist wunderschön und, na ja, es war ein ziemliches Erlebnis. Weißt du ... es hat geregnet."

Nana lachte und winkte sie hinein.

Sie trat ein und konnte vom Eingang aus zwei Frauen sehen, die sich unterhielten, während sie an etwas auf der Theke arbeiteten. Nana sagte nichts mehr; sie folgte ihr einfach hinein. Und sobald sie die Küche betrat, hörten die beiden anderen Frauen auf, Kekse zu dekorieren.

„Hi. Ich bin Jolie. Ich bin die Lehrerin der Kinder und Morgans Frau. Ich freue mich sehr, dich kennenzulernen."

„Und ich bin Lucy. Ich bin mit Rowdy verheiratet und freue mich auch, dich kennenzulernen. Wir alle lieben Chet und sind sehr dankbar, dass er dich aus dem Auto gerettet hat. Wir alle wussten schon, dass er ein Held ist – er kann so gut mit den Jungs umgehen –, aber an diesem Abend musste er tatsächlich ein Held für dich sein, und wir sind begeistert."

„Ich bin auch froh, dass er da war, und, ja, ich stimme euch zu – er ist ein Held. Und ich muss sagen, diese Ranch ist wunderbar. Nachdem ich einen Artikel über sie gelesen hatte, habe ich den Drang verspürt, hierherzukommen."

Sie hätte fast den Brief von Mabel erwähnt. Denn erst, nachdem sie den Brief erhalten hatte, hatte sie recherchiert; sie hatte Artikel über die Ranch gelesen und kommen wollen. Sie konnte nicht zugeben, dass alles mit dem Brief von Mabel an B.P. Joel begonnen hatte.

„Wir freuen uns, dass du hier bist, und ich sage dir", sagte Jolie, „die Jungs freuen sich darauf, dass du am Freitag zum Viehtrieb mitkommst. Wir haben alle schon an einem oder mehreren dieser Viehtriebe teilgenommen, und es macht Spaß. Wir könnten mitkommen, aber die Jungs haben ihren Spaß daran, neue Leute kennenzulernen und ihnen ihre Erfahrungen zu zeigen, also lassen wir euch allein gehen, und du wirst viel Spaß haben. Außerdem habe ich gehört, dass du als freie Autorin tätig bist. Recherchierst du für einen Artikel? Eine Geschichte?"

„Oh, was macht ihr gerade hier?"

Nana nahm einen Keks. „Wir backen Kekse und bereiten uns auf das Fest vor, das wir diesen Monat veranstalten. Wir fangen früh damit an und frieren sie dann ein. So können wir sie rausnehmen und auftauen, bevor alle ankommen. Aber wenn wir versuchen, alles, was wir für die Wiedersehens-Party am Wochenende brauchen, in der Woche vorher zu machen, würden wir es nie schaffen."

„Wir machen einfach, was Nana sagt. Ich bin kein großer Keksbäcker", sagte Jolie, „aber ich kann ihr Rezept und habe gelernt, ziemlich gut mit einem Keksausstecher umzugehen. Als Wettkampfsportlerin war ich früher nicht viel in der Küche, aber ich lerne."

Lucy reichte ihr einen noch warmen Keks. „Probier mal! Sie sind gut. Und sie hat recht – sie macht das ganz großartig. Bei mir selbst bin mir nicht so sicher, aber ich tue, was sie mir sagen."

„Ich habe gehört, dass du als Künstlerin erfolgreich bist und du Profi-Kajaksportlerin warst und auch sehr erfolgreich – ich meine, das haben die Jungs mir alles erzählt."

Sie biss in den Keks; er war köstlich. Sie sah Nana an. „Ich könnte einen ganzen Haufen davon auch ohne Zuckerguss essen. Die sind wunderbar."

„Danke. Ich koche gern, genau wie meine Schwiegertochter, bevor sie gestorben ist. Wir waren oft hier drin … na ja, nein, damals war es in der Küche in unserem Haus. Sie hat ihrer Familie, uns, ihren Freunden, ihrem Mann und ihren Söhnen mehr als nur eine wunderbare Erinnerung hinterlassen. Sie hat ein Gefühl ihrer Präsenz in dem Essen hinterlassen, das sie geliebt hat, und in den Leben, die sie weiter berührt." Nanas Augen füllten sich mit Tränen. „Und ich werde immer dankbar sein, dass sie meinen Sohn von ganzem Herzen geliebt und diese Liebe an meine Enkel weitergegeben hat und jetzt an all diese wertvollen Menschen, die unsere Familie geworden sind." Sie blickte sich im Raum um und sah die Frauen ihrer Enkelsöhne an, und April spürte die Liebe in der Art, wie alle Nana ansahen.

Als April zum Hotel zurückkehrte, war sie geradezu benommen. Sie hatte noch nie erlebt, dass jemand diese Welt verlassen hatte und doch Tag für Tag so viele Leben berührte, durch die Liebe, die sie ihren Freunden und ihrer Familie entgegengebracht hatte.

Als sie das Diner betrat, erinnerte sie sich jedoch wieder an den schrecklichen Moment, als sie dem Blick ihres sterbenden Vaters begegnet war, während er den Abzug betätigte und ihr das Leben rettete. Tränen stiegen in ihre Augen. Er hatte sie geliebt. Ihre Mutter auch. So sehr, dass sie das Leben, das sie gekannt hatten, aufgegeben hatten, weil sie dachten, sie könnten sie beschützen. Und dann hatten sie ihr Leben gegeben und versucht, sie zu retten … In diesem Moment erinnerte sie sich daran, dass ihre Mutter sie zur Tür gestoßen hatte, kurz bevor sie erschossen worden war – auch sie hatten versucht, sie zu retten. Und all die Jahre hatten ihre Wut und ihr Schmerz das vor ihr verborgen. Sie war zu zerrissen gewesen und hatte nur gesehen, was sie ihr nicht gegeben hatten.

KAPITEL FÜNFZEHN

Rowdy sah Chet an. „Also, kommt April mit? Die Jungs denken, dass sie es tun wird, und sie scheinen wirklich aufgeregt zu sein."

Tucker stieß ihn mit dem Ellbogen an. „Bist du aufgeregt?"

Er blickte zu seinem ältesten Bruder. Morgan musste ihn angestarrt haben, den Mund nach rechts hochgezogen. „Also? Ich hoffe, sie kommt mit. Und ich glaube, dass das Interesse, das ich in deinen Augen sehe, echt sein könnte. Wäre auch höchste Zeit."

„Leute, bitte. Lasst den Mist. Ihr wisst alle, dass ich kein Interesse an einer Beziehung habe."

„Das kannst du sagen, so oft du willst." Rowdy grinste, und seine Augen funkelten. Er war der verschmitzte der vier, und das hatte ihn in jungen Jahren oft in Schwierigkeiten gebracht. Aber er hatte es überlebt und war jetzt einer der glücklichsten Menschen, die Chet kannte.

„Fakt ist, ich bin mit ihr Reiten gegangen. Sie hat es gut gemacht, und selbst wenn das Pferd anfängt zu galoppieren, denke ich, dass sie sich gut im Sattel halten wird. Und da wir nicht so weit flussabwärts gehen wie manchmal, wird schon nicht viel schiefgehen." Er presste seine Lippen aufeinander und sagte nichts in die Richtung, die sie gerne hätten.

Tucker verschränkte die Arme, und sein Gesichtsausdruck wurde ernst. „Komm schon. Wenn du dich nicht öffnest, wirst du dein Leben allein leben. Und ich kann dir sagen – ich war in deiner Situation, vielleicht aus anderen Gründen –, aber ich kann dir versprechen, dass du dich öffnen willst. Ich bin glücklicher denn je, seit ich Suzie und Abe kennengelernt habe, und wenn ich verschlossen geblieben wäre, hätte ich nie erfahren, was ich jetzt weiß. Das musst du wissen, kleiner Bruder – du musst dich öffnen."

Chet wusste, was Tucker durchgemacht hatte, die Strapazen, und seine Worte bohrten sich tief in sein Inneres. Es gab diesen Wunsch, dieses Bedürfnis, das er unbedingt leugnen wollte – aber warum? Wenn sie alle glücklich sein konnten, nachdem sie ihre persönlichen Qualen durchgemacht hatten, warum konnte er dann nicht auch glücklich werden? Aprils wunderschönes Gesicht erschien vor seinem inneren Auge: ihr Lächeln, ihr glänzendes dunkles Haar mit dem rotgoldenen Schimmer und diese Augen … diese wunderschönen goldenen Augen. Er wollte seinen Brüdern sagen, dass er es versuchen würde. Stattdessen schüttelte er den Kopf und ging zur Tür.

„Ich muss nach den Kühen sehen, seh euch dann spätestens Freitag." Und dann ging er hinaus, stieg in seinen Truck und fuhr zu einer weit entfernten Weide, ganz auf der anderen Seite der Ranch. Er wollte niemanden sehen; er musste einen klaren Kopf bekommen, denn alles, woran er die ganze Nacht gedacht hatte, war April und ihre eigene Entschlossenheit, sich nicht auf ihn einzulassen.

Und dann waren da noch ihre Worte. Die Art, wie sie gewisse Dinge formulierte, kam ihm bekannt vor. Etwas tief in ihm sagte ihm, dass April etwas verheimlichte. Er hatte das Bedürfnis zu erfahren, was sie antrieb.

Er würde sich zurückhalten, tun, was sie wollte, und sie nicht drängen, denn genau wie er wollte sie keine Beziehung und hatte deutlich gemacht, dass sie nicht einmal daran denken wollte. Warum dachte er also weiter, dass sie die Richtige wäre, wenn er je mit irgendjemandem eine Beziehung eingehen wollte?

* * *

April war am Freitagmorgen aufgewacht und freute sich darauf, mit den Jungs zu reiten und Vieh zu treiben. Sie dachte nicht an Chet. Natürlich war das eine Lüge. Sie hatte viel über den Mann nachgedacht, aber heute dachte sie darüber nach, mit diesen Jungs reiten zu gehen, die so aufgeregt zu sein schienen, sie mitzunehmen. Außerdem war sie sehr daran interessiert zu lernen, wie so ein Viehtrieb funktionierte. Es würde großartig in eines ihrer Bücher passen. Ihr gefiel die Vorstellung nicht, dass in dem Buch ein schrecklicher Mord geschehen würde, wie es üblich wäre, und dass ihr Verdächtiger ein Cowboy sein müsste – nein, das fühlte sich nicht richtig an. Der Cowboy müsste ihr Held sein. Der Held des Buches, nicht *ihr* Held.

Es stimmte einfach etwas nicht. In ihrer üblichen Vorstellung von ihren Büchern hatte sie immer die Bösewichte, und sie trat als Retterin auf – nicht sie persönlich, sondern die Hauptfigur, die sie erschaffen hatte. Die Figur, die etwas von ihr in sich hatte, aber nicht sie selbst war. Genau genommen war sie die Figur, aber sie wollte es nicht zugeben. Sie dachte ständig an Chet und was er über ihr Buch gesagt hatte. Und nicht nur, was er gesagt hatte, sondern auch, was Mabel gesagt hatte. Glaubten alle, die ihre Bücher lasen, dass sie sich darin als Hauptfigur beschrieben hatte?

Sie versuchte, die Gedanken zu verdrängen, während sie zur Ranch fuhr. Sie würde einen großartigen Tag haben; sie würde aus dieser Erfahrung lernen und sich an diesen Jungen erfreuen, die ihr frühes Leben überstanden hatten und nicht nur keine Eltern hatten, sondern viele, wie Tony, schreckliche Dinge durchgemacht hatten – wie sie. Ja, sie war ihr ganzes Leben lang von ihren Eltern belogen worden, auch wenn sie jetzt wusste, dass es zu ihrem Schutz gewesen war und es an ein Wunder grenzte, dass sie das überlebt hatte, was ihre Eltern getötet hatte. Das Wunder war, dass es ihrem Vater gelungen war, sie zu retten, bevor er seinen letzten Atemzug getan hatte.

Sie parkte den Geländewagen, während dieser Gedanke in ihrem Kopf kreiste. Ihr Vater hatte lange genug durchgehalten, um sie zu retten, und dennoch ärgerte sie sich immer darüber, dass er ihr nicht gesagt hatte, dass ihr Leben auf einer Lüge beruhte.

Genug!, schrie sie in ihrem Kopf, als sie die Tür des SUV öffnete und in die Sonne trat. Den Sonnenschein brauchte sie dringend.

Cupcake wieherte sie an und stand schon gesattelt und bereit neben dem Zaun. Mehrere der Jungen waren mit ihren Pferden da und redeten und lachten. An der Seite übten Sammy und B.J. Lassowerfen am

Kuhdummy und sie sah zu, wie B.J.s Seil durch die Luft segelte und um den Hals des Dummys landete.

Die Jungs lobten ihn und klatschten.

Tonys Jubel von dort, wo er mit den anderen Jungs und einem älteren Mann stand, den sie noch nicht kannte, brachte sie und den älteren Mann zum Lächeln. Ihre Gedanken wanderten sofort zu den Narben, die sie an Tonys Armen gesehen hatte.

Das körperliche und seelische Trauma, das er erlebt haben musste, war weitaus schlimmer als das, was sie durchgemacht hatte. Die Worte hallten in ihr wider. Ihre Eltern hatten nie etwas anderes getan, als sie zu beschützen. Die Wahrheit traf sie wie ein Schlag. Sie hatten es einfach nicht geschafft, sich selbst zu retten.

Mehrere der Jungen kamen auf sie zu, und sie kam zu dem Schluss, dass sie wissen wollte, was sie hierher gebracht hatte. Sie war sich nicht sicher, warum sie das interessierte, doch sie war sich sicher, dass sie es liebte, das Lächeln auf ihren Gesichtern zu sehen. Sie wollte wissen, wer sie wirklich waren, was sie durchgemacht hatten, denn sie konnte sehen, dass sie alle auf dem Weg waren, erstaunliche, wunderbare Männer zu werden. Sie wollte ihnen auf jede erdenkliche Weise helfen. Der bloße Gedanke durchzuckte sie wie tanzende Funken und entzündete etwas in ihr, von dem sie wusste, dass es nicht so einfach wieder verschwinden würde.

Wenn sie mehr über sie wüsste, könnte sie ihnen helfen?

Könnte sie Teil dieser wunderbaren Ranch sein, die diese Kinder rettete und ihnen wieder ein Lächeln ins Gesicht zauberte?

Die Frage war: Wie konnte sie helfen?

„Hey, April!", rief Tony und kam auf sie zu. Er trug ein weißes T-Shirt. Sein welliges, dunkles Haar spähte unter seinem Strohhut hervor, der nicht neu war – es sah aus, als hätte er schon viel erlebt.

Der Junge lächelte sein Elvis-Lächeln, während seine Augen im Sonnenlicht tanzten und funkelten. Ihr Herz jubelte vor Freude, als sie dieses Lächeln sah, vor allem, da sie seine Vergangenheit kannte. Dieser Junge wusste, dass er anderen helfen wollte.

Er blieb ein paar Schritte von ihr entfernt stehen. „Wir freuen uns, dass du hier bist. Bist du bereit?"

„Ich kann es kaum erwarten. Und wie ich sehe, habt ihr mein Pferd für mich gesattelt. Danke."

Zu ihrer Überraschung legte er einen Arm um ihre Schultern, umarmte sie jedoch nicht; er zog sie einfach an sich, sodass sich ihre Schultern berührten. „Gern geschehen." Dann ließ er los und hob eine Augenbraue. „Die Jungs freuen sich so sehr, dich dabeizuhaben. Es wird ein toller Tag."

Jetzt umrundeten sie sie.

„Wir freuen uns so, dass du mitkommst." Calebs Augen funkelten. In seiner Hand hielt er einen Schraubenzieher und in der anderen Hand etwas, das aussah wie ein Teil eines Motors – sie war sich nicht wirklich sicher.

„Ich freue mich auch, aber ich bin neugierig ... was ist das da in deiner Hand?" Sie sah sich um, während alle Jungs lachten, und er grinste.

„Ich neige dazu, Sachen auseinanderzunehmen. Das ist von einem der Traktoren. Ich werde es wieder zusammenzusetzen, aber ich zerlege einfach Teile und sehe mir an, wie es funktioniert."

„Das macht er ständig, und hin und wieder", B.J. sah Caleb an, versetzte ihm einen Knuff und lachte, „bekommt er nicht alle Teile wieder eingebaut, und dann gibt es Ärger."

„Ich werde es schon wieder zusammensetzen – wart' nur ab."

Sie lächelte. „Da bin ich mir sicher. Ich denke, so funktionieren kreative Köpfe einfach. Man muss im Laufe der Zeit lernen, wie gewisse Dinge funktionieren. Ich finde es cool, dass deine Neugier dich dazu treibt, Sachen auseinanderzunehmen und wieder zusammenzusetzen."

Micah kicherte. „Ich bin immer wieder beeindruckt von dem, was er tut. Er hat dieses Ding gemacht – das müssen wir dir zeigen. Es ist in der Arbeitsscheune. Er hat einen alten Bürostuhl genommen und die Rückenlehne abgebaut. Jetzt setzt man sich nicht drauf, sondert legt seinen Bauch darauf. Dann streckst du deine Beine aus, nimmst den Laubbläser, schaltest ihn ein und fährst los."

„Ja, immer im Kreis rum, wie ein Karussell", quietschte Sammy begeistert, während er und alle lachten, auch April, als sie sich den Jungen vorstellte, der sich durch den Luftdruck im Kreis drehte.

Caleb grinste. „Es macht Spaß. Der Luftdruck wirbelt dich im Kreis herum. Es ist ein Riesenspaß – im Ernst. Es ist so, als würde man in einem Vergnügungspark sein eigenes Fahrgeschäft bauen. Wir machen es alle gern. Manchmal geht es schief, zum Beispiel habe ich es einmal geschafft, richtig heftig Schwung zu holen, und es hat mich vom Beton getrieben und ich bin geflogen und auf dem Kies gelandet." Er grinste. „Ich hab' mich ziemlich aufgeschürft, aber als alle gesehen habe, dass es mir gutging, haben wir ewig gelacht. Ich glaube allerdings nicht, dass du so viel Spaß haben willst. Wenn er dich also fragt, ob du das machen willst, sag vielleicht lieber Nein."

Alle lachten, als Chet kam und ebenfalls lächelte. „Wir wissen nie, was wir von Caleb erwarten können.

Wir werden im Auge behalten, wohin ihn seine Neugier führt."

„Er wird Schiffe für Astronauten bauen", sagte B.J. „Weißt du, die Leute, die Raumschiffe bauen, die in die Luft fliegen."

„Ja", stimmte Sammy zu. „Das kann ich mir bei ihm vorstellen."

Caleb lachte. „Vielleicht, aber ich weiß nicht, ob ich ein Raumschiff bauen oder fliegen will. Ich weiß nicht einmal, ob ich klug genug bin, ein Raumschiff zu bauen."

„Wir werden sehen. Du bist in der Schule – gib dein Bestes", sagte sie. Sie war nicht aufgrund harter Arbeit zum Schreiben gekommen, sondern aus einem Bedürfnis heraus. Aus einem tiefen inneren Bedürfnis heraus, ihre Gefühle zu Papier zu bringen. Es war ihre Art gewesen, ihren Schmerz zu verbergen, das Gefühl der Unkonzentriertheit zu verstecken, nachdem sie ihre Eltern verloren und herausgefunden hatte, dass sie nie gewusst hatte, wer sie wirklich war. Sie war ehrgeizig geworden, und das Schreiben war einfach passiert. Wer sollte also sagen, dass jemand im Unterricht hart arbeiten musste, um gut zu sein? Sie konnte sich kaum an ihre Schulzeit erinnern, so verloren war sie so lange gewesen. Aber im Moment schob sie das alles beiseite und konzentrierte sich auf die Jungs, nicht auf sich selbst.

„Das kann ich dir nur bestätigen …", sagte Chet. Sein Blick begegnete ihrem, und ihr Magen drehte sich, als wäre sie in einer Welle gefangen, und sie wünschte, sie hätte seinen Blick nicht erwidert. „Sie freuen sich, dass du hier bist, und wir werden einen schönen Tag haben."

„Ja, das werden wir", sagte ein großer, schwarzhaariger Mann mit einem Hauch von Grau an den Schläfen.

Ein weiterer älterer Mann, etwa im gleichen Alter, trat neben Chet. Drei andere Männer kamen mit ihnen, die eher in Chets Alter zu sein schienen.

„Ich bin Randolph McDermott", sagte der Mann. „Das sind meine Söhne Morgan, Rowdy und Tucker. Und das ist mein bester Rancharbeiter, Walter Pepper, einer der besten Männer überhaupt. Wir freuen uns, Sie kennenzulernen." Alle hatten bei der Vorstellung ihre Hüte abgenommen und schüttelten ihr jetzt die Hand.

„Ja, das tun wir, und nennen Sie mich Pepper", sagte der weißhaarige ältere Mann, der ihre Hand nach Tucker ergriff. „Alle hier kennen mich so." Er schüttelte ihre Hand und drückte sie sanft, bevor er sie losließ.

„Freut mich, Sie kennenzulernen, Pepper, und Sie, Mr. McDermott. Sie alle. Was für eine tolle Ranch Sie haben."

„Bitte nenn mich Randolph und: danke. Wir lieben unsere Ranch. Es ist wunderbar, ein Zuhause für all diese großartigen Jungen und Männer zu haben, die zu meiner Familie geworden sind. Das war alles die Idee meiner geliebten verstorbenen Frau. Sie würde sich freuen zu sehen, dass du hier bist und mit diesen Jungs einen Viehtrieb machen wirst."

Sie konnte nicht anders, als ihn anzustarren. Ihr Blick wanderte zu den anderen drei Männern, seinen Söhnen, die neben ihm standen. Zwei, Rowdy und Morgan, waren muskulös, aber schlank, echte Cowboys mit schwarzen Haaren und gebräunten Gesichtern wie ihr Vater. Der dritte Mann, Tucker, war größer, enorm muskulös und war der erste gewesen, der seinen Hut abgenommen hatte, als sie auf sie zugekommen waren.

Jetzt sprach er, nachdem er seinem Vater und Pepper den Vortritt gelassen hatte. „Suzie ist meine wunderbare Frau, und sie hat mir in der Kirche erzählt, wer du bist. Wir haben weit weg gesessen und wollten alle anderen, die du an diesem Tag kennengelernt hast, nicht stören."

„Sie ist so hübsch und süß wie die Blumen, mit denen sie sich umgibt." Sein Lächeln wurde breiter.

„Ich bin ganz und gar deiner Meinung."

„Ich bin Rowdy – wie mein Vater ja schon gesagt hat. Meine Frau hat sich neulich sehr gefreut, dich kennenzulernen, und hat mir erzählt, dass die Jungs dich für heute eingeladen haben. Natürlich haben wir alle auch beim Frühstück, Mittag- und Abendessen von dir gehört." Der Cowboy lachte, und seine Augen tanzten, als er all die strahlenden Jungen ansah.

„Deine Frau ist reizend, und ich bin jetzt mehr denn je glücklich, heute dabei zu sein."

„Es wird dir Spaß machen. Sie sind tolle Jungs und, ja, meine Frau ist reizend. Die Jungs haben dich auch so beschrieben und offensichtlich wirst du ihrem Lob gerecht."

„Wie süß", sagte sie, beeindruckt von dem Lob, das die Jungen für sie übrighatten.

Dann lächelte der Mann, von dem sie schon so viel gehört hatte, Morgan. Trotz des Altersunterschieds sah er fast genauso wie sein Vater aus. Das war der Mann, zu dem alle Kinder als einem ihrer wichtigsten Vorbilder und großen Brüder aufblickten. Der Mann, der geholfen hatte und eines Tages das Programm übernehmen würde. „Die Jungs haben in höchsten Tönen von dir gesprochen, genauso wie meine Frau Jolene. Du wirst heute eine Menge Spaß haben. Diese Jungs wissen, was sie tun, und ich freue mich, dass sie dir zeigen wollen, was sie lieben."

Randolph meldete sich zu Wort. „Ich muss mich verabschieden, ich hab' noch im Büro zu tun – ich wollte dich nur begrüßen und dir viel Spaß wünschen. Diese Jungs wissen alle, was sie tun, und sie lieben die Arbeit mit den Tieren. Meine Mutter, Nana, wird mittags rauskommen, um Essen zu bringen. Das ist ihre Berufung, und ihre Suppen sind die besten. Also viel Spaß!"

„Ich bin jetzt riesig aufgeregt und freue mich so, dass die Jungs mich gebeten haben, mitzukommen. Danke, Jungs."

Daraufhin jubelten die Jungs, und sie lachte glücklich, doch ungefähr zu diesem Zeitpunkt übernahm ein schmunzelnder Morgan die Führung.

„Okay, seid ihr bereit?", fragte er und bekam begeisterte „Los geht's"-Rufe als Antwort, als sie zu ihren Pferden gingen. Morgan sah sie an. „Jetzt, wo sie sich alle um ihre Aufgaben kümmern und du mich hören kannst", sagte er lächelnd, und sie lachte, „reite du neben Chet. Er wird dafür sorgen, dass du immer sicher bist. Wir wollen nicht, dass eine Kuh oder ein Kalb ausbricht und dein Pferd durchgeht oder steigt oder sowas in der Art. Obwohl Cupcake ein tolles Pferd ist, wissen wir aus Erfahrung, dass Leute beim ersten Viehtrieb jemanden an ihrer Seite brauchen, nur für den Fall, dass es Überraschungen gibt. Wir wollen ja nicht, dass du verletzt wirst."

Sie wollte sagen, dass sie nicht neben Chet reiten

wollte, doch sie wusste, dass das nicht gut ankommen würde. Sie sah ihn an, den Mann, der geschwiegen hatte, während alle geredet hatten, und jetzt wurde ihr klar, dass er aussah, als wäre er nicht glücklicher als sie darüber, neben ihr zu reiten.

Zumindest waren sie sich in dieser Hinsicht einig. Doch die Jungs beobachteten sie, also setzte sie ein Lächeln auf. „Ich bin bereit, wenn ihr es seid."

Morgan blickte von ihr zu Chet und grinste dann. „Dann lasst uns loslegen."

KAPITEL SECHZEHN

Chet hatte das Bedürfnis gehabt, Morgan zu sagen: „Nein, sie reitet mit dir", aber er hatte es geschafft, den Mund zu halten. Er sah an Morgans Grinsen, dass er wusste, dass da etwas im Gange war.

Es ließ sich nicht leugnen, dass es so war. Und seine Brüder hatten wahrscheinlich alle die Anziehung gesehen, die ihn zu dieser schönen Frau hinzog. Und nachdem sie ihr vorgestellt worden waren, wussten alle, warum er sich zu ihr hingezogen fühlte. Sie war wunderbar, und er musste gegen diese Anziehung kämpfen.

Vielleicht würde es helfen, heute neben ihr zu reiten.

Vielleicht würde es helfen, den Wunsch zu befriedigen, von dem er wusste, dass er da war, sie besser kennenzulernen.

Vielleicht würde es ihm die Gelegenheit geben, tiefer vorzudringen und herauszufinden, wer sie wirklich war und warum sie diese Dinge gesagt hatte. Andererseits war hier draußen, wo so viele Jungs um sie herum waren, vielleicht nicht die beste Zeit dafür.

Er ging voran zu ihren Pferden, während sich alle Jungen in die Sättel schwangen und grinsten, während sie ihn und April beobachteten. Ja, er und April waren heute ihr Wissenschaftsprojekt, und wurden aus allen Richtungen beobachtet. Er rieb sich die Stirn und versuchte, sich zu wappnen. Er durfte es nicht vermasseln.

Er band ihre Pferde los und sah sie an. „Willst du, dass ich die Zügel in der Hand behalte, oder glaubst du, dass du allein zurechtkommst?"

Sie griff nach den Zügeln. Ihre Finger berührten seine und jagten sofort Funken durch ihn hindurch. Es war nur eine kurze Berührung, denn sie riss blitzschnell die Zügel weg, doch was geschehen war, war geschehen.

„Ich nehme sie", sagte sie fast keuchend. „Du weißt, dass ich ohne Hilfe aufsteigen kann. Aber danke."

Er sah zu, wie sie genau das tat, und versuchte, nichts zu spüren oder Emotionen in seinem Gesicht zu zeigen, weil er wusste, dass eine ganze Horde Jungen zusah. Er spürte all die Augen, die ihn und April ansahen. Es war, als würden Eichhörnchen die Eicheln beäugen, mit denen sie Pläne hatten. Aber nicht nur die Augen der Jungs, sondern auch die von Morgan, Rowdy und Tucker waren auf sie gerichtet.

Gott sei Dank kam Nana in diesem Moment aus der Küche und trug etwas, um es in ihren Truck zu laden. „Guten Morgen!", rief sie gut gelaunt, als sie es auf den Rücksitz legte, wo er nun sehen konnte, dass es ihre Kochutensilien waren.

„Guten Morgen!", rief April glücklich. Wahrscheinlich genauso erleichtert, Nana zu sehen, wie er.

Nana lächelte „Ich habe ein wirklich köstliches Dessert gemacht, von dem ich hoffe, dass ihr es beim Mittagessen genießen werdet. Ich weiß, dass diese Jungs es lieben. Und ich bringe Tee und Wasser und Gegrilltes auf Brötchen. Bei kurzen Ritten wie diesem bereite ich das Essen immer vorher vor. Wenn ihr übernachten würdet, würde ich irgendwo da draußen kochen, so, wie es unsere Vorfahren früher gemacht haben. Natürlich bin ich mit meinem Truck deutlich im Vorteil gegenüber den Planwagen der guten alten Zeit."

Das brachte alle zum Lachen.

„Das wird großartig, Nana!", rief B.J.

„Ich freue mich auf den Ritt und wenn ich die

allgemeine Begeisterung so sehe, kann ich es kaum erwarten, dein Essen und dein Dessert zu essen." Sie lächelte den süßen B.J. an, und er strahlte zurück.

Innerhalb weniger Minuten ritten sie in die entgegengesetzte Richtung los als die, die sie mit Chet geritten war. Tony ritt voran; er beugte sich vor und öffnete das Tor, dann machte er sich auf den Weg zum nächsten. Micah schien der Älteste der Jungen zu sein und half Morgan und Rowdy dabei, am Rand auf die Jungen zu achten und aufzupassen, dass alles in Ordnung war. Chet und April ritten allen hinterher. Vielleicht würde hier niemand die Spannung bemerken, die zwischen ihnen herrschte.

* * *

„Wir bleiben hier hinten, damit du zusehen kannst", sagte Chet schließlich, und April warf ihm einen Blick zu. Die Anspannung zwischen ihnen war nicht gerade angenehm.

„Und auch mitmachen, denn es wird Kühe geben, die zurückfallen und wieder in die Herde gebracht werden müssen. Aber die Jungs machen das gern und werden heute für dich angeben, also wirst du alles gut sehen können."

„Diese Jungs sind so wunderbar. Es ist so schön, sie

zu beobachten."

„Das ist es. Jetzt bleiben wir auf dieser Seite des Viehs, fern von jeglichen Uferbereichen. Nur um auf Nummer Sicher zu gehen."

Sie wollte kein Feigling sein, aber sie hatte im Moment wirklich keine Lust, in der Nähe von Wasser zu sein. Sie hoffte, dass das traumatische Erlebnis, von der Brücke gespült zu werden, sie nicht für immer belasten würde. Sie hatte genug Alpträume aus ihrer Vergangenheit, die sie überwunden hatte, also wusste sie, dass sie kein Feigling war. Sie wollte nur nicht riskieren, dass vor den Augen der Jungs etwas passierte.

Wieder einmal drehten sich ihre Gedanken um all die Jahre, in denen sie allein gelebt hatte und nie zur Ruhe gekommen war. Nie jemanden wirklich kennengelernt hatte. Und während sie jetzt ritt, wusste sie, dass sie von Leuten umgeben war, die sie besser kennenlernen wollte.

Sie sah Chet an, und natürlich raste ihr Puls. Er ritt mit einer Hand – oder genauer gesagt, dem Handgelenk – auf dem Sattelhorn, die andere lag mit den Zügeln darin locker obendrauf. Sie versuchte, den Mann nicht anzustarren, konnte aber nicht anders. Dann wanderte sein Blick von den Jungen vor ihnen zu ihr. Verlegen starrte sie geradeaus und wusste, dass er wahrscheinlich dachte, dass sie ihn mit pochendem Herzen beobachtete

– was auch der Fall war.

„Du hältst dich gut", sagte er, als wüsste er, dass er etwas gegen die Anspannung tun musste. „Du kommst ziemlich gut mit der Situation zurecht."

Sie hielt ihren Blick nach vorn gerichtet und wollte ihn nicht direkt ansehen, nur für den Fall, dass er etwas sehen könnte, das er nicht sehen sollte. „Ja, sieht so aus. Ich hatte als Kind nie wirklich mit Vieh zu tun, also hatte ich keine Ahnung, wie sowas läuft. Aber es macht mir tatsächlich Spaß."

„Warst du sehr zurückgezogen als Kind?"

„Ja, das war ich. Ich bin immer für mich geblieben. Ich war in einer Pflegefamilie, aber so war es nicht." Da, sie hatte es zugegeben. Ihr Blick glitt zu ihm, und er schien von ihrem Eingeständnis überrascht zu sein. „Es hat sich nicht so angefühlt, als wäre ich wirklich ihr Kind, und ich wollte es auch nicht. Ich hatte Erinnerungen an meine Eltern, die ich nicht aufgeben wollte, trotz des Schmerzes, dass ich keine Ahnung hatte, wer ich wirklich war. Dann, na ja …" Plötzlich wollte sie ihm sagen, dass ihre Eltern sie die ganze Zeit, in der sie sie gekannt hatte, angelogen hatten. Niemand war in ihrer Nähe; alle waren weit vor ihnen, und hier waren sie, im Grunde allein auf der weiten Weide, unterwegs zu der Herde, die sie woandershin treiben sollten. Doch im Moment waren es nur sie, die allen hinterher ritten. Sie warf ihm einen Blick zu, und er ritt immer noch entspannt, während seine erstaunlichen blauen Augen sie musterten.

„Du kannst es mir sagen", sagte er sanft.

„Okay", sagte sie mit angespannter Miene. „Wir haben uns neulich unterhalten, und ich bin aufgestanden und gegangen, weil meine Mutter und mein Vater mir nie gesagt haben, dass wir im Zeugenschutzprogramm waren und uns unter einem falschen Namen versteckt haben. Ja, ich bin unter einem falschen Namen aufgewachsen, der jetzt mein richtiger Name ist. Und das habe ich erst erfahren, als sie tot waren."

„Was?" Er sah verblüfft aus.

„Genau. Der Mann, der sie erschossen hat, war der Mann, den sie ins Gefängnis gebracht hatten. Er ist rausgekommen, hat sie aufgespürt – ich weiß nicht wie und habe es auch nie herausgefunden. Aber er hat sie gefunden und getötet."

„Wow, April, das tut mir so leid!" Seine sanften Worte gingen tief.

„Mir auch. Aber wenn mein Vater nicht lange genug durchgehalten hätte, um seine Waffe zu nehmen und den Mann zu erschießen, der auch mich töten wollte, wäre ich jetzt nicht hier." Ihre Stimme zitterte. Sie hatte sich das nie eingestanden und auch nie jemandem erzählt. „Also ja. Ich wurde von meinem

Vater gerettet und erst, als er die Augen schloss und starb, erkannte ich, dass ich nichts über meine wahre Identität wusste – wer ich wirklich war. Nichts." Sie atmete tief durch und wollte das Pferd wenden und in die entgegengesetzte Richtung davongaloppieren.

„Und ich dachte, ich hätte eine schreckliche Erfahrung durchgemacht, als ich meine Eltern verloren habe. Sie sind nicht ermordet worden, weil sie offensichtlich die richtige Entscheidung getroffen haben." Er streckte die Hand aus und ließ seine Finger ihren Arm berühren. „Wie ist es dazu gekommen?"

Das sanfte Wiegen des Pferdes unter ihr hatte einen beruhigenden Rhythmus, und sie war froh darüber. Sie brauchte etwas anderes als die sanfte Berührung von Chets Fingern auf ihrer Haut. Eine Berührung, die sie tiefer traf, als sie wollte. *Konzentrier dich, April!*

„Ich habe mir die Akte angesehen, als ich älter war, und mein Vater hatte keine Familie mehr – meine Mutter auch nicht. Es war, als hätten sie sich zueinander hingezogen gefühlt, weil sie beide allein waren. Sie waren Zeugen eines Mordes, als ich noch ein Baby war, und sind in das Zeugenschutzprogramm gekommen … Dann sind sie gestorben, und ich hatte niemanden mehr. Während meine Welt kopfstand, bin ich ins Pflegesystem gekommen. Meine Erfahrungen da waren so anders als die Sunrise Ranch. Die McDermotts – und auch du – haben großartige Arbeit geleistet. Ich habe noch nie etwas Schöneres gesehen. Und das kannst du nur bestätigen, nicht wahr?"

„Was du erlebt hast, tut mir so leid, aber ja, ich bin ganz deiner Meinung, was die Ranch angeht. Deshalb will ich hier sein und helfen. Ja, ich werde bezahlt und könnte einen Job auf einer anderen Ranch oder einen Bürojob annehmen, denn ich habe schließlich einen Abschluss in Betriebswirtschaft. Ich könnte alles tun oder auf meiner eigenen Farm Rinder züchten … und es würde mir wahrscheinlich Spaß machen. Aber ich bleibe lieber hier. Ich liebe das Leben auf dieser Ranch. Hier gehöre ich hin."

Sie konnte sich nicht zurückhalten und lächelte – ein breites, strahlendes Lächeln. Sie hatte gewusst, dass er das sagen würde. „Und du tust den Jungs gut. Ich sehe es. Es ist unbestreitbar." Als sie das Wort aussprach, das ihn so beschrieb, wurde ihr klar, dass er ein unbestreitbarer Cowboy war, ein Cowboy durch und durch.

Und einfach ein wunderbarer Mensch, der entschlossen war, anderen zu helfen, die Ähnliches durchgemacht hatten wie er, bevor sie auf diese erstaunliche Ranch geschickt wurden. Tief in ihrem Herzen bewunderte sie ihn, alles an ihm.

Da wurde ihr bewusst, dass sie immer noch auf

ihren Pferden unterwegs waren, doch sie starrten einander an.

In diesem Moment wollte sie ihn von ganzem Herzen umarmen. Sie erinnerte sich daran, wie sicher und geborgen sie sich gefühlt hatte, als er sie aus dem Auto gezogen und ihr in diesem reißenden Fluss das Leben gerettet hatte. Sie zwang sich, ihren Blick abzuwenden, und kämpfte gegen die Emotionen an, konnte aber nicht leugnen, dass sie wieder in seinen Armen sein wollte.

Sie war in großen Schwierigkeiten.

KAPITEL SIEBZEHN

Chets Herz raste angesichts dessen, was sie ihm erzählt hatte. Sie war in einem Zeugenschutzprogramm gewesen, und ihr Vater hatte ihr das Leben gerettet. Im Gegensatz zu ihr hatte er gewusst, wer er war. Er hatte seinen richtigen Namen gekannt. Chet hatte seine Eltern gekannt und geliebt und sie verloren, als seine Familie im Begriff gewesen war, auseinanderzubrechen. Doch ihre Eltern hatten sie geliebt und waren ins Zeugenschutzprogramm gegangen, nachdem sie das Richtige getan und jemanden ins Gefängnis gebracht hatten, der offensichtlich dorthin gehörte. Und dann war er freigelassen worden oder geflohen – was diesen Teil anging, war er sich nicht sicher. Der Mann hatte ihre Eltern gefunden und getötet, aber Gott sei Dank hatte ihr Vater lange genug gelebt, um sie zu retten.

Tränen stiegen ihm in die Augen, und er wandte den Blick ab, als er nur dachte, was sie durchlebt hatte, vor allem aber daran, was dieser arme Mann durchgemacht hatte, der das Richtige getan hatte und dann dabei zusehen musste, wie seine Frau ermordet wurde und er dann auch beinahe seine kleine Tochter verloren hätte, als er selbst schon im Sterben lag. Schrecklich!

Alles in Chet schmerzte. Er wollte sich die Gefühle, die ihr Vater empfunden haben musste, nicht vorstellen. Er war dankbar, dass ihr Vater lange genug durchgehalten hatte, um den Killer zu töten, sodass sie überleben konnte. Aber angesichts all dessen, was sie in so jungen Jahren erlebt hatte, musste sie natürlich Narben davongetragen haben – Angst davor haben. Vor allem, weil sie so jung gewesen war, als das passiert war. In vielerlei Hinsicht war ihr das vielleicht gar nicht bewusst.

So sehr er sein Herz auch immer für sich behalten hatte, schwoll es plötzlich an, weil er das Bedürfnis verspürte, diese Frau in seine Arme zu nehmen und ihr zu sagen, dass er ... *was?*

Du weißt, was du ihr sagen willst.

Er warf wieder einen Blick auf sie. Sie starrte jetzt geradeaus, während beide begannen, ihre Pferde anzutreiben, damit sie vorankamen. Etwas, das sie beide auch tun mussten, und die Erkenntnis traf ihn wie ein Tritt in die Brust.

Er musste vorankommen.

Er musste zugeben, dass er sie liebte.

Er liebte sie.

Wie war das in etwas mehr als einer Woche passiert? Es war, als ob es so sein sollte. Er war dort gewesen, als ihr Auto den Hügel hinunter auf den Fluss zu geschwemmt worden war, und wenn er nicht rechtzeitig da gewesen wäre, wäre sie in diesem Wasser gestorben.

Er schloss für einen Moment die Augen, als ihm das bewusst wurde. Es hatte keinen Ausweg gegeben. Und jetzt starrte er – derjenige, der sie gerettet hatte, derjenige, der entschlossen gewesen war, sein Herz für sich zu behalten, um für diese Jungen da sein zu können, die Ähnliches durchgemacht hatten wie er – eine schöne Frau an, die weit mehr durchlitten hatte, als er jemals erlebt hatte. Ja, er hatte damals und später gelitten, aber er hatte sich angepasst. Es war nicht leicht gewesen, aber zumindest hatte er gewusst, wer er war. So geschockt er auch gewesen war, als er seine Eltern hatte streiten hören, bevor sie nur wenige Augenblicke später von der Straße abgekommen waren und er sie nie wieder gesehen hatte. Er hatte gewusst, dass ihm so oder so eine traurige Zeit bevorstand, egal was passiert wäre. Doch er wusste, so sehr er sie auch geliebt hatte, er liebte diese süße, wunderbare Frau noch mehr. Von ganzem Herzen.

Sie war ein armes Kind gewesen, das miterlebt hatte, wie ihre Eltern vor ihren Augen von einem abscheulichen Mann ermordet worden waren. Sein Herz raste, und seine Gedanken kreisten um diese Geschichte. Er musste sich sehr beherrschen, um nicht über die kurze Distanz zwischen ihren Pferden zu greifen, seine Arme um sie zu legen, sie auf seinen Schoß zu ziehen und sie fest zu umarmen … und ihr zu sagen, dass er sie liebte.

Er. Liebte. Sie.

Er musste ihr sagen, dass er immer an ihrer Seite sein würde, so Gott wolle.

Jetzt musste er nur noch herausfinden, was zu tun war. Er wusste, dass er es jetzt vorsichtig angehen musste. Weil sie entschlossen war, es zu ignorieren, sich hinter ihren Reisen und Artikeln zu verstecken, einfach in eine neue Stadt zu gehen, eine kurze Zeit dort zu bleiben und dann wieder zu gehen, genau wie sie es hier tun wollte.

Aber konnte er sie aufhalten?

Konnte er sie gehen lassen?

Nein.

In diesem Moment wusste er, dass er auf keinen Fall zusehen konnte, wenn sie ging. Er hatte nie vorgehabt, sich zu verlieben. Niemals. Aber ihm wurde jetzt klar, dass er nicht verhindern konnte, dass er sich verliebte. Und er wusste auch, dass er nie jemand gewesen war, der vor etwas zurückschreckte. Er sah sie noch einmal an. Gott sei Dank waren seine Augen trocken, als er erkannte, dass er sie zwar liebte, es jedoch eine Menge Dinge zu überwinden gab, damit diese Liebe jemals erblühen konnte. Wenn er es ihr jetzt sagen würde, hatte er das Gefühl, dass sie in ihren neuen, glänzenden Geländewagen steigen und verschwinden würde. Ohne jemals zurückzublicken. Das konnte er nicht zulassen.

Aber was konnte er tun?

Während er ritt, starrte er auf seine Hände und sprach ein Gebet. Er brauchte Führung und Hilfe. Wenn dies Gottes Plan war, brauchte er ein Wunder.

* * *

Sie hatten ein weiteres Tor passiert, und April beobachtete, wie das Vieh einen Hügel hinunterlief. Sie hörte das Gejohle der Jungen und sah, dass sie ihre Pferde schneller ritten. Sie bemerkte, dass Morgan die Führung übernahm. Rowdy blieb rechts. Und die älteren Jungen waren auch auf der rechten Seite, während die Jüngeren auf der Innenseite waren, wo sie und Chet ritten. Abe, Tuckers Stiefsohn, ritt in der Nähe von B.J., und sie waren ihnen am nächsten.

Sie sah zum ersten Mal zu Chet hinüber, seit sie das starke Gefühl gehabt hatte, dass sie zu viel gesagt hatte. Gott sei Dank hatten sie jetzt etwas anderes zu besprechen. „Also bilde ich mir das nur ein, oder gibt es einen Grund, warum die älteren Jungs da drüben bei Rowdy sind und die Jüngeren hier auf derselben Seite, auf der ich bin?"

Als er sie ansah, war etwas in seinen Augen, das vorher nicht da gewesen war, es war warm und sah gleichzeitig gequält aus. Was war das?

„Weil wir eine Weile in der Nähe des Flusses sein werden, darum sind sie alle auf dieser Seite. Wir halten die Jungen vom Wasser fern. Sie können in den Wald reiten und Kühe zurückbringen oder hier hinten sein. Das ist ein weiterer Grund, warum ich hier bin, nicht nur, um dich vor Ärger zu bewahren." Er lächelte, und sie konnte nicht anders, als zurückzulächeln.

„Ich verstehe", sagte sie, so angezogen von diesem Beschützer.

„Tony, Micah und Jake – die drei Älteren – die kommen zurecht. Sie wissen, was sie tun, und auch wenn Jake noch nicht so lange hier ist wie der kleine B.J. ist er ein guter Reiter. Wie Tony hat er mit dem Reiten angefangen, als wäre es eine Gabe Gottes. Und tatsächlich war es bei beiden so. Wie Micah schließt Jake seinen Schmerz tief in sich ein, aber wie in Tonys Fall hilft es ihm, hier draußen auf den Weiden bei den Rindern zu sein. Jeder Junge geht auf seine eigene Weise mit seiner Vergangenheit um. Ich glaube, dass es Tony und Jake geholfen hat, ihre inneren Traumata zu überwinden, dass sie gelernt haben, wilde Pferde zu zähmen. Rowdy ist ein großartiger Lehrer dafür, und indem sie es gelernt haben, haben beide einen Teil ihrer Wut gezähmt. Rowdy bringt ihnen bei, dass man Geduld und Verständnis haben muss, um ein Pferd zu zähmen, und das hat ihnen geholfen. Aber für Tony hat es auch auf andere Weise geholfen. Dieses Kind hat wahrscheinlich mehr körperliche Folter durchgemacht als alle anderen. Emotionale, schmerzhafte und qualvolle körperliche Folter, und doch ist er für sie alle da."

„Das ist mir aufgefallen, und wir haben viel darüber gesprochen. Hältst du es nicht mehr für schlecht, wenn er hier bliebe, oder denkst du jetzt, dass es gut für ihn wäre?"

„Je mehr ich ihn beobachte, desto mehr wird mir klar, dass er dafür geschaffen ist. Er kann so gut mit den kleinen und auch den größeren Kindern umgehen. Wie schon gesagt, er hat Jake geholfen. Es wird noch viel mehr geben, wenn die Älteren gehen und neue Kinder dazukommen. Wir wissen nie, ob die Neuzugänge jünger oder älter sein werden. Ich bin mit, ja, ich war ungefähr zwölf, als mein Leben um mich herum zusammengebrochen ist – alt genug, um zu verstehen, was passiert war. Alt genug, um davon zerrissen und über alles wütend zu sein. B.J. war jung und verängstigt, als er hier angekommen ist. Als er in das Pflegesystem kam, ging es ihm so schlecht, dass sie ihn sofort hierher gebracht haben. Soweit ich weiß, ist er nie in einer anderen Pflegefamilie gewesen. Sie wussten, dass er Menschen braucht, die verstehen, was es bedeutet, sich nicht geliebt zu fühlen. Ihm geht es jetzt richtig gut hier. Sieh dir nur an, wie gut er reiten kann – als er hergekommen ist, konnte er sich kaum auf einem Pferd halten. Es gibt so viele gute Geschichten. Ich dachte, B.J. beneidet Abe, weil Abe hierhergekommen ist, nachdem sein Vater im Krieg gefallen war und Suzie Hilfe mit ihm brauchte, als er rebelliert hat. Er war ungefähr so alt wie ich, als ich hergekommen bin. Sie haben Tucker die Schuld an ihrer Situation gegeben, aber Gott hat das geklärt. B.J. hat sich eine Familie gewünscht, wie Abe sie hat. Abe hat jetzt ein neues Zuhause bei seiner Mutter und einem neuen Vater, Tucker, und erinnert sich daran, wie sehr er von seinem Vater geliebt wurde. B.J. hat das nicht. Sammy auch nicht, und die beiden haben sich so danach gesehnt.

Besonders B.J.

Aber all diese Jungs da draußen – sie haben ihn einfach aufgenommen, und Jolie auch. Ich habe mich manchmal gefragt, ob sie und Morgan ihn vielleicht adoptieren würden, aber dieses letzte Jahr – schau ihn dir an. Der Junge liebt seine Brüder – er nennt sie seine Brüder und mich auch –, und er liebt seine Hauseltern. Er hat sich angepasst, und ich denke, dass Morgan und sie dasselbe denken wie ich – es geht ihm gut, wo er ist. Er spürt die Liebe von allen." Er sah sie mit durchdringendem Blick an. „Es ist wunderbar, Liebe zu spüren. Liebe heilt. Und wenn man loslässt, was einem wehtut, geschieht es viel leichter."

Sie starrte ihn an und konnte sich nicht zurückhalten. Sie hielt ihr Pferd an, und blieb neben ihm stehen. „Hast du das gemacht?"

„Ja, das habe ich."

Die Art, wie er sie ansah, und seine Worte … sie klangen anders als je zuvor, und sie sah in den Tiefen seiner Augen, dass er es so meinte. Also blieb er für diese Jungs hier auf dieser Ranch – er wollte nicht heiraten, aber er fühlte sich wohl mit der Entscheidung, geheilt durch dieses starke Gefühl. Sie wusste in ihrem tiefsten Inneren, dass es ein Segen sein würde, für all diese Jungen da zu sein, so wie er es schon war. Sie lächelte. Da war ein Schmerz in ihr, den sie nicht ganz verstand – den sie nicht verstehen wollte –, aber sie starrte weiter auf diesen erstaunlichen Mann, der diese Jungen über alles stellte, bestrebt, ihnen dabei zu helfen, auf diese Weise einen Unterschied in ihrem Leben zu machen, und die ganze McDermott-Familie und die süßen Ladys in der Stadt hatten ihm geholfen.

„Du bist ein wunderbarer Mann. Du wirst vielen Jungen helfen, zu Männern heranzuwachsen – zu guten Männern wie du." Und dann wandte sie den Blick ab. Sie berührte mit ihren Fersen kaum den Bauch ihres Pferdes und begann Gott sei Dank, sich zu bewegen. Sie bewegte das Pferd etwas schneller als zuvor. Sie erreichte die Jungs, was ein guter Ersatz für die Lücke zwischen ihr und Chet war – die Lücke, die, so sehr sie sich auch dagegen wehrte, immer kleiner wurde.

* * *

Gegen Mittag erreichten sie die Weide, wo Nana mit dem Mittagessen wartete. Ihr Truck war geparkt, und sie war bereit. Anders als sie war sie über einen der unbefestigten Wege gekommen, die für einen Truck kein Problem waren. Es war eine schöne Abwechslung, und die Jungs hatten ihren Spaß.

Er hatte es genossen, April zu beobachteten, während die Jungs ihr zeigten, was sie konnten. Nach dem intensiven Gespräch, das sie miteinander geführt hatten, war die Anspannung zwischen ihnen geschwunden. Als sie gerade abstiegen und sich Mittagessen holen wollten, war eines der Kälber von der Herde losgebrochen, und Sammy ließ sein Lasso über seinem Kopf kreisen, warf es und schaffte es, es um den Hals des Kalbes zu landen. Stolz strahlend sah er April direkt an, und sie lächelte und klatschte in die Hände.

Sie lächelte wunderschön, als sie ihn ansah. „Schau dir nur diesen süßen kleinen Kerl an. Er ist derjenige, von dem du mir erzählt hast, oder? Der, dem es bei seiner Ankunft hier so schlecht ging? Er ist auch derjenige, der mit dem Kajak in die Stromschnellen geraten ist?"

„Ja, er hatte Probleme, nachdem seine Eltern ihn abgeschoben hatten. Beide Eltern wollten ihn nicht, und es war für ihn schwer zu verstehen. Niemand versteht, warum, aber das Jugendamt hat ihn sofort hierher geschickt, wofür wir dankbar sind. Und ja, er ist derjenige, der diesen gefährlichen Ausflug den Fluss hinunter unternommen hat, und Jolie hat ihn gerettet. Aber es geht ihm großartig – allein, zu sehen, wie er das Seil wirft und das Kalb fängt – er ist eine Bereicherung für diese Ranch. Wie schon gesagt, ist er jetzt glücklich, aber ich denke, das hast du schon bemerkt."

„Man kann nicht anders, als es zu bemerken. Ich

schätze, derjenige, der im Moment, nun ja, ich würde sagen, am meisten zu kämpfen scheint, ist Micah. Hast du nicht gesagt, dass er nächstes Jahr seinen Abschluss machen wird?"

„Ja, es gibt einige von uns, die hierherkommen und sich mit ihrer Vergangenheit auseinandersetzen müssen, auch wenn wir volljährig sind, und unser eigenes Leben leben können, wenn wir wollen. Ich habe einen Weg gefunden, damit umzugehen, und er wird es auch tun. Er ist stärker geworden, seit er hier ist, aber tief in ihm ist noch etwas. Tony hat versucht, ihm zu helfen und hat mit ihm große Fortschritte gemacht. Sie sind wirklich gute Freunde, und ich kann dir versichern, dass das auch so bleiben wird. Morgan – genau wie Rowdy und Tucker, aber besonders Morgan – haben mir geholfen, und ich habe Morgan geholfen, weil er seine Mutter verloren hatte. Es fiel ihm sehr, sehr schwer, mit dem Verlust seiner Mutter umzugehen, und ich hatte mein ganzes Leben verloren. Gott bringt, so scheint es, die richtigen Menschen in dein Leben, wenn du sie brauchst."

„Er hat dich in ihr Leben geschickt."

„Ja, und ich bin froh. Weißt du, es gibt Unterschiede zwischen uns allen, die wir auf die Ranch gekommen sind und ein Zuhause gefunden haben – Morgan und seine Brüder haben ihre Mutter über alles geliebt. Ihre Liebe war so groß, aber ihr Traum war es, eine Ranch voller Kinder zu lieben, die nicht das hatten, was ihre Kinder hatten, doch es war etwas, was sie geben wollte, und so sind wir hier – wir alle, die nichts wussten von der Liebe, die diese Frau aus ihrem Grab geben konnte, weil die Menschen, die sie so sehr geliebt haben, ihren Traum erfüllen wollten."

Aprils Blick war zu ihm zurückgekehrt, und ihre Augen waren voller Tränen. Die Geschichte war rührend, das wusste er. Seine Stimme war zerrissen. Er war ein Mann – ein sehr maskuliner Mann, das glaubte er zumindest. Er arbeitete hart daran, aber er konnte nicht bestreiten, dass manchmal auch ihm die Tränen kamen. Es gab viele Dinge in seinem Leben, die unbestreitbar waren, und als er diese Frau mit Tränen in den Augen ansah, verstand er, wie diese Familie den Traum der Frau erfüllt hatte, die sie liebten – sie alle –, und ihr Traum war, in den Leben vieler Jungen einen Unterschied zu bewirken.

„Bei unserer Wiedersehensparty wirst du feststellen, dass Lydias Traum so viele Leben berührt hat. Wir kommen zusammen und feiern sie, indem wir eine Menge Spaß haben. Und obwohl ich sie nie persönlich kennengelernt habe, kenne ich ihre Bilder, und wir alle können in den Fotoalben stöbern. Diese Frau hatte ein Lächeln! Und du solltest sehen, wie sie ihr ganzes Leben lang mit ihren Jungs gekuschelt und sie umarmt hat. Am Ende gibt es ein Bild, da sieht man das Wissen in ihren Augen, dass es fast Zeit für sie ist zu gehen, aber in diesen Augen liegt immer noch Liebe, während sie ihre drei Söhne umarmt und den Mann ansieht, der die Kamera hält, das war natürlich Randolph." Er konnte nicht anders, als ihr das alles zu erzählen. Es war, als hätte er das Gefühl, sie müsse hören, wie sie alle zu einer glücklichen Familie geworden waren.

Sie streckte ihre Hand aus und legte sie auf seine. „Ich würde mir diese Bilder gern ansehen." Ihre Stimme zitterte. „Ich habe meine Mutter und meinen Vater bei dieser schrecklichen Schießerei verloren, aber sie haben mich geliebt. Ich habe keine Bilder mehr von ihnen; ich habe nichts. Als sie mich in die Obhut dieser Familien gaben, haben sie mir nichts mitgegeben. Alles Familien, die mir, je mehr ich darüber nachdenke, nicht geschadet haben. Ich weiß, dass einige Menschen das Glück haben, das zu haben, was Lydia euch allen gegeben hat, aber andere, wie ich, hatten Leute, denen ich sicher wichtig genug war, dass sie mich aufgenommen haben. Aber je mehr ich mir das ansehe, desto mehr komme ich zu dem Schluss, dass *ich* sie ausgeschlossen habe. Ich habe mich in Wandschränken eingeschlossen – ich habe mich versteckt. Ich habe geschrieben und Seiten mit meinen Gefühlen gefüllt, anstatt sie anderen zu zeigen."

Als er sie jetzt anstarrte, wusste er, dass sie das tat; er spürte es tief in seinem Inneren. „Ich habe online gesucht und versucht, etwas zu finden, das du geschrieben hast, aber ich habe nichts gefunden. Aber ich muss sagen, wie ich schon zuvor gesagt habe: Wenn du so redest ... wenn du deinen Mund aufmachst und über deine Vergangenheit sprichst, habe ich irgendwie das Gefühl, als würde ich gerade ein Buch von dir lesen." Was tat er da? Die Frage schoss ihm durch den Kopf, als der Schreck über ihr wunderschönes Gesicht huschte.

Der Schreck ... Sein Verstand begann, die Informationen zu verarbeiten, und sofort dachte er an die Bücher von B. P. Joel zurück, die geliefert worden waren. Ja, er hatte schon das zweite Buch gelesen und das dritte angefangen, und sie erinnerten ihn immer irgendwie an diese verlorene Frau mit ihrer Unfähigkeit, Beziehungen zuzulassen. Genau wie Tullie, die Hauptfigur in all diesen Büchern, ging auch sie immer weg. Ja, manchmal hätte sie fast ihr Herz geöffnet, aber dann schlug sie die Tür zu und ging. Seine Gedanken drehten sich, vertraute Momente kehrten zurück und ... *konnte das sein?*

Er starrte sie weiter an. Auf keinen Fall – aber ... Sie blinzelte und wandte den Blick wieder ab, dann holte sie so tief Luft, dass er die Anspannung in ihrem Kiefer sehen konnte. In den Augen, die aufmerksam geworden waren, bevor sie sie abgewandt hatte, und er wusste jetzt, dass das, was er gesagt hatte, der Grund dafür war.

„April, bist du B.P. Joel?" Jetzt wusste er mehr denn je, dass die Worte des Schriftstellers wie die von April klangen. B.P. konnte eine Frau sein, er hatte nur angenommen, dass es ein Mann war. Aber jetzt, durch die plötzliche, erschrockene Reaktion, die er in diesen wunderschönen goldenen Augen sah, glaubte er nicht mehr, dass er sich irrte. „Das bist du, nicht wahr?"

KAPITEL ACHTZEHN

Sie war keine Lügnerin. Sie hatte nie darüber lügen müssen, wer sie war. Bisher hatte niemand eine Ahnung gehabt. Doch hier saß sie, an diesem wunderschönen Bach – er war friedlich und verlockend mit seinem sanften Plätschern, das sie anzog und ihr sagte, sie solle die Wahrheit sagen.

Sie saß neben diesem erstaunlichen Mann, und er wusste, wer sie war. Oder vermutete es zumindest. Er hatte sie in ihren Büchern gesehen. Oh, wie war das passiert?

Sie wollte sagen: *Nein, das bin nicht ich.*

Aber als sie ihm ihren Blick zuwandte, nickte sie. Seine Augen flackerten, und für einen Moment glaubte sie, er würde die Hände ausstrecken und sie in seine Arme ziehen. Doch dann hielt er inne, ließ die Hände wieder auf seine Oberschenkel sinken und blickte auf das Wasser.

Sie folgte seinem Blick und hinter ihnen, über ihren Herzschlag hinweg, konnte sie die Jungen lachen hören, während sie den köstlichen Kuchen aßen, den Nana gemacht hatte, und oh, es war wunderbar. Sie hatte ein Stück davon auf ihrem Teller und wusste, dass sie es nie aufessen würde, weil ihr Magen so aufgewühlt war, dass sie nichts essen konnte. Sie konnte Chet jetzt nicht ansehen.

„Ich habe in Wandschränken angefangen, diese Figur zu schreiben. Tullie war eine Flucht für mich. Anfangs war es nur eine Methode, der Realität zu entfliehen und die Dämonen abzuwehren, die mich heimgesucht haben. Ich hatte keine Ahnung, dass meine Figur der Star einer Bestsellerreihe werden würde. Ich habe einfach meine Gefühle auf die Seiten meines Notizblocks geschrieben und so getan, als ob jemand anderes zu Schaden gekommen wäre und ich seine Probleme lösen würde, während meines unlösbar blieb. Mein Verstand hat das begriffen, und ich fing an, kurze Geschichten herauszupumpen, und das hat mir Erleichterung verschafft." Sie sah ihn an, ihre Augen waren zutiefst besorgt. „Ich habe sehr gelitten und konnte es niemandem erzählen. Konnte es nicht ausdrücken. Aber in meinen geschriebenen Worten kam es zum Ausdruck. Und dann war ich ungefähr fünfzehn, als mir die erste wirkliche Idee für ein Buch kam. Ich schrieb sie auf, und Tullie löste das Rätsel. Es war keine Kurzgeschichte, es war ein Roman. Und ich wurde besessen davon. Ich war im Englischunterricht und habe gelernt, wie man wirklich gut schreibt, also habe ich an dem Buch geschrieben, während ich an der Struktur gearbeitet habe. Und Tullie war in dem Buch die Heldin, die für die Familien der Opfer die Morde aufklärte, damit sie von dem Schmerz über den Verlust ihres geliebten Menschen genesen konnten." Sie biss sich auf die Lippe und wollte weinen.

„Das hört sich gut an. Du bist auf deine eigene Art damit umgegangen."

Seine Worte trafen ins Schwarze. „Ja, ich war diejenige, die loszog und den Bösen oder die Böse erwischt hat. Ich war diejenige, die das Problem gelöst hat, und dann sagte mein erster Lektor mir, ich müsse dem Buch ein wenig Romantik hinzufügen, und dass schon ein bisschen den Verkauf ankurbeln würde. Ich war nicht daran interessiert, aber ich musste einen Charakter schreiben, der sich für meine Hauptfigur Tullie interessieren würde. Aber ich gestehe ihr maximal eine Romanze zu, am Ende geht sie immer weg, und der Verleger hat das akzeptiert. Wie Tullie habe ich mir das nie erlaubt und wollte auch nie jemandem so nahe zu sein, dass ich nicht wieder gehen konnte. Ich war also noch nie jemandem wirklich nahe. Ich halte Abstand." Sie schluckte schwer, und ihr Blick wanderte zu ihren Händen, die sich verzweifelt ineinander krallten.

Er fragte sich, ob das vielleicht das erste Mal war, dass sie etwas fühlte. Weil er nicht dumm war und wusste, dass das, was er manchmal in ihren Augen bemerkte, wenn sie ihn ansah, dasselbe war, was auch sie in seinem Blick sah. Die Frau, die er liebte, die Frau, von der er wusste, dass sie weggehen könnte. Aber er konnte sie nicht unter Druck setzen. Er war dankbar, dass sie wenigstens noch die nächsten zwei Wochen hier sein würde.

„Du bist eine großartige Schriftstellerin. Ich weiß nicht, ob du das weißt, aber ich habe das Gefühl, dass du mit deinem Schreiben Menschen wie mir hilfst, die einen Schmerz in sich tragen, den sie nicht ganz loswerden können. Sie freunden sich mit deinen Figuren an und reiten mit ihnen auf der Welle. Und obwohl die Hauptfigur am Ende weggeht, hat jemand in diesem Buch ein Happy End. Vielleicht kein Romantisches, aber ein Problem ist gelöst, ein neues Leben beginnt … ein gutes Ende."

„Ich gebe mir Mühe."

„Lass es mich einfach direkt sagen: Als ich das dritte Buch angefangen habe, wurde mir klar, dass ich es lese – ja, weil es mich anspricht –, aber auch, weil ich hoffe, dass Tullie diesmal am Ende des Buches ihr Happy End bekommt. Da du die Autorin bist, weißt du ja, dass sie nichts Intimes hatten. Er hat sie dieses eine Mal geküsst, und du hast ihr dabei erlaubt, Gefühle zu erleben. Ein bisschen wie in der Nacht, als du mich geküsst hast, nachdem ich dich aus dem Wasser gezogen habe. Jetzt frage ich mich, ob das ein Experiment war – obwohl du dieses Buch schon geschrieben hattest. Ich frage mich, ob du etwas gefühlt hast."

Sie blinzelte, und ihre Augen glitzerten, als diese wunderschönen Goldtöne im Sonnenlicht tanzten. Dann warf sie einen Blick zurück zu den anderen, stand auf und ging ohne ein weiteres Wort einen Pfad zum Bach hinab. Der Pfad, den das Vieh getrampelt hatte, als es hier war, wand sich hinunter zum Wasser. Er stand auf und folgte ihr bis zu der Stelle, an der der Pfad auf das Ufer traf. Er warf einen Blick über die Schulter und sah, dass sie allein und vor den Blicken der anderen geschützt waren. Ihm wurde klar, dass es keine romantische Sache war, die sie gerade gemacht hatte; sie war zum ersten Mal entlarvt worden.

Und sie versuchte, damit klarzukommen.

„Ich werde es niemandem erzählen", sagte er. Sie sollte nicht glauben, er würde etwas tun, das sie nicht wollte. „Ehrlich, darüber musst du dir keine Sorgen machen."

Sie drehte sich zu ihm um; ihre Arme waren vor der Brust verschränkt. „Du bist nicht der Erste, der es herausfindet. Mabel war die Erste. Sie hat mich nicht gekannt, als ich hier angekommen bin, aber sie hat meine Bücher auch gelesen und B.P. geschrieben. Mabel hat mir von der Sunrise Ranch und von den Jungs erzählt. Sie ist zu dem Schluss gekommen, dass ich in einer Pflegefamilie gewesen sein musste und nicht das bekommen hatte, was diese Jungs hier haben. Sie sagte, dass nicht alle Pflegeeinrichtungen traurig sind. Dass es ganz großartige und gute gebe, dass die Ranch ein wunderbarer Ort sei, und ich wäre gesegnet, wenn ich hierherkäme und mir ansehen würde, wie wunderbar so eine Einrichtung sein kann. Dass sie tatsächlich ein Zuhause sein können, das Kinder aufnimmt und ihnen dann die Entscheidung überlässt, ihren eigenen Nachnamen zu behalten oder den Namen McDermott anzunehmen. Was sie mir geschrieben hat, war erstaunlich. *Ist* erstaunlich."

„Ja, ist es. Ich gehöre zu denen, die Rowdy, Tucker und Morgan und all diese Jungs als meine Brüder betrachten und Nana als meine Großmutter und Randolph und Lydia als meine Eltern, die ich sehr liebe. Aber mein Vater war nicht derjenige, der die Scheidung wollte. Er war nicht derjenige, der daran schuld war, dass er so abgelenkt war, dass er weniger auf die nasse Straße geachtet hat, als er es hätte tun sollen. Nein, er hat an die Frau gedacht, die er geliebt hat und die ihm gesagt hat, sie liebe jemand anderen und es sei aus zwischen ihnen. Er verlor die Kontrolle, und wir sind von der Straße abgekommen. Ich kann seinen Nachnamen nicht aufgeben. Aber in meinem Herzen bin ich immer noch ein McDermott, ein Mann mit vielen Brüdern." Seine Stimme zitterte; es war ihm so wichtig.

Als sie ihm in die Augen sah, wusste er, dass sie die Emotionen dort sah, und bevor er wusste, was sie tat, kam sie auf ihn zu und schlang ihre Arme um seine Taille. Instinktiv hämmerte sein schmerzendes Herz, als er dasselbe tat, dann zog er sie an sich, legte seine Wange auf ihr Haar und inhalierte ihren Duft.

* * *

April drückte ihn an sich; sie konnte nicht anders. Er hatte das gebraucht – sie hatte das gebraucht. Sie musste sich zusammenreißen. Als sie sich das sagte, schlossen sich seine Arme fester um sie. Sein Kinn, das auf ihrem Kopf ruhte, bewegte sich, und er küsste sie an die Schläfe. Alles in ihrer Welt veränderte sich. Unfähig, sich zurückzuhalten, hob sie ihren Kopf und sah ihn an.

Als sie ihn in jener Nacht geküsst hatte, hatte er sie gerettet, doch diesmal senkten sich seine Lippen und bedeckten ihre.

Sie konnte sich nicht zurückhalten und reagierte auf seinen Kuss. Alles in ihr lief auf Hochtouren – nicht in Alarmbereitschaft, wie sie es so oft in ihrem Leben empfunden hatte, nein, sie segelte auf einer Wolke hoch über der Welt. Sonnenlicht, wie sie es noch nie zuvor gespürt hatte, strahlte auf sie herab, als seine Lippen ihre berührten; Seine Arme hielten sie fest. Sie fühlte sich atemlos, und tief in ihrem Herzen wusste sie, dass sie verliebt war.

Liebe? Nein!

Panik, hart und stark, brandete in ihr auf. Sie drückte sich mit ihren Händen von ihm weg. Er ließ sie. Er sah sie an, als hätte er gewusst, dass sie das tun würde. Panik tobte in ihr. Was hatte sie getan? Sie brachte kein Wort heraus.

„Stopp! Beruhige dich bitte", drängte er sanft. „Das hätte ich nicht tun sollen. Ich weiß, dass du dir nicht vorstellen kannst, dich hier niederzulassen, aber, April, du versteckst dich in deinen Worten – du berührst das Leben der Menschen mit deinen Büchern. Ich werde den Jungen, die alt genug dafür sind, sagen, dass sie deine Bücher lesen sollten. Deine Bücher können einigen dieser Jungen helfen, wie Micah, der mit seinen

Emotionen kämpft, ohne sie rauszulassen. Ich habe ihm schon vorgeschlagen, deine Romane zu lesen, und ich habe ihm den ersten gegeben. Er war nicht gerade begeistert von der Idee – nun, du hast ihn ja kennengelernt. Seit dem ersten Gespräch, das ihr geführt habt, denkt er darüber nach – seine Gedanken schwirren. Zu diesem Zeitpunkt hatte ich keine Ahnung, dass du das Buch geschrieben hast, das ich ihm gegeben hatte. Aber er bereitet sich darauf vor, nächstes Jahr aufs College zu gehen, und ich dachte mir, das Buch hätte eine Botschaft für ihn, also habe ich es ihm gegeben."

„Das hast du wirklich getan?"

„Ja. Ich glaube, dass dieses Buch ihn berühren wird. Deine Worte werden etwas in ihm bewegen und ihm vielleicht helfen, zu erkennen, dass das, was er in sich vergräbt, auf dem Papier herausgelassen werden und ihm so helfen könnte zu heilen. Du kannst ihm helfen."

Seine Worte berührten sie so tief. Sie wollte Micah helfen. Sie hatte erkannt, dass es helfen könnte, doch sie hatte nichts gesagt, sie hatte ihm nicht die Wahrheit gesagt, hatte ihm nicht vorgeschlagen, ihr Buch zu lesen. Als sie Chet anstarrte, konnte sie glauben, dass er in ihrem Buch erkannt hatte, was Micah helfen könnte.

Sie blinzelte die Tränen weg, ihr Herz klopfte. „Danke ", brachte sie heraus. „Ich habe mich gefragt, was ich tun könnte, um zu helfen. Meine Worte haben mir geholfen, aber ich hätte nie gedacht, dass sie für jemand anderen hilfreich sein könnten. Es war nur meine Flucht, und als ich das Manuskript eingeschickt habe, hat der Herausgeber es sofort gekauft, und danach habe ich immer noch gelitten. Ich war jung – ich habe mein erstes Buch mit achtzehn verkauft, kannst du das glauben? Sie wussten nicht, wie jung ich war, weil ich so früh erwachsen geworden bin. Mein Englischlehrer hat mir empfohlen zu schreiben, da er keine Ahnung hatte, dass ich das Buch geschrieben hatte, doch dann habe ich es eingeschickt. Aber selbst, als der Verlag es angenommen hat, hatte ich keine Ahnung, dass mein Schreiben jemand anderem helfen könnte."

Er lächelte, streckte die Hand aus und streichelte sanft ihre Wange. „Alles an dir kann jemandem helfen. Du bist einfach so ein Mensch. Du warst sofort von diesen Jungs angetan, und, ob du es wusstest oder nicht, sie waren sofort von dir angetan. Es ist, als ob du sie auf eine andere Art und Weise kennst als alle anderen, genauso wie ich. Und dasselbe Gefühl hatte ich immer bei dir."

Sie holte tief Luft. Alles an diesem Moment summte durch sie. Ihre Gedanken begannen zu kreisen und verschmolzen, als die Worte, die sich in ihrem Inneren vermischten, versuchten, herauszukommen –

sie musste schreiben.

Musste an ihren sicheren Ort zurückkehren, den Ort, den sie kontrollieren konnte.

„Ich werde mit Nana zurückfahren. Ich muss gehen. Ich muss arbeiten. Ich muss das, was ich in meinem Kopf habe, zu Papier bringen. Ich kann nicht anders – so ist es … so funktioniert es bei mir. Bitte erzähl niemandem, was zwischen uns passiert ist. Ich kann nichts versprechen."

Sie sah, wie seine Augen ihren Glanz verloren, als sich seine wunderbaren Lippen zu einem sanften Lächeln verzogen. „Ich weiß, aber du hast recht. Du solltest zurückgehen und tun, was du tust, denn ich kann dir jetzt schon sagen, dass es jemanden berühren wird. Irgendwie wird Gott es nutzen."

Seine Worte folgten ihr, als sie den Hang hinaufeilte. *Gott wird es nutzen.*

* * *

Sie fuhr mit Nana nach Hause, die sie gefragt hatte, ob es ihr nicht gutging. Sie hatte nicht gelogen, als sie erwiderte, es ginge ihr tatsächlich nicht gut. Nana stellte keine weiteren Fragen. Sie stieg mit ihr in den Truck, denn während sie mit Chet unten am Bach gewesen war, hatte Nana alles wieder eingeladen, während sich die anderen darauf vorbereiteten, das Vieh weiter zu treiben. Einer der Jungen würde ihr Pferd mitnehmen, und als sie davonfuhren, blickte sie nicht zurück. Sie musste allein sein.

Ihr Leben bestand aus dem Bedürfnis, allein zu sein.

Als sie das Haus erreichten, wollte sie unbedingt in ihren Geländewagen steigen und zum Inn fahren. „Danke, Nana. Es war wunderbar. Ich muss jetzt zurück in die Stadt."

„Wenn du irgendwas brauchst, ruf' an." Nanas blaue Augen bohrten sich in ihre.

„Das werde ich. Versprochen." Und dann drehte sie sich um und machte sich auf den Weg in die Stadt.

Sie ging direkt in ihr Zimmer. Im Moment war sie so emotional und erschöpft, und ihr Verstand schlug Purzelbäume. Bald würde sie auf ihrem Bett liegen, gegen die Kissen gelehnt, mit ihrem Computer auf dem Schoß. Ihrem Computer, dem Ding, das all ihre Gefühle aufnahm und ihnen in den Worten, die sie mit wütenden Fingern tippte, einen Sinn gab.

So funktionierten ihre Gedanken. Doch diesmal war etwas anders, etwas drehte sich in ihrem Herzen, während Chets Worte ihr durch den Kopf gingen: *Ich kann dir jetzt schon sagen, dass es jemanden berühren wird. Irgendwie wird Gott es nutzen.*

Aber da waren auch noch seine anderen Worte, die ihr in Erinnerung blieben ... *Ich hoffe, dass Tullie diesmal am Ende des Buches ihr Happy End bekommt.*

Diese Worte gingen ihr durch den Kopf, sie ließen sie nicht los, und sie wusste nicht, was sie damit anfangen sollte.

Doch das Gefühl seiner Lippen, seiner Arme um sie herum und sein Herzschlag verrieten ihr, was sie zu leugnen versuchte. Sagten ihr, wovor sie am meisten Angst hatte – dass man, wenn man jemanden fand, denjenigen auch verlieren konnte. Tränen traten ihr in die Augen, in ihr Herz und ihre Seele.

Das konnte sie nie wieder tun.

Oder doch?

Ihre Gedanken waren bei all den Jungen, die schreckliche Erfahrungen mit Schmerz und Verlust überwunden hatten. Als sie an Tony dachte, lächelte er sein Elvis-Lächeln. Süßer, starker, entschlossener Tony.

Tony, der entschlossen war, in die Fußstapfen seines Helden Chet zu treten ... und hier war sie und versteckte sich.

KAPITEL NEUNZEHN

Chet fuhr in die Stadt. Es war vier lange Tage her, seit er April mit Nana hatte davonfahren sehen, und er hatte seitdem nichts von ihr gehört. Die anderen auch nicht. Er hatte sogar Nana gefragt, ob sie sie gesehen oder von ihr gehört habe, und sie hatte Nein gesagt. Mabel sagte, sie bestelle Essen, habe aber um Zeit zum Alleinsein und Arbeiten gebeten. Und sie gaben sie ihr. Sie hatte ihm versichert, dass sie versorgt war – Miss Jo schickte ihr Essen – und dass Edwina – die gute, wunderbare Edwina – mehrmals über die Straße ging und ihr Frühstück und ein Nachmittagsessen brachte, weil sie sagte, es wäre nicht gut, wenn sie am Mittag gestört würde. Sie hatte auch gesagt, dass sie die Tür ein paarmal geöffnet und sie sie tatsächlich gesehen hatte, aber die meiste Zeit hing ein Zettel an der Tür, sie solle es einfach abstellen, und sie würde es holen, wenn sie eine Pause machte.

Eine Pause. Sie schrieb. Sie hatte gesagt, ihr Verstand sei beschäftigt oder sowas in der Art. Er hatte sich darauf konzentriert, sie in seinen Armen zu spüren und ihre Lippen noch einmal mit seinen zu erkunden, sodass ihm ihre genauen Worte entgangen waren. Aber er hätte es wissen müssen. Etwas in ihrem Kopf hatte Klick gemacht, und sie verkroch sich und schrieb. Oder sie versteckte sich einfach.

Als er vor dem Diner parkte, wollte er über die Straße rennen, die Treppe hinaufstürmen und an ihre Tür klopfen. Wenn sie sie öffnete, wollte er sie in seine Arme ziehen und sie noch einmal küssen und sie bitten, ihnen eine Chance zu geben. Um den Traum wahr werden zu lassen, den er nie gewollt hatte. Dass er das jetzt mehr wollte als alles, wovon er jemals träumen konnte.

Aber nein, das tat er nicht. Das konnte er nicht. Stattdessen ging er jetzt ins Diner und setzte sich an einen Tisch am Fenster. In der Nische neben ihm saßen Chili Crump und Drewbaker Macintosh. Sie spielten heute Dame, während sie ihre Teller mit ihrem übriggebliebenen Mittagessen beiseitegeschoben hatten. Meistens saßen sie draußen auf der Bank und schnitzten kleine Tiere oder andere Dinge. Aber heute spielten sie Dame und begannen sofort, ihn zu studieren.

Das gab ihm etwas, worüber er reden konnte, ohne an die Schönheit auf der anderen Straßenseite denken zu müssen. „Läuft euer Spiel gut?"

Drewbaker grinste ihn an. „Richtig gut. Ich gewinne."

„Nicht mehr lange. Ich bin dabei, den Spieß umzudrehen." Chili warf ihm ein Grinsen zu.

Edwina kam und stellte sich mit einem strengen Blick in den Augen an seinen Tisch. „Du siehst nicht sehr gut aus. Normalerweise bist du ein süßer, gutaussehender Cowboy, wenn du hier reinkommst. Aber heute – oh mein Gott, du siehst aus, als hättest du eine Büchse alte Bohnen gegessen oder sowas. Was ist los?"

Er sah zu der Frau auf. Normalerweise stellte sie nicht so viele Fragen, aber an ihr oder diesem Moment war nichts normal. Sie war ganz anders und nahm alles wahr. „Mir geht's gut. Ich mache mir nur Sorgen."

Sie nickte. „Ich wette, du machst dir Sorgen um unsere neue Bewohnerin da drüben, der ich jeden Tag zwei Mahlzeiten bringe."

Bingo. Sie war diejenige, die am ehesten wusste, was mit April los war. „Du bringst ihr das Essen, du musst sie gesehen haben. Wie geht's ihr?"

Drewbaker und Chili verloren sofort das Interesse an ihrem Spiel, als sie sich ganz auf sein Gespräch konzentrierten.

„Nun, in den letzten vier Tagen habe ich ihr Essen gebracht, und in diesen vier Tagen habe ich sie vielleicht dreimal gesehen. Sie redet nicht viel. Sie ist natürlich freundlich, aber ich weiß nicht ... ihr Blick ist anders. Sie sieht aus, als wäre sie woanders. Sie war nett und hat sich bedankt, und ein andermal hat sie gesagt ,Ich kann es kaum erwarten, das zu essen', aber heute Morgen hat sie mich nicht einmal angesehen, sondern hat nur das Tablett genommen und ,Kaffee' gesagt. Dann hat sie die Tür geschlossen. Ich würde sagen, dass sie sich auf ihre Arbeit konzentriert, und wenn sie das tut, passiert sonst nichts."

Sie war konzentriert. „Aber sie hat okay ausgesehen, oder?"

Edwinas Augen bohrten sich in ihn, und er sah, wie Drewbaker und Chili ihn ebenfalls anstarrten. „Also, sie isst. Das ist gut. Wenn ich das Geschirr hole, ist es immer fast leer. Die Frage ist: Wie geht's dir?"

Edwina fragte ihn, wie es ihm ging? Die Frau bemerkte auch alles.

Aber er wollte nur eines wissen: wie es ihr ging. „Ich muss es wissen – geht's ihr gut?"

Edwina sah ihn an und kniff die Lippen zusammen, während sie offensichtlich darüber nachdachte, was sie ihm sagen sollte.

„Nur zu – gib dem Jungen eine Antwort", forderte Drewbaker. „Du weißt doch, dass Chili und ich da draußen auf der Bank sitzen und schnitzen und alles beobachten, was in der Stadt passiert. Und wir haben sie oben in ihrem Zimmer gesehen, wie sie am Fenster vorbeigegangen ist, hin und her. Hin und her. Wenn sie schreibt, schreibt sie dann im Stehen? Oder steht sie nach jedem zweiten Satz auf und geht hin und her?"

Chili grunzte. „Das fragen wir uns. Weißt du, alle machen sich Sorgen um sie. Ich glaube, Miss Jo ist wieder in der Küche und macht gerade einen neuen Kokosnusskuchen für April. Und ich bin zur Ranch gefahren, um Nana zu besuchen, und hab' sie gefragt, ob alles in Ordnung ist. Denn Drewbaker und ich haben das jeden Tag beobachtet, und es ist schon Abend, und du weißt, dass wir normalerweise schon zu Hause sind – wir gehen tatsächlich nach Hause, weißt du? Die meiste Zeit genießen wir es, von allen um uns herum unterhalten zu werden. Aber zu sehen, wie die süße April da oben so auf und ab geht, macht uns Sorgen. Was denkst du?"

Alle drei starrten Chet an. Edwina runzelte die Stirn, Chilis Blick war herausfordernd, und Drewbaker sah aus, als würde er ihm gleich einen Schlag auf den Kopf verpassen, wenn er nicht das Richtige sagte. „Ich-ich weiß nicht. Ich würde sie gern besuchen, aber …"

Edwina stemmte die Fäuste in die Hüften. „Dann geh! Worauf wartest du? Geh über die Straße und die Treppe hoch und frag die hübsche Lady, was los ist. Aber ich habe das Gefühl, und ich denke, diese beiden Männer sind sich ebenfalls einig, dass du wahrscheinlich schon weißt, was los ist."

Er sah die alten Männer an. Sie hoben ihre buschigen Augenbrauen, und Drewbaker nickte mit dem Kopf zur Tür und formte mit den Lippen „Geh".

Er sah sich im Diner um und alle beobachteten ihn, selbst Miss Jo und T-Bone standen grinsend an der Küchentür.

„Geh", sagte Miss Jo und winkte ihm mit dem Spatel in ihrer Hand zu.

Sein Herz raste. Sie hatten recht; er wusste, was los war. Oder er hoffte, dass dem so war. Tatsache war, dass er nie gewollt hatte, dass jemand in seiner Nähe blieb und ihn wollte, und jetzt brachte ihn der Gedanke, dass sie gehen könnte, um.

Er stand auf.

Edwina lächelte breit, und ihre Augenbrauen hoben sich bis zum Haaransatz, als sie ihm einen Stoß gegen die Schulter gab. Ihre Augen funkelten. „Ich wusste, dass du es tun würdest. Ich wusste es. Ich wusste es."

Auch die beiden Alten grinsten.

Chili lachte. „Ja, wenn Liebe in der Luft liegt,

kümmere dich darum. Lass es nicht jahrelang schleifen, wie ich es getan habe. Ich weiß, dass alle wissen, dass ich in Ruby Ann McDermott verliebt bin … oder Nana, wie alle anderen meine Ruby Ann nennen. Ich habe ihr Blumen geschickt, seit Suzie diesen Blumenladen eröffnet hat, aber Nana hat nicht so reagiert, wie ich es mir erhofft hatte. Oh, sie freut sich darüber – daran besteht kein Zweifel. Sie ist nett zu mir, aber sie hat mir, abgesehen davon, dass wir Freunde sind, keinen wirklichen Hinweis darauf gegeben, dass ich der Typ bin – falls es überhaupt einen gibt –, der jemals ihren Ehemann Harrison ersetzen könnte. Weißt du, so wie Tucker es für Suzie getan hat. Aber ich weiß nicht, wir haben euch beide ein paarmal kommen und gehen sehen, seit du sie gerettet hast. Es ist zwar erst ein paar Tage her, aber jeder weiß, dass da was im Busch ist. Wir können es in der Luft spüren und die große Veränderung in dir sehen. Ich kann dir also nur sagen: Lass sie nicht gehen. Nach allem, was wir hören, bleibt sie nicht lange irgendwo."

„Das stimmt." Drewbaker stand auf. „Also beweg dich und geh da rüber. Es ist eine Mission – wenn nicht für dich, dann finde heraus, was wir tun können, um ihr zu helfen. Wir wollen nicht, dass sie da drüben sitzt und leidet … du weißt schon, weint, weil sie denkt, dass jemand, den sie liebt, sie nicht liebt. Oder ist es mehr als das?"

War es mehr als das?

Ja, das war es. Sie war immer vor der Liebe davongelaufen. Sie hatte sie noch nie zuvor wirklich gespürt. Er hatte es auch noch nie zuvor gespürt, und er war derjenige, der … nein, er war nicht davor weggelaufen. Er hatte sich davor versteckt. Aber in seinem tiefsten Inneren hatte er ein Gefühl, dass das keine Rolle spielte. Irgendwie hatte Gott es geschafft, dass die Richtige in sein Leben getreten war. Das Einzige, dessen sich Chet plötzlich sicher war, war, dass man, wenn Gott einen Plan für einen hat, nicht aufgibt.

Er lächelte sie an. „Danke. Ihr drei habt mir genau gesagt, was ich hören musste. Ich brauche kein Glück – alles, was ich brauche, ist, dass sie mich liebt. Und wenn es Gottes Plan ist, dann bin ich mir sicher, dass es klappen wird. Wenn nicht, werde ich es wohl überleben." Als er hinausging, wusste er, dass alle Leute zusahen, die mitgehört hatten, was er gesagt hatte, und wussten, was los war. Als er über die Straße ging, war es ihm egal, ob er die Hauptattraktion war. Die Kuhglocke hatte geläutet, als sich die Tür hinter ihm geschlossen hatte. Er kam zur Tür des Inn und zu seiner Überraschung hielt ein grinsender Harvey die Tür auf und winkte ihn zur Treppe.

„Ich freue mich, dass du dich endlich entschieden

hast zu kommen. Dieser Blick sagt mir, dass du auf einer Mission bist. Jetzt geh da rauf, und lass uns sehen, was passiert."

Als er die Treppe hinauf eilte, hoffte er, dass bald gute Dinge passieren würden. Bevor er vier Stufen geschafft hatte, kam Mabel aus ihrem Büro, das sich in der Nähe der Treppe befand.

Sie lächelte ihn an. „Ich bin froh, dass du hier bist und dass ich dich nicht holen musste. Zweiter Stock, letzte Tür ganz am Ende des Flurs."

Er ging die Treppe hinauf. Er erreichte die Tür und hielt inne, dann senkte er den Kopf und sprach ein kurzes Gebet, obwohl er das Gefühl hatte, dass Gott schon bei ihm war. Das alles konnte unmöglich Zufall sein.

Auf keinen Fall. Er holte tief Luft, hob die Hand und klopfte.

* * *

April wusste, dass er kommen würde. Als er das Diner verlassen hatte, war sie am Fenster gewesen und hatte sich schnell hinter dem Vorhang versteckt. Sie wollte ihm etwas zurufen, doch dann hatte sie Drewbaker und Chili am Fenster des Diner stehen und ihn beobachten sehen. Wenn sie beim Schnitzen auf der Bank saßen, hatte sie bemerkt, dass sie oft zu ihrem Fenster aufblickten und sie auf- und abgehen sahen. Und jetzt sahen sie zu, wie Chet mit entschlossenen Schritten zu ihr ging.

Oh, wie verrückt ihr Herz schlug, während sie wartete und nicht wusste, was sie tun sollte. Sie wollte ihn und hatte sich so bemüht, ihm nicht zu sagen, dass sie ihn liebte. Sie konnte es nicht riskieren, noch einmal jemanden zu verlieren, den sie liebte. Ihr Herz schmerzte so sehr, als sie dort stand und dann seine Schritte hörte, unaufhaltsam, als er auf sie zukam. Dann klopfte es.

Was sollte sie tun? Ihr Mund war trocken, und ihr Herz schmerzte, so heftig hämmerte es. Sie machte einen Schritt auf die Tür zu, konnte sie aber nicht öffnen.

„Ich weiß, dass du da drin bist. Ich bin hier und kann nicht wieder umdrehen und gehen. Ich habe dagegen angekämpft, süße April mit den goldenen Augen. Augen, die in mein Herz blicken wie zwei goldene Herzen, die mich niemals gehen lassen. Zumindest ist das meine Hoffnung, mein Gebet. Ich liebe dich, April, und ich kann nicht länger schweigen."

Er hielt inne, und ihre Knie wurden weich.

„April, bitte mach wenigstens auf, schau mir in die Augen und sag mir, dass du mich nicht liebst. Ich weiß, dass du tief verletzt bist, aber ich verspreche dir, wenn es Gottes Wille ist, werde ich für den Rest deines Lebens an deiner Seite sein, und ich bete, dass du für den Rest meines Lebens an meiner Seite sein wirst. So oder so werden wir wissen, was es heißt, jemanden zu haben. Jemanden, der uns mehr bedeutet als alles andere ... jemanden, mit dem wir unsere eigenen Kinder haben, die wir schätzen und lieben können und die niemals das Gefühl kennen werden, nicht geliebt zu werden. April, bitte mach auf."

Ihr Herz explodierte. Seine Worte – oh, wie dieser Mann mit Worten umgehen konnte, die sie nie erwartet hätte. Ihre Gedanken kreisten, und ihr Herz schwoll an bei seinem Geständnis und dem Versprechen, dass sie jemanden haben würde, den sie lieben könnte, als Ausgleich für die Zeit, in der sie niemanden gehabt hatte. Sie ging zur Tür, konnte sie aber immer noch nicht öffnen. Stattdessen legte sie ihre Handfläche daran, senkte die Stirn auf ihre Hand und atmete tief durch.

„Ich weiß, dass du da bist. Ich kann es spüren. April, ich brauche dich mehr, als ich es jemals für möglich gehalten hätte."

Sie schloss die Augen, spürte ihn aber auch durch die Tür. Spürte seine Liebe und wusste in diesem Moment –

„Ich denke, du bist die mutigste Frau, die ich je gekannt habe. Du hast ein Herz, das mit Schmerz auf eine Weise umgeht, die diejenigen anspricht, die dich brauchen. Ich brauche *dich*, aber ich will nicht, dass du mich liebst, nur weil ich dich brauche. Ich möchte dir geben, was du brauchst – Liebe, die niemals endet, Arme, die dich halten und ein Herz, das immer mit deinem schlägt, auch wenn ich vor dir gehe. Ich gehöre dir. Ich will derjenige am Ende des Buches sein, der Tullie, dir, dein Happy End beschert. Deine Liebesgeschichte. Dein Für-immer. Das Happy End, das wir gemeinsam schaffen werden."

Und das war es. Weinend hob sie den Kopf, trat zurück und riss die Tür auf. Da stand er – und dann öffnete er seine Arme. „Ich liebe dich."

„Ich liebe dich auch", sagte sie und warf ihre Arme um ihn. „Ich habe mir nie erlaubt, das zu sagen oder überhaupt zu denken, aber ich habe insgeheim gehofft, eines Tages jemanden in meinen Armen und meinem Herzen zu haben. Tief in ihrem Inneren hat Tullie sich immer dasselbe gehofft, ein glückliches Ende …"

Sein Lächeln strahlte durch sie hindurch. „Ich weiß, und obwohl ich Tullie das nicht geben kann, dir habe ich bereits mein Herz geschenkt. Vielleicht kannst du ja Tullie ein Happy End schenken."

Sie umarmte ihn fester. „Ich habe versucht, eins für

sie zu schreiben, konnte es aber nicht, weil ich es mir nicht erlaubt hatte. Aber jetzt bist du da und ... ja, das muss passieren, denn obwohl ich mich selbst nie unter meinem richtigen Namen gekannt habe, bis meine Eltern weg waren ... Tullie ist mein richtiger Name." Tränen füllten ihre Augen. „Du hast also dafür gesorgt, dass all meine Träume von einem glücklichen Ende wahr werden."

Er zog sie fester. „Irgendwie wusste ich, dass du wirklich sie bist", sagte er sanft und küsste sie dann. „Also, meine süße April-Tullie, wie darf ich dich nennen?" Lächelnd lehnte er sich zurück, um ihr in die Augen zu blicken.

Sie konnte nicht anders und lachte. „Sicher nicht April-Tullie."

Sie lachten beide, und dann flüsterte sie, ihre Stirn an seiner, mit klopfendem Herzen: „April. Ich werde immer beides sein, aber ich habe mein Leben als April gelebt, der Name repräsentiert den Frühling. Meine Mutter hat immer gesagt, er steht für Frühling und Neuanfang, und ich bin mir sicher, dass sie mir diesen Namen gegeben haben, als sie in das Programm gegangen sind. Ich habe mich mit diesem Namen in dich verliebt, das bin ich. Du bist mein Neuanfang. Und vielleicht, wenn wir ein Baby bekommen, wenn wir ein Mädchen haben, könnten wir es Tullie nennen."

„Was auch immer du willst, April, es ist mein Leben, dem du einen Neuanfang gegeben hast. Und Tullie gibt denen, die in deinen Büchern über sie lesen, neue Hoffnung. Ich liebe dich, April. Und da du Ehe und Kinder erwähnt hast, hoffe ich, dass unser neues Leben bald anfängt." Und als seine süßen Lippen ihre trafen und ihre Arme sich fester um seinen Hals legten und ihn näher an sie zogen, wusste sie, dass es nie ein schöneres, glücklicheres Leben als dieses geben konnte.

Chet gehörte ihr, sie gehörte ihm, und gemeinsam konnten und würden ihre Träume wahr werden.

Wieder senkte er seine Lippen auf ihre und küsste sie erneut, und als der Kuss tiefer wurde, wurde ihr donnerndes Herz lauter, als es gegen seines schlug, sogar der Holzboden schien unter ihren Füßen zu beben. Schließlich rang sie nach Luft, als er sich von ihr löste und ihren Blick festhielt, bevor sie beide zur Treppe blickten, zur Treppe – wo das Donnern abrupt zum Stillstand kam. Dort standen am Ende des Flurs eine Gruppe Cowboys. Tony war der Erste, Micah und Jake standen hinter ihm, und alle grinsten.

Sie lächelte. Sie liebte diese Kinder so sehr.

Chet schmunzelte. „Hi Jungs", sagte er. „Was gibt's?"

Tonys Augen leuchteten, als er seinen Cowboyhut aus Stroh von seinen dunklen Locken riss. „Also, ich muss sagen, mir gefällt, was ich sehe. Ich liebe es. Ihr zwei seht großartig zusammen aus."

„Ja, das tut ihr", stimmte Micah zu.

Jake nahm seinen Hut ebenfalls ab. „Ich habe gehofft, dass das passieren würde. Ich dachte immer, Chet ist ein kluger Mann, und das ist der Beweis dafür." Er lächelte, und Freudentränen begannen, über Aprils Gesicht zu fließen.

Sie lächelte Jake und die anderen Jungen an, die offensichtlich darauf gehofft hatten, dass sie aufwachte und den Mann akzeptierte, den sie liebten und zu dem sie alle aufblickten. „Er ist auch geduldig und hat mir Zeit gegeben, mich zurechtzufinden. Ich bin so froh, dass ihr alle gekommen seid, um uns beim Feiern zu helfen."

Chet zog sie an seine Seite. „Ich bin froh, euch alle auf unserer Seite zu haben. Ich wusste immer, dass ihr drei kluge junge Männer seid, und als ihr April gesehen habt, hat ihr einen Volltreffer gesehen. Aber ihr konntet noch nichts von uns gewusst haben, als ihr die Treppe hochgerannt seid. Was ist los?"

Sie hatten jetzt alle ihre Hüte abgenommen, und wie drei Cowboys, die eine streunende Kuh auf den richtigen Weg zurückwinkten, winkten sie ihnen zu.

„Nichts, was so wichtig ist wie das." Tony war der Erste, der sprach. „Wir sind nur gekommen, um dir zu sagen, dass wir dein Auto gefunden haben, April. Es ist auf der anderen Seite der Weide, wo der Fluss übers Ufer getreten war. Jetzt ist es nicht einmal in der Nähe des Flusses, da das Wasser wieder zurückgegangen ist. Es liegt auf dem Dach im Schlamm und sieht schlimm aus. Wir mussten dir nur sagen, dass wir es gefunden haben, und wir sind froh, dass Chet dich da rausgeholt hat."

Ihr Herz war voll. „Danke, dass ihr gekommen seid, um es mir zu sagen. Und so verrückt es auch klingen mag, dieses Auto und diese Flut haben mich aus einer Phase meines Lebens gerissen, aus der ich aufgeweckt werden musste, einer Phase, die ich hinter mir lassen musste, damit ich von vorn anfangen konnte. Nachdem ich fast ertrunken wäre, und dieser Mann" – sie blickte zu Chet auf. „Dieser wunderbare Mann, der euch und dann mich gerettet hat" – wieder lächelte sie ihn an – „hat mir geholfen, ein neues Leben zu sehen, das ich hier anfangen könnte. Ich könnte nicht glücklicher sein als jetzt. Ich liebe euch alle."

Sie lächelte von ihnen zu Chet, und dann umringten sie sie. Chet und sie öffneten ihre Arme und hießen die Jungen willkommen, von denen sie hofften, dass sie ihnen helfen könnten, ihre eigene Heilung, Hoffnung und, wie in ihrem eigenen Fall, eines Tages ihr Happy End zu finden.

EPILOG

Die Stadt war voller Leute, die zum Familientreffen hergekommen waren. April stand neben Chet, seinen Arm um ihre Schultern gelegt, als er sie den Männern vorstellte, mit denen er aufgewachsen war. Seine Brüder. Seine Familie.

Sie war so glücklich, bald seine Frau zu werden. Dann würden diese wunderbaren Menschen auch ihre Familie sein. Sie hatte sich selbst gefunden, seit sie ihre Liebe gestanden hatten, und bereitete sich jetzt auf ihre Hochzeit vor. Ein Monat war nicht viel Zeit, doch es gab ihnen Gelegenheit, alles in die Wege zu leiten und eine schöne Feier zu planen. Chet hatte ihr gesagt, dass sie ihre Gelübde nicht vor einer Handvoll Leuten ablegen würden, sondern dass er hoffte, dass möglichst viele kommen könnten, und so hatten sie den Termin festgelegt. Sie hatte mehr Hilfe bei der Vorbereitung, als sie sich jemals hätte vorstellen können. Doch heute sah sie all die Jungen, die jetzt Männer waren und nach Hause zu Besuch kamen, und ihr Herz füllte sich bis zum Überlaufen, als sie zusah, wie ein Mann nach dem anderen auf sie zukam und Nana, Miss Jo und Mabel umarmte. Und einige hatten sogar Edwina umarmt und herzlich gelacht, als sie gedroht hatte, sie in den Wassertrog am Ende der Straße zu werfen.

Edwina, die für sich blieb, aber auch sagte, was gesagt werden musste, wenn sie es für nötig hielt.

„Ich frage mich, ob Edwina jemals die wahre Liebe finden wird?", sagte sie, während sie ihren Kopf an Chets Schulter lehnte.

Er lachte. „Ich weiß nicht, aber sie hat mich auf jeden Fall zusammengestaucht, als ich es brauchte. Was ich nicht verstehe, ist, dass sie die wahre Liebe erkennt und doch selbst so viel Pech erlebt hat."

„Ja", sie sah zu ihm auf. „Aber wie wir beide jetzt wissen, kann aus schlimmen Situationen Wunderbares wachsen. Vielleicht kommt also eines Tages der richtige Mann in die Stadt und haut sie um, so wie du mich umgehauen hast."

Er lachte und gab ihr einen zärtlichen Kuss auf die Lippen, der sie mit Freude erfüllte. „Darlin', er müsste erst einen Weg finden, ihre Füße aus dem Zement herauszubrechen, in den sie sie gesteckt hat, aber ich kann sagen, es würde Spaß machen und wäre sicher rührend anzusehen. Oder vielleicht eine Katastrophe, also bin ich mir nicht sicher, ob ich mir das vorstellen will. Ich habe genug damit zu tun, auf meine Jungs und meine zukünftige Braut aufzupassen.”

Sie atmete tief durch und wusste, dass sie die richtige Entscheidung getroffen hatte. Sie würde diesen wunderbaren Mann heiraten, und das neuste Buch ihrer Krimireihe erschien gerade. Tullie hatte die wahre Liebe gefunden und hoffentlich ihre Leser genauso glücklich gemacht wie sie und Chet. Und jetzt begann sie eine neue Reihe, Liebesromane, denn sie würde niemals mehr in der Lage sein, ein Buch zu schreiben, das nicht damit endete, dass ihr Held und ihre Heldin ein neues und herrlich glückliches gemeinsames Leben begannen.

Micah war sogar zu ihr gekommen und hatte ihr gesagt, dass er wirklich sehen wollte, dass Tullie die Liebe fand, und dass er am Ende des Buches, das er gelesen hatte, so enttäuscht von ihrem Weggang gewesen war. Weggang, hatte er gesagt und die Stirn gerunzelt, als hätte sie ihm eine Tür vor der Nase zugeschlagen. Doch als sie ihm dann erzählt hatte, dass seine Hoffnung in dem bald erscheinenden letzten Buch der Reihe in Erfüllung gehen würde, hatte der junge Mann gelächelt, sie herzlich umarmt, und ihr dann gesagt, dass es nicht nur ein Segen für Chet sei, sondern auch für ihn. Er wollte schreiben, und ganz gleich, worum es in dem Buch ging, eines war sicher: Es würde mit einem Happy End enden. Genau wie sein Leben. Er hatte zugegeben, dass es noch schwierige Momente gab, aber er wusste, dass er sie irgendwann überstanden haben würde.

Und das ließ ihr Herz anschwellen, weil sie wusste, dass sie dazu beitragen konnte, dass dies geschah. Als sie jetzt dort stand, umgeben von den Jungen und Männern der Sunrise Ranch, gab ihr all die Liebe, die sie hier gefunden hatten, weil der Traum einer Frau von denen, die sie geliebt hatten, zum Leben erweckt worden war, Kraft, Hoffnung und das Vertrauen, dass das Gute alles Schlechte überwinden konnte. Diese Freude konnte aus der Asche erstehen, und sie war der lebende Beweis, genauso wie Chet und alle, die sie jetzt ihre Familie nannte.

„Ich liebe dich, Chet. Danke, dass du mich nicht aufgegeben hast."

Er umarmte sie. „Wie könnte ich das jemals tun – du bist mein Ein und Alles und wirst es immer sein.

Und jetzt amüsieren wir uns. Ich weiß, dass die Jungs es nicht erwarten können, dass wir am Dreibeinrennen teilnehmen. Bist du bereit?"

„Oh, das bin ich. Halt' mich einfach fest, und wenn

wir stolpern, fallen wir gemeinsam. Und wenn wir fliegen, fliegen wir zusammen."

„Dann lass uns gehen. Aber du weißt, wenn du dich auf diesen Stuhl setzt und den Laubbläser einschaltest, wie Caleb es zu gern hätte, bist du auf dich allein gestellt."

Sie lachte. „Oh, das wird lustig. Schau, dass du einfach irgendwo daneben stehst und aufpasst, dass ich nicht gegen irgendwas fahre oder dorthin fliege, wo ich nicht hinfliegen soll."

„Auf jeden Fall. Und jetzt lass uns ein bisschen Spaß haben."

Sie machten sich Arm in Arm auf den Weg, und April wusste, dass sie ihren Platz bei diesem wunderbaren Mann und ihrer neuen Familie gefunden hatte.

Ihrer Familie, oh, wie glücklich sie der Gedanke machte.

Weitere Bücher von Debra Clopton

Die Cowboys von Dew Drop, Texas
Unvergesslicher Cowboy
Unerwarteter Cowboy
Unfehlbarer Cowboy (Buch 3)
Unbestreitbarer Cowboy (Buch 4)
Undisputable Cowboy (Buch 5)*

**Turner Creek Ranch Serie –
Die Cowboys von Mule Hollow**
Schätze mich, Cowboy
Rette mich, Cowboy
Mach mich ganz, Cowboy
Schmeichle mir, Cowboy

Windswept Bay
Von Diesem Moment An
Irgendwo Mit Dir
Mit Diesem Kuss & Für Immer Und Ewig
Warten Auf Liebe
Mit Diesem Ring
Mit Diesem Versprechen
Mit Diesem Schwur
Mit Diesem Wunsch
Mit dieser Ewigkeit

New Horizon Ranch Serie
Ein Cowboy für Maddie
Ein Cowgirl für Rafe
Ein Cowgirl für Chase
Ein Cowgirl für Ty
Eine Familie für Dalton
Eine Tierärztin für Treb
Maddies geheimes Baby
Ein Cowgirl für Austin

**Die Holden Brüder –
Die Cowboys von Mule Hollow**
Das Herz eines Cowboys
„Das Vertrauen eines Cowboys"
Die Wahre Liebe Eines Cowboys

**Die Cowboys von Mule Hollow Serie
Liebe Mich, Cowboy**
Tanz Mit Mir, Cowboy
Immer Ärger mit Lacy Brown
… plus Baby macht fünf
Mein Herz gehört dir, Cowboy
Halt mich, Cowboy
Sei mein, Cowboy
Operation: Bis Weihnachten Verheiratet
Verehre Mich, Cowboy
Überrasch Mich, Cowboy
Sing für mich, Cowboy
Komm zu mir zurück, Cowboy
Reit mit mir, Cowboy

Die Cowboys von Ransom Creek
Trip: Ihr Cowboy-Held (Vorgeschichte)
Carson: The Cowboy's Braut zu mieten
Cooper: Bezaubert vom Cowboy
Shane: Cowboy's Junk-Store Prinzessin
Vance: Ire Cowboy der Zweiten Chance
Drake: Der Cowboy und die Maisy Love
Brice: Nicht Ruhig auf der Suche nach einer Familie

Über die Autorin

Die Bestseller-Autorin Debra Clopton hat bereits über 2,5 Millionen Bücher verkauft. Ihr Buch OPERATION: MARRIED BY CHRISTMAS soll sogar als ABC Familienfilm verfilmt werden. Debra ist bekannt für ihre modernen Westernromanzen, texanischen Cowboys und temperamentvollen Heldinnen. Romantik und eine Prise Humor werden immer miteinander verflochten, um den Leser zum Lächeln zu bringen. Als Texanerin in sechster Generation lebt sie mit ihrem Ehemann auf einer Ranch im Herzen von Texas und freut sich immer über Zuschriften von ihren Lesern.

Besuche Debras Webseite auf
www.debraclopton.com/deutsch.
Melde dich für Debras Newsletter an
www.subscribepage.com/abonnieren-sie-meinen-deutschen-newsletter
Schau auf Facebook bei ihr vorbei
www.facebook.com/debra.clopton.5
Folge ihr auf Twitter unter @debraclopton
Schreibe ihr über debraclopton@ymail.com